创 意 写 作 书 系

你的写作教练（第二版）
YOUR WRITING COACH（2nd Edition）

于尔根·沃尔夫（Jurgen Wolff）著
孟庆玲 伊小丽 译
王更臣 校

中国人民大学出版社
·北京·

"创意写作书系"顾问委员会

（按姓氏笔画排名）

刁克利	中国人民大学
王安忆	复旦大学
刘震云	中国人民大学
孙　郁	中国人民大学
劳　马	中国人民大学
陈思和	复旦大学
格　非	清华大学
曹文轩	北京大学
梁　鸿	中国人民大学
阎连科	中国人民大学
葛红兵	上海大学

译者序

　　写作教练，不同于写作教师，不会以各种各样的写作理论作为主要传授内容，而是以一位作家、一位写作实践者的身份娓娓道来其创作心得与经验。

　　于尔根·沃尔夫就是这样一位实战型教练。他集作家、编剧、教师及咨询师于一身，以中肯、流畅与幽默的语言向我们讲述他自己及经典作家的创作经历与方法。

　　"我们已经遭遇敌人，这个敌人就是我们自己。"初学写作之时，人们往往被各种各样的担忧所困惑，担心退稿、担心作品不好、担心过度展示、担心自己江郎才尽等等。在第一部分，于尔根·沃尔夫教给我们如何克服自己在写作过程中遇到的各种心理障碍，并且教我们在题材与内容的选择上，切忌追逐畅销、一拥而上，而是要选择自己熟悉和喜欢的内容，同时充分利用自己的专业知识与生活、工作经历，将这些优势融入到作品中去。

　　灵感，人们在创作过程中经常会提到它。这是人脑理性思维与直觉思维两种活动共同产生的结果，是艰苦学习、长期实践、不断积累知识和经验，在艺术构思过程中由某种机缘的诱发而出现的瞬间创造力。伟大的作家，无不被源源不断的灵感所启发，创作出无以伦比的精彩内容。

诚然,这与他们长期的辛勤密不可分。而另一个神奇的原因则是"利用梦的力量"。如玛丽·葛德文的一个"白日梦"为她小说《科学怪人》奠定了基础。罗伯特·路易斯·史蒂文森在梦中获得了他的小说《化身博士》的基本思路。近代的恐怖大师斯蒂芬·金将他的小说《危情十日》归功于一场梦。在本书第二部分,于尔根·沃尔夫为我们详细介绍了怎样获得源源不断的创作灵感,并教给我们怎样利用梦的力量、怎样塑造有感染力的人物,以及叙述语言等技巧。

对于作家来说,理想的写作环境至关重要。成功的作家对其所需的写作环境有着迥然不同的要求。女演员玛丽露·亨纳尔喜欢将她的写作素材摆满整间屋子。小说家伊莎贝尔·阿连德的代表作《精灵之屋》则诞生在她家的厨房里。还有另外一些作家,如伊恩·蓝钦只有在他家里的创作室或远在法国的乡村农庄才可以进行创作。每个人都有自己的行为模式,找到最适合自己的模式才是最有效的。在第三部分"坚持就是胜利"中,于尔根·沃尔夫为我们提供了一个个行之有效的方法。

在信息与网络快速发展的今天,完成作品后的作家们面临竞争更加激烈的营销市场。人们广泛接受的、传统而又依然有效推销自己和作品的方法固然不可忽视,然而,新形势、新环境下的更为新颖、更具创造性的营销手段也对传统的方法起到补充强化作用。这些实战型的手段与方法都可以在于尔根·沃尔夫这本书的第四部分中找到。

  就是这样,于尔根·沃尔夫为我们编著了一本如此精彩、如此实用的写作指南。书的每一章都配有要点、练习和补充材料,让我们在学习之后对所学内容的重点有进一步的理解。所列出的练习可以让我们举一反三。最值得称道的是,在补充材料中,我们可以获取到更为集中、更为详细、更具指导性的信息。

  在本书的翻译过程中,我们不时被作者渊博的知识、丰富的写作经验、简练幽默的语言和耳目一新的现代感所打动,同时这也成为一种无形的动力在激励我们。尽管我们一直在努力做好本书的翻译,但难免有错误和疏漏之处,恳请读者和专家批评指正。

译者

2013 年 12 月

引言 Your Writing Coach

当热爱与技巧结合，杰作就诞生了。

——约翰·罗斯金

你想开始写作，或者写得更多、更好吗？那你算是找对人了，我很乐意做你的写作教练，从头至尾带你去写作。本书的很多内容你在其他写作书里面绝对见不到。

如果你总觉得迟迟难以动笔，那或许就是我在本书第一章里面所揭示的某种担心。在这一章，你还能发现如何打消种种顾虑。之后我将帮你找到自己最适合写的体裁，到底是短篇故事、文章、小说、非虚构类作品，还是剧本。你还将学会如何把自己的知识和生活阅历融入写作。

接着我们就开始真正写作了，开始用你独特的右脑创造力激发出无穷无尽的想法。之后你将得知如何通过那个"为什么"魔法为你的故事提供蓝图，创作出生动鲜活的人物。我将和你分享"设问/回答法"，有了这个工具你就可以让读者们如痴如醉、兴致勃勃地读完你的书、故事或者剧本。你将了解一些写故事的秘诀，并用这些秘诀组织材料，你还将了解一些让语言生动有趣、夺人眼球的技巧。此外还会读到如何评价自己的初稿，如何通过改写让写作效率更高。

本书的第三部分讨论了一些至关重要却经常被忽略的话题。这些话

题包括如何争取家人朋友对你这种创造性活动的理解和支持,如何为自己营造出一个理想的创作空间,以及如何在精力开始衰退的时候激励自己。每个作者都时不时地遇到稿件被退回的情况,所以,我将告诉你如何应对批评家们,其中包括通常情况下最为苛刻的那一个——你内心深处的批评家。有了第十二章中介绍的神经语言学规划技能,你将能把内心深处的批评家转化成富有建设性的内在向导——这是避免或克服写作障碍的关键所在。

在本书的第四部分你将了解一些自我推销以及推销自己作品的秘诀,这些秘诀远非大多数其他作者使用的常规方法可比。还有一章关于新媒体的,是特意为此次新版而重新修订的,该章概述了新媒体为作者们带来的重大机遇,但是作者们要足够聪明才能发现这些机遇。这一部分的最后一章讲的是如何创造并享受写作生活。

在本次修订时,我增加了整整一个部分作为"起步"向导,主要是一系列小贴士,帮助你快速有效地写出你所选择的那种体裁的作品。

本书最值得称道的一点是在每一章的后面都有一个补充材料,你可以登录 www.yourwritingcoach.com 找到与这一章相关的更多资料,网站上有对全球热播连续剧《反恐24小时》的联合创作者罗伯特·考克安的专访视频，向你讲述那些让人惊心动魄的剧本的创作过程；还有一段对文学经纪人朱利安·弗莱德曼的专访，开诚布公地探讨经纪人对作家的期待是什么；另外一段是对来自"谋杀队"的一位推理作家的专访，这组来自英国的犯罪小说家们想出了免费宣传他们自己及其作品的方法。除此之外还有其他的一些视频专访、写作示范以及改写技巧，此处不再一一列举。

看完本书后如有疑问，欢迎给本人发电子邮件：jurgenwolff@gmail.com。我将竭尽所能、恪尽职责地做好你的写作教练。25年的写作经历让我明白一点，写作可以是世界上最让人心满意足、最富有创造力的事情——而且回报不菲。我愿意与你一起分享我的经验教训（有些甚至相当惨痛），并帮助你在写作的道路上取得成功。你准备好了吗？

Your Writing Coach
目录 | Contents

第一部分
各就各位，预备——

第一章　不再担心，不再找借口 / 3
第二章　找到自己适合的体裁 / 15
第三章　利用你的专业知识 / 27

第二部分
写！

第四章　源源不断的灵感 / 39
第五章　"为什么"的魔力 / 51
第六章　塑造有感染力的人物 / 60
第七章　故事的秘诀 / 81
第八章　注意你的措辞 / 103
第九章　再来一次 / 117

第三部分
坚持就是胜利

第十章　寻找适宜的写作空间 / 127

第十一章　友人相助 / 137
第十二章　驯服你内心深处（以及外界）狂妄的批评家 / 148
第十三章　写作时间 / 161
第十四章　向前进！向前进！/ 177

第四部分
推销！

第十五章　自我推销 / 191
第十六章　作家的游击战 / 210
第十七章　新媒体，新机遇 / 226
第十八章　写作生涯 / 257

第五部分
起步向导

第十九章　短篇故事写作的起步方法 / 269
第二十章　剧本写作的起步方法 / 274
第二十一章　传记或回忆录写作的起步方法 / 286

我们不说再见 / 294

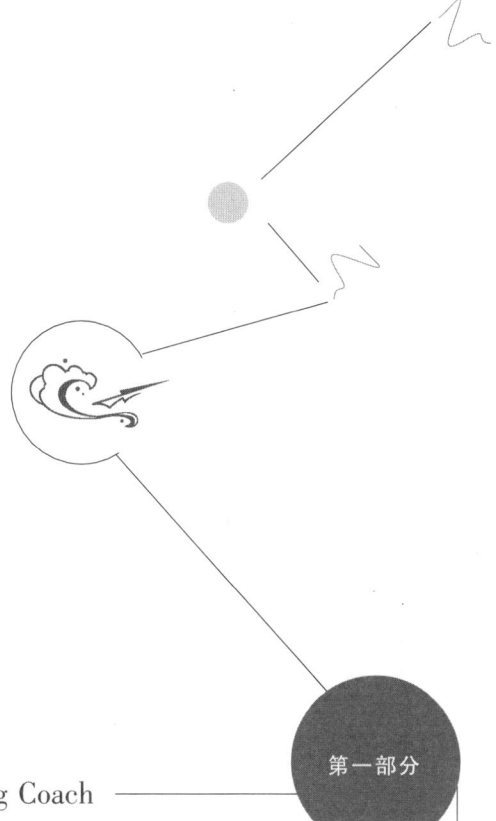

第一部分

Your Writing Coach

各就各位,预备——

所有的荣耀都来自勇于开始。
——尤金·F·瓦尔

如果你总是觉得迟迟难以动笔，那有可能是因为某种担心。而正是这些担心，让很多原本天赋出众的人无法自如表达，成为作家。在这一部分我们要迎难而上，正视担忧，打消顾虑。之后我们将确定你最适合的写作体裁。最后探索如何用你的经历和知识帮助自己选择要写的故事。

不再担心，不再找借口　第一章

> 要想在这个世界上成就一番事业，我们就绝不能因为畏惧严寒、担忧危险而裹步不前、瑟瑟发抖，而是要激流勇进，奋力拼搏。
>
> ——西德尼·史密斯

一个好的教练应该让你明白前方有可能遇到什么样的障碍，而我知道你通往成功之路的头号障碍，就是你自己。

几年前，我看到一本很不错的连环画《Pogo》，里面有一句名言："我们已经遭遇敌人，这个敌人就是我们自己。"这话没错。是的，想出合适的言辞表达自己，找到合适的经纪人推销自己，忍受编辑们或发行商愚蠢的决定，或许都不是一件容易的事，但是我们面临的最大的问题还是自寻烦恼。很多时候，这些问题源于我们的担忧。

你可能觉得自己绝不属于这种情况，但多数情况下，这种担忧不但他人无从得知，就连作为未来作者的我们自己也无法察觉。因此，请不要略过此章。假如你觉得本章所提及的某些担忧听起来有道理，那这些担忧就是你迄今为止不能随心所欲写作的原因。幸运的是，你将会看到，总有办法克服每一种担忧。最佳策略是现在就直面这些担忧，正视它们，然后再去具体开展写作，以及作品的推销。下面是创作者的七大担忧以及对应的克服方法。

担心被退稿

这是作者们和所有艺术家们最常见的担忧——实际上，也是人类最常见的担忧。通常情况下，当你做事犹豫的时候，根源还是因为你担心自己（或自己的作品）被拒绝。

或许在你小的时候，你的父母鼓励你尝试做一件事情时，说过类似的话："最糟糕的事不过是他们拒绝你。"可他们没意识到这正是最糟糕的事情。还记得自己十几岁的时候约人出去，而那个人却拒绝了你的情形吗——没准儿你还能想起当时咬牙切齿，恨不得找个地缝儿钻进去的耻辱。不幸的是，嘲笑起那些有别于常人的方面——太胖、太瘦、太高、太矮、太讨厌，还是不管太什么的时候，孩童们总是很快驾轻就熟。你得学会随大流，想方设法不那么与众不同。然而，具有讽刺意味的是，不管是写作还是任何其他领域的突破，都源于一些不同于常人的做法。

关于退稿，有些话不能不说：退稿是难免的。每个成功的作家都曾经遭遇过作品被退回的困境。他们中许多人在取得成功之前曾遭遇过多次退稿。这里有几个例子：

- 当初J.K. 罗琳用了一年的时间才找到一个出版社愿意出版哈利·波特系列的第一部小说——只有布鲁姆·斯伯利出版社出价2 500英镑。临别时她的出版商这样与她告别："乔，你永远别指望从儿童小说上赚什么钱。"

● 梅洛迪·贝蒂的非虚构作品《不再相互依赖》先后被20家出版社退回,后来却卖出了500万册。

● 乔安妮·哈里斯写了三本书都没找到一家出版社。她的第四本书是一部小说:《浓情巧克力》。这本书畅销全球,并且在搬上荧幕后风靡世界。

● 约翰·格里森姆的第一部小说《杀戮时刻》,先后被15家代理商和26家出版社退稿,最后怀恩伍德出版社同意出版——第一版才印了5 000册。直到格里森姆接下来的三本小说取得巨大成功后,这本书才成为畅销书。

● 威尔伯·史密斯的第一部小说找不到一家出版社愿意出版,最后他觉得自己实在不是块写作的料。18个月之后,他的经纪人说服他再试一次。这次书稿被采用了,而且达到了8 400万册的好销量。

这样的故事不胜枚举。失去一棵树木却得到整个森林。如果你对退稿早有预料,而且明白退稿对事不对人,那么这种情况也就不会让你觉得那么痛彻心扉。不妨提醒一下自己,那些给你下评语的人是"有眼不识泰山"(咱们不妨幸灾乐祸地想想,那些拒绝了J. K. 罗琳的出版社现在一定追悔莫及……)。

这并不是说当你的手稿原封不动地被退回,或者当代理商们说你的材料他们读都不想读的时候你的心里就不会难过。难过是在所难免的,但绝非无法承受。对于这一点,诺曼·梅勒在他的《怪异的艺术》一书中这样说道:

我们天生比他人敏感,所以必须要让自己更坚强、坚毅、果敢、学会对他人的吹毛求疵漠然置之。因此,一个出色的作者最好觉得自己既是强者，又是弱者，勇敢无畏又胆小羞怯，细腻敏感却又麻木迟钝。实际上，我们得学会接受生活带给我们的磕磕碰碰、起起伏伏，以及偶尔令人欣喜的奖励，与此同时，还得小心翼翼地呵护心中那似乎转瞬即逝的灵感。

换句话说，你不能简单地披上硬壳，试图变成另外一个人，仿佛这样就不会感到痛苦。如果你这样做，那你就失去了自我，也就无法创造出富有洞察力和情感的动人作品。这两面必须在你身上共生共存。幸运的是，有些方法可以帮你做到这些。一个办法就是总是在创作下一部作品。当你写完一部作品并着手寄出时，马上开始写下一部。这样你的创作灵感就会源源不断地流淌，所以哪怕第一部作品被退回，你也可以这么想："好吧，那部作品最终有可能会出版，也可能不会，但我现在创作的这部一定是了不起的杰作。"从感情上来说，把自己的全部写作生涯都寄托在一部作品上，然后日复一日地期待收到你作品的那个人的答复，看其是否愿意接受你的作品——没有比这种感觉更糟糕的了。

担心作品不够好

这种担心有时候足以打消一个人开始写作的念头。这样的人拿有史以来最伟大的作品作为标杆。你打算写出媲美莎士比亚、康拉德或者海明威那样的作品吗？或许不能（尽管很难预料）。那还写什么呢？按照这样的推理，你很可能永远都无法开始。

如果你恰恰属于那种总拿自己和有史以来最伟大的作家比较的类型，有两个办法可以克服这个障碍。一个办法就是告诉自己谁也说不准什么样的作品能经得起时间的考验。莎士比亚当初写的也是娱乐大众的剧本，假如他得知他的剧本在 400 年后还在传诵上演，或许也会惊得目瞪口呆。如果你在意后世如何评价你的作品，不妨这么想：反正你也不可能知道他们怎么评价。

更现实一点说，不妨告诉自己，作品也无须多么伟大才能对读者有所裨益。约翰·格里森姆或者丹尼尔·斯蒂尔的作品永远不可能在文学课上占一席之地，但是他们的书给成千上万人带来了乐趣。甚至"哈利·波特"系列丛书在一些文学评论家眼中也是一无是处，然而这些书却重燃了世界各地的孩子们对阅读的兴趣。如果你打算写非虚构类作品，你肯定能想出许多这样的例子，这些书的文学价值乏善可陈，但是却帮助、鼓舞了成千上万的人，比如《如何赢得朋友和影响他人》。理查德·卡尔森的书《别为小事烦恼》系列丛书已经销售了几百万册，他这样告诉采访他的朱迪丝·斯佩尔曼：

> 我没有自作聪明，也没有夸夸其谈，张嘴闭嘴大谈心理学术语，我只是写那些寻常普通的事，所以人们才觉得和自己息息相关。

如果你属于那种做事半途而废的人，或许是因为你老是拿写作伊始怀有的完美愿景去衡量自己写出的东西。比如说，你原本打算写一本书去点化一个遭丈夫遗弃、不得不独力抚养残疾幼子的女士，可是写到一半时却发觉自己塑造的人物性格远不如自己所期望的那么鲜活，或者情节尚有不少漏洞，抑或文笔不够生动。这个时候很容易前功尽弃——当你确定不能实现自己的愿景时，再继续下去还有什么意义？此时你也可能会有一个新的想法，一个或许尚不完美的新故事，所以你将手中的半成品搁置一边，开始创作那个新故事……直到新故事写了一半，同样的事情再次发生。经过几番尝试后，你很自然就得出这样的结论：写作这件事实在是浪费时间。然后就此放弃。

如果将你尚未完成的书稿和写作伊始心中所怀的理想不断比较会

让你止步不前的话，不妨这么考虑：你会因为一个十岁的男孩没有每天赚钱谋生而失望吗？想必不会。因为他只是个孩子，还没有长大成人，怎么能期望他创业谋生呢？你尚未完成的书稿也只是个孩子。只有在作品完成并加以改写润色后它才算长大成人。那个时候才应该去评价它的优劣，而不是现在。

还有一点非常重要，你要知道，对任何一个艺术家、作家、建筑师或者其他的创造性工作者来说，觉得自己的成品能符合心中最初梦想的少之又少。我敢说米开朗基罗仰视着西斯廷教堂的穹顶时，一定觉得还能画得再好那么一点点。如果你承认这是创作过程不可缺少的一部分，你就不会再为所谓的失败惩罚自己了。这种现象也有积极的一面，那就是它可以鞭策你，让你心怀希望、周密地去写好下一部作品，让梦想离你更近。或许你永远都到达不了梦想的彼岸，但是这种渴望让你带着希望不断前行，并无意中收获几部作品，让数十人乃至百万人感觉欢愉、振奋或受益。

对于有些作者来说，能想明白这个道理就不错了，可有些作者内心深处不愿意接受这么简单的道理。如果你就是一个这样的作者，在第十二章可以找到解决办法："驯服你内心深处（以及外界）狂妄的批评家"。

担心成功

所有人都能理解为什么有人会害怕失败，但是却难以理解为什么有人会害怕成功。其实是因为我们往往惧怕变化，而成功也是变化的一种。或许我们担心我们的老朋友不再喜欢我们，或许我们无法应对名利带来的压力，抑或是我们担心在公众的注目下，我们的缺点会暴露无遗。

事实上，唯一不变的是变化。不管你能不能成为知名作家，你都会失去一些老朋友，结交一些新朋友，你都会有经济压力（囊中羞涩或是为金钱所累），偶尔还会觉得身心俱疲。

就钱来说，如果你赚了很多钱，你完全可以选择不要。如果你不喜欢太有钱，你可以选择过得清贫一点。可是多数时候你是不会介意有钱的。正如有人曾经指出："钱无法买来幸福，但是它至少可以让不幸福好过得多。"

至于名望，作家们比演员们强多了。一个知名演员有成千上万的人认识他，可是一个拥有成千上万读者的作家依然可以选择低调生活。除了看封底上的照片，大部分读者甚至不知道他们喜爱的作家长什么模样。一本畅销书的作者可以声名远扬，但是却不必为盛名所累。

担心过度展示

有时候一想到自己创作的书或者剧本内容太过隐私，超出自己本意，作者们就会惊恐不已。这不一定非得是指日期、时间和姓名与自己的经历对号入座，而是他们已把内心最深处的恐惧、羞愧和渴望融入了作品中。

当然，在某种意义上这是件好事。当这样深刻的感受在作品中得以展现时，就更有可能引起读者们的共鸣。或许你所喜爱的书正是那些让你觉得能与作者感同身受、志趣相投的作品。如果不能这样袒露心扉，你的文字将缺乏动人的情感。很多作者曾说写作有一种疗效。将自己的忧惧和激情付诸文字、构思出一个故事去表现事件本该如何进展，超脱其真实状况，可以算得上是一个治疗过程。科幻小说和奇幻小说的先驱雷·道格拉斯·布莱伯利在一次人道主义奖项颁奖晚会上这样祝祷：

> 恳请帮助我们明了，唯有爱方能让我们创新，唯有创新方能让迷途者知返，方能改变世界分毫。

读者们并不具备那种 X 光的透视能力，可以一眼看穿你写的哪部分是真实的，哪部分是杜撰的，而且通常他们也不去关心这个。他们在意的并不是作者本人的亲身经历，而是主人公的经历。

一个貌似不相干、却不容忽视的问题就是亲朋好友们会不会在你的作品中寻觅他们自己的影子。人们对自己所知甚少，以至于有人会在一个基于截然不同原型的人物身上看到自己的影子，而另外一些人却看不到原型为自己的人物身上有自己的痕迹。当然，你得避免诽谤性的描写，除此之外大可不必在意。你只需要跟着故事推进、赋予作品必需的情感、让人物栩栩如生。作品完成后，假如有人问你如何创作出某一个人物时，你完全可以不说真话。我不是说我曾经这么做过，但是当我的剧本《弑母》上演时，我确实告诉我母亲剧本是取材于一个朋友给我讲述的他母亲的故事……

担心自己江郎才尽

大部分人都听说过出版界业内的诅咒：通常第二部小说都不如第一部那么成功。出现这种情况很多时候是因为第一部小说有很强的自传色彩，而且作者花费了多年心血才写成。一旦取得成功，出版商可能会催着要出版后续小说，有时难免牺牲质量。因此初次出书的小说家们自然会担心第二部小说的成就能否与处女作媲美，但有时候作者们第一部还没写完就开始有这样的顾虑了。

克服这种顾虑有两种方法。有些作者终其一生只创作一部作品。

最佳典范当属哈珀·李,她的代表作为《杀死一只知更鸟》。这本书不但为数百万人带来了快乐,还产生了重大社会影响。20世纪六七十年代早期,那些维权律师们冒着生命危险为黑人争取平等权,当问及是什么激励他们这么做时,很多人都说看了《杀死一只知更鸟》是其中一个因素。如果你只写一本书,但是这本书如此富有影响力,那有什么不好呢?

然而实际情况是,大部分的作者都能创作很多部书。消除顾虑的一个好办法就是在你还在创作第一部作品的时候,就把未来要写的想法记在笔记本上。简单写下任何关于故事、人物、背景、情境的灵感,以及少量的对话等等。别因此分散了你的注意力,但是要把笔记本放在触手可及的地方,以便提醒自己还有源源不断的灵感。第四章"源源不断的灵感"也会告诉你一些激发灵感的策略。

担心自己太过老朽

目前出版界都在力推那些年轻、有魅力的作者,你或许会担心自己有点不合时宜。诚然,当出版商遇到这样一个作者,照片印在封底上性感迷人、作为一个新秀可以好好包装推广,他们肯定会欣喜若狂。但是,例外者总是不乏其人。2003年,诺曼·莱布雷希特在54岁时凭借他的小说《姓名之歌》赢得惠特笔奖。在《卫报》上他这样说:"这里还是有一些文学经纪人愿意相信一个年过半百之人的。"那些大器晚成的作家还有安妮·普洛尔斯、佩内洛普·菲茨杰拉德以及玛丽·卫斯理。

莱布雷希特这样为年长的作者辩护:

> 我读小说时愿意听听那些有阅历的人是怎么说的。当然有很多艺术形式特别适合年轻人,他们可以畅所欲言——比如说流行

音乐，比如说表演艺术——这些更适合风华正茂的年轻人，而不太适合中年人。但是小说以及交响乐都需要深思熟虑，需要尽可能把你丰富的人生阅历融入作品，甚至你以前都没料到自己会懂得这么多。

担心研究让自己不堪重负

如果你写的是历史小说，或者是关于异国他乡的书，或者是某个专业领域的著作，你可能担心有些细节搞不清楚。之所以罗列很多写作计划，就是因为作家一步步深陷研究，如同进入迷宫找不到出口，最后无功而返。

贾尔斯·明顿是一位记者，他曾写过一本非虚构作品《武士威廉》，威廉是第一位到日本去的英国人。在《作家新闻》杂志上他这样写道：

> 当你习惯了写一两千字的东西时，写十万字是截然不同的经历。我认为新闻写作教会我一点，那就是结构非常重要。在动笔写《武士威廉》之前，我读了不少素材，所以对整本书有一个宏观的认识。然后我把书分成若干章节，之后又把章节分成若干片段。我认为你要处理这么多信息的话，就需要把控好。

明顿的方法给那些害怕处理大量研究工作的人带来了希望：

> 我对整本书有一个全面了解，然后我会研究这个章节后去写哪个章节。涉及的信息量那么大，我不可能一下子先把整本书都研究透彻。

当然互联网对于研究者来说是个很不错的资源。研究者不但可以利用互联网查找信息，还能找到一些乐于助人的专家为你答疑解惑，或者帮你检查那些拿不准的地方。你可能想不到有人请那些专家审查书稿的时候，他们会受宠若惊，其实有很多人乐意免费帮忙，即使有人收费，价格也很公道。互联网的这种潜在价值也会让作家觉得研究并没有那么让人望而生畏。

关于勇气

罗洛·梅在那本绝妙的《创造的勇气》一书中这样写道：

> 如果你不去表达自己独到的见解，如果你不去倾听自己的心声，那对我们这个社会也将是一种背叛，因为你未能为之做出自己应有的贡献。

写作就是这样，如果你仍然心存忧惧，不妨暂时把它搁置一旁，全神贯注地去写自己力所能及的东西。本书接下来也将帮你出谋划策，找到你努力的方向和方法。你可能会写出一篇文章、一个故事、一本书，或是一个让读者无限遐想的剧本。这些读者你不曾谋面，也不知他们姓甚名谁，但是你却对他们袒露心扉，因为你已经拥有了追寻梦想的勇气。

要点

- 写作成功道路上最大的障碍通常是你自己。
- 有些人因为害怕就止步不前。七大担心为：

  担心被退稿

  担心作品不够好

  担心成功

  担心过度展示

担心自己江郎才尽

担心自己太过老朽

担心研究让自己不堪重负

● 如本章所述，所有的顾虑都可以打消。

练习

● 如果你被任何一种担心困扰，每天早上挑战他们。

● 当你看到别的作家如何成功，记下他们是如何打消和你一样的顾虑的。

补充材料

在 www.yourwritingcoach.com 网站，进入"Chapter Bonuses"栏目，然后点击第1章，就可以看到对记者、纪录片制片人露西·杰戈的独家专访，她也是克服种种担心才写出长篇巨著《北极光》的。这本书为她赢得了安德鲁·隆内传记作家的俱乐部奖，也赢得了一个大出版社六位数的合同。

找到自己适合的体裁　第二章

让那些没有你或许就永远无法显现的东西得以显露。

——罗伯特·布列松

或许你有写作的冲动，却不知道自己究竟想写什么。有创造性的人往往什么事都想试试，最好还是同时进行。如果写作对你来说只是个爱好，那就想方设法多些尝试，随心所欲地写自己想写的各种体裁。但是如果你的目标是做职业作家，那就最好集中精力、专攻一种体裁，并为此不懈努力、不断精进、成名成家。

想知道自己该写什么体裁，最简便的办法就是回答这个问题：你爱读什么？如果你嗜好悬疑小说，或经常光顾书店，等着购买斯蒂芬·金和克里夫·巴克的最新小说，或者你的书架上满是科幻小说，那你的答案就显而易见了。即使是在同一种类型下，也有很多子类，例如"犯罪小说"就包括传统悬疑小说、侦探小说（下面又有一个子类取证小说)、犯罪漫画,等等。你的回答越具体越好,因为代理商和出版社需要给你的书定位。

要写你喜欢的东西,而不是你觉得会畅销的东西。如果你试图去写自己不感兴趣的东西,结果是明摆着的。J. K. 罗琳塑造了哈利·波特这个形象之后赚了个盆满钵满,成千上万想成为作家的人也决定去写男孩巫师,但是类似的成功作品还是出自那些真正喜爱奇幻作品的作者,这些人在奇幻作品成为摇钱树之前就已经爱上这种体裁。

对于那些想创作非虚构作品的人,我的建议也是一样的:跟着自己的兴趣走,而不是因为此刻有关南北战争、或烹饪、或人际关系方面的书卖的正火。

与此同时,一定要了解图书发行、报刊、电视、杂志的大趋势。如果某一种类型或题材完全过时,想要单枪匹马地复兴这种题材将比登天还难。比如说,我童年的时候,美国网络电视的黄金时间至少有一打西部系列连续剧,但是那种题材多年前就已经不受欢迎了。同样的,过去的爱情小说里,往往是一个纯洁无瑕的年轻姑娘爱上一个华而不实的陌生人,最后却发现那个邻家男孩才是自己的归宿,这样的故事很少露骨,往往一吻定情。尽管那种模式现今依然存在,但只是例外而非一定。在杂志界,短篇小说的市场几乎已经消失殆尽,文章也通常比过去短得多。如果你写的是自己所读过的题材,你就会明白你所感兴趣的出版界、电视界或电影界的现状如何。

即便你缩小了选择范围,在虚构和非虚构作品之间已经做出了选择——比如你打算写虚构作品——你还需要进一步决定到底是写短篇故事、小说、剧本、戏剧还是诗歌。如果你打算写非虚构作品,你还得在书籍和文章之间做选择。如果你已经知道自己想写什么,你可以略过本章余下的部分。如果你还不知道,为了帮你做出决定,我将把每种主要写作体裁的要点概括如下。

第二章　找到自己适合的体裁

写小说

写小说不是一蹴而就的。且不说质量如何，单是写作字数就很吓人。小说的篇幅各有千秋，但是一般来说，一部长篇小说长度大约在75 000字。往好处说，这让你有足够的空间去创作故事，也有足够的时间去深入刻画人物。只要愿意，你可以让故事跨越几代人。写小说的乐趣之一就在于你可以和你创作的人物在一起度过很长一段时间。

同时这也带来了挑战，意味着你要找到一系列人物、一个故事情节和一个结构来让读者一直保持那么久的兴趣。很多有始无终的小说都是作者在写了一百页后发现他或者她已经把故事讲完了，对于那些不喜欢太早列提纲、谋篇布局的作家们来说这尤其可怕。因此在你开始动笔之前，就要深思熟虑，看看自己选择的写作主题和情节是否足以讲那么久。

小说作者一定要擅长小说写作的方方面面：人物对话、场景描写、情节发展。如果你不喜欢写描述性的文字但是喜欢写人物对话，那你可能更适合写戏剧或是电影剧本。

虽然媒体大肆渲染为数不多的几位作者，他们因为出版了畅销书赚了个盆满钵满，但是通常情况下小说家的遭遇与此大相径庭。一部长篇小说的预付金平均约为五千美金。无论书是否出版，这笔预付款都是你的，而且如果你这本书的版税超出了预付金，你还可以拿更多钱。当然，每个作者都希望他或她的小说会是一部能够引起评论家们或电视节目关注的小说，并且能够跃居畅销书排行榜榜首。我的写作班有一个学员露西·杰戈就是这样，而且每次我把自己的一部新作推向世界的时候，也是带着由衷的愿望，希望它能表现不俗的。但是，我还是建议你别指望着能靠写小说发大财。

即便是你已经把小说推销给了出版社，也不算大功告成。正如你将在第十五章和第十六章看到的，现在的作者越来越多地承担了他或她的新书销售的责任。他们必须参加电台和电视台的访谈节目、对着各种团体演讲、签售新书，等等。如果你不可救药地害羞，这可能会让你觉得无比紧张；也有另一种可能，因为你要推出的是你自己的"孩子"，你的表现可能会让自己出乎意料，你也会发现自己还挺享受这种做法。而且，没有比看到有人在读自己写的书更开心的事了！

总而言之，如果你想写大故事（或者详细地写小故事），如果你热爱挑战、想掌握写作的一切要素，如果你有坚韧毅力和果敢决心，你就非常适合写小说。

写电影剧本

首次进行电影剧本创作可能会让你觉得孤单。尤其是在写一部推销用剧本的时候，也就是说你写的时候没有委托授权，而只是怀有期望。一般来说，在没看到你能写剧本的证据之前，是不会有人愿意委托你写的。这个推销用剧本就是你的名片，可能它会销路不错，更重要的是，它可能给制片人留下深刻印象，足以让他们请你改编一本小说或者再给他们写一个剧本。

对于那些热衷写人物对话的人来说，写剧本尤其开心。虽然你也要描写情节，但是这种描写非常简明扼要。例如，在剧本中你可能这么写："乔治走进了酒吧。从 20 世纪 30 年代起这里的摆设就没怎么改变。"如果要拍成电影的话，会由布景师来决定酒吧到底是什么样的、使用什么样的道具，等等。相比之下，一个小说家就有可能花上几段的笔墨来详细描写那个场所。

剧本作者必须遵循特定的格式，而且他们的剧本长度受到限制，

第二章　找到自己适合的体裁

以符合电视时段，如果是故事片的话大约要写 95～125 页。有些作者喜欢按照固定的长度写作，而有些作者却觉得这样做令人沮丧。

一旦你将剧本推销出去，或是开始有人委托你写剧本，剧作家的经历和小说家们就截然不同了。到了那个时候，你将再无权决定或左右你所写作品的命运。有可能你原本写了一个柔情似水的成长故事，可是如果制片方决定要把它改为一个哗众取宠的故事，讲述一个年轻妓女如何走向穷途末路，他们无须得到你的同意就可以那么改。

在好莱坞发行的每一部电影都有过一连串的作者，或者更准确地说改编者。但是在职员表上你不会看到所有改编者的名字，因为作者协会限制致谢的作者人数，并且往往倾向于原作者。有时这种改写让你的作品面目全非，有时也会给你的作品锦上添花。在英国和欧洲的其他地方，人们比较尊重作者的地位，但是也不敢保证你的意见会不会被当成耳旁风。关于这种权利流失的现象，有一个经典的笑话，讲的是一个初涉影坛的演员为了出名，居然蠢到和作者上床睡觉。

但是我也不想把情况说得这么不堪。当我的电影《真正的霍华德·施皮茨》开始拍摄的时候，导演瓦蒂姆·吉恩打算对作品有任何改动的时候都会来请教我，改写也全部是出自我一人之手。我甚至在一幕戏中和主演凯尔塞·格拉玛一起出镜。在为奥尔森姐妹写电视电影时，我和制片人吉姆·格林也有过非常愉快的合作经历。我认为如果你是个控制狂，或者脸皮太薄的人，你可能就不适合写剧本。如果你善于变通、乖巧得体、耐心细致又从善如流，你的性格就完全适合写这类作品。

在金钱方面也有利好消息。剧本作者，尤其是那些写故事片的作者的收入往往比其他作者要高。作者协会已为大部分种类的剧本规定了最低稿酬标准，经验丰富的作者收入会更高。但是并非所有的制片公司都是作者同业工会的签约方，所以也可能给不了你那么多。如果有人委托你写剧本，通常情况下会与你签一个"分步协议"，即每进展一步就可以按照协议拿到一定数目的稿酬。这些步骤可能是首先提供一个提纲、然后第一稿、再第二稿、之后修正稿。只要买家对你任一阶段的作品不满意，他或她就可以同你解约，然后你就无法拿到其余步骤的稿酬。但是如果你写剧本的话，很有可能你会有一个经纪人为你打点一切（关于经纪人的职责范围和如何寻找经纪人，见第十五章）。如果你决定要写剧本的话，见第二十章"剧本写作的起步方法"。

写戏剧

写戏剧和写电影剧本有点相像，但是你得考虑舞台的局限性。有了巧妙的舞台布景和特效，这可能不是个问题，《指环王》的舞台制作和音乐剧《星光快车》就证明了这一点。在《星光快车》中，人们穿着轮滑鞋在戏院里面跑来跑去（象征不同类型的火车）。如果你和导演、布景师以及演员能把工作都做好，观众们就会接受你们给他们带来的一切。

受到热捧的都是那些在伦敦西区和百老汇上演的作品，但是进入这些市场异常艰难，尤其是自从音乐剧占领戏院的大半江山以后。不过有一个隐形市场消化了很多剧本，那就是业余表演和地方剧院。每年都有成千上万的剧本在学校、教堂大厅、小剧院和其他场馆上演。这些场所也在寻找那些具备某些特征的剧本：出演人员众多可以让每个人都能有个角色、女多男少（因为愿意加入的女人和女孩子比男士多）、内容没有争议。他们既需要长篇作品也需要独幕剧。这可能会在某些方面限制你的发挥，但是依然是个不错的市场，而且竞争不像其他市场那么激烈。

第二章　找到自己适合的体裁

多数情况下，你会先得到一小笔预付款，之后还会有版税，版税数目同样不大，但是可以积少成多。我就有一个独幕剧在这个市场循环上演，每年我都会接到有版税到账的通知，同时我也知道它曾在何处上演。在一些默默无闻的小镇会有这样那样的团体觉得我的作品适合被搬上舞台，我觉得看到这些小镇的名字相当开心。如果真的打算靠这个市场谋生的话，你就得写很多剧本了。但是一旦你有几个剧本能巡回演出的话，这些版税就能给你带来不菲的额外收入。在www.yourwritingcoach.com 的网站上就列出了书目，这些书可以指导你如何以及向何处呈送你的剧本。

写儿童读物

《哈利·波特》责任不小。出版社说他们接到潮水一般的咨询和投稿，有很多人突然决定自己想为年轻人写书。儿童读物貌似易写，所以市场竞争一直激烈。尤其绘本更是如此：写上个一百来字，就搞定了！是的，只有一百来字，但得是合适的那一百个字。

有时候人们觉得，自己会给儿孙讲聪明的老鼠智胜猫先生的睡前故事，便足以胜任创作儿童读物了。当然，能和孩子愉快相处很重要，但是研究现有读物也同样重要。有人会惊讶于很多儿童文学的精密复杂以及所涉题目的丰富多彩。对于逃避现实的故事，人们仍有需求，但是市场也亟须一些书来帮助孩子们理解生活不那么阳光的一面。

如果你想写绘本的话，无须亲自绘图或者着手寻找艺术家绘图，那是出版社的职责所在。但是，你应该简单描述一下你心目中每幅画面该是什么样。

尽管市场竞争激烈，如果给儿童写作——而不是写成儿童水准——是你力所能及的事，你还是很有成功的希望的。

写短篇小说和诗歌

短篇小说往往是选取某个瞬间、某个人物的生活片断，或是一个出人意料的故事，对时间投入要求相对较低，篇幅可以在 1～30/40 页之间。跟写小说一样，你需要同时具备写描述性文字和写对话的能力，但是对情节构思的要求不那么让人望而生畏。这并不是说写出优秀的短篇小说很容易，只是对作者和读者来说，都不需要太多的坚韧毅力而已。

不幸的是，近几十年来短篇小说的市场一直在萎缩。过去大多数的消费者杂志，甚至相当数目的报纸常常刊载短篇小说，现在却很少有杂志和报纸这样做了。另外，短篇小说主要依靠小的新闻出版机构，这些小的新闻出版机构有的集中于一种题材，比如说恐怖小说或科幻小说，其他的专门发表比较文艺的短篇小说。大部分成册出版的短篇小说集辑录的都是那些业已成名的小说家的作品。因此，写短篇小说不可能让你赚很多钱，但是可以给你带来无尽的创作自由。很多成功的小说家都承认，创作短篇小说的经历赋予了他们技能和自信，让他们进一步进行长篇创作。

现在，诗歌也仅限于专业的出版物与诗集。诗人们从未指望赚大钱，但是他们的作品或许是所有写作艺术中最个人化的了。能把作品刊登在一个发行量不大的杂志上就已经让人觉得心满意足了。此外还有诗歌网站可供诗人们分享自己的作品。使用谷歌或其他搜索引擎并输入关键词"诗歌网站"，你就可以找到。

如果你决定要写短篇小说的话，请参看第十九章"短篇故事写作的起步方法"。

第二章　找到自己适合的体裁

写非虚构作品

非虚构作品出版的数目远远多于虚构作品。这些书的主题相当广泛，而且在过去几年中，社会对个人发展方面和实用手册的需求增加了。自然，出版社会期望你在打算涉足的领域有一些特别专长或者经验。然而这并非意味着你得有正规的资质，拥有相关生活经验足矣。最重要的是找到一个新颖的视角来写这个话题。

对于英国厨师杰米·奥利弗来说，这个新颖的视角有两点：一是他的烹饪方法强调简单、健康的饮食，这种方法恰逢其时，正是在人们厌倦了那些华而不实的烹饪法时提出的；另外就是他第一本书和第一次电视节目的标题——光身厨师（指的是烹饪方法而非厨师本人！）。标题大胆新颖、引人入胜，且与众不同、让人过目不忘。这两点和奥利弗阳光、积极、乐观的气质相得益彰，当然他的可爱（现在可能因为曝光过度有所减少）也是一个重要因素。

有一个领域我警告大多数人还是不要涉足，这就是回忆录。除非你一直活在公众的视野中，或者你的经历确实不同寻常、值得述说，否则你很难让直系亲属以外的人对你的生平感兴趣（甚至有时候难以让你自己的家人感兴趣……）。当然，你也可以选择自助出版这样的作品并把它分发给你的亲朋好友。想了解更多，见第二十一章"传记或回忆录写作的起步方法"。

创作非虚构作品的好处之一就是你无须写完整本书就可以知道出版社是否有兴趣出版。你只需要写一个方案和几个章节作为范例即可。在第十五章你将看到一本书的选题方案应该包括什么内容以及如何写。你或者你的经纪人可以将方案发给几个出版社。如果他们有兴趣的话，要么会要求看更多内容，要么会马上和你签下合同让你写完该书。

当然，非虚构作品作者的收入相差悬殊。除非你写的是非常热门的图书，尤其是那种能够让几家出版社竞相出价的书，否则你得到的预付款可能不会很多，大约在 4 000 到 10 000 美金之间。出版社盈利超出预付款后你还可以拿到版税。专业性的图书不大可能跻身畅销书排行榜，但是长远来讲会给你带来稳定的收入。

比如说，我和我的朋友凯里·考克斯合著了《成功编剧》一书，该书在市场销售将近二十年，售出近 65 000 册，最近才刚刚脱销。此外，图书的外文版权也有可能带来收入。我所著的《做点不一样的尝试》一书由维珍出版集团在英国出版，该书还被译成中文、韩文、西班牙文和保加利亚文出版。一般来说，图书的版权收益不会很多，但是同样也可以积少成多。

写杂文

杂文市场还算健康。大部分杂志都会至少采用几个自由撰稿人的来稿，有些杂志则几乎完全由自由撰稿人供稿。看一看林林总总的杂志种类就知道可以写的话题范围广泛。你最好是专写某一领域的话题，这样编辑会慢慢熟悉你并且相信你很专业。即使你本人并非专家，你也可以引用专业人士的话来创作文章。

有一小部分刊物的稿酬确实可观，但是大多数情况下稿费较少。如果你能给稿件配上照片的话，文章会更有吸引力，你也可以因此获得额外稿酬。要靠写短文谋生你得写上很多，但是高明的作者总有办法把同一个调查采访当成三四个不同的故事来推销投稿。例如：你采访了当地一个因种植玫瑰获奖的人。你可以将故事的一个版本投给园艺杂志，另外一个版本以"邻家男子取得成功"为角度投给他所在当地的报纸，还可以有一个版本投给为退休人士开办的期刊，讲讲如何在晚年培养这样的业余爱好。

如果你有很多写文章的思路，不管是当面还是电话采访都能感到愉快，做事有条不紊，能收集好所有来函、稿件和票据，那你就非常适合写文章。

决定时间

我希望你现在已经明白到底什么样的作品最吸引你。在你的写作生涯中，你可以写很多不同的东西。有些小说家得以将自己的作品搬上舞台或者荧幕，还有些人写了很多文章，最后将同一主题的文章汇编成书。重要的是选择一个领域然后开始。

要点

- 想知道自己该写什么体裁，最简便的办法就是认真考虑自己最爱读什么。
- 写小说需要耐力和全面技能，还需要协助销售作品的意愿和能力。
- 写剧本收益颇丰，可是一旦剧本售出，你就无法左右创作，作品有可能被改编。
- 写戏剧需要人物对话方面的才能，最大的市场在于为业余人士和学校创作的戏剧。
- 写儿童读物要求你能充分了解孩子的喜好，还要研究这个市场。
- 写短篇小说给你创作上的自由，但是商业需求在下降。
- 写非虚构作品需要你有专长或者能够深入了解，但是市场

巨大。

- 写杂文需要你创作力旺盛，而且市场运行健康。

练习

- 一旦你决定了自己主攻的写作类型，不要只是作为一个消费者，而是要成为一个分析家。如果你读过某个成功作品，分析一下它为什么有用、有什么用，同样分析一下不成功的书或剧本或小说，看看为什么它们不成功。

- 如果你发现自己想在不同体裁间变来变去的话，在笔记本上记下自己所有的灵感，以免忘记。但是要坚持当前的体裁不变，至少写完并且推销出一部作品。

补充材料

在 www.yourwritingcoach.com 网站，进入"Chapter Bonuses"栏目，然后点击第2章，就可以看到对彼得·哥特利基的独家专访，他是《观察家》犯罪小说的评论员，也是六部犯罪小说的作者，他将向你讲述好的犯罪小说需要具备什么要素。

第三章 利用你的专业知识

> 只有看到自己能做什么时，我们才真正认识了自己。
>
> ——玛莎·格林姆斯

或许你曾经听过那句古老的格言："写你知道的。"自然，这并非什么必须遵守的金科玉律，否则的话就不会有奇幻小说或是科幻小说了，连环杀手惊悚小说也只能由连环杀手来写了。但是如果你有一些专业知识和经验可以融入到你的虚构或非虚构作品中去，这肯定是个优势，会让出版社和读者觉得内容更有趣也更可信。这一点差不多适用于各行各业：广告业、金融业、教育业、公共关系领域。即便是家庭主妇，也能在写作中用自己独特的风格和视角表达自己的经历。

你知道什么？

就算你从没在任何有趣的行业工作过，也不要觉得自己就一定没有可以利用的材料，花点时间想想做过的事情和曾获益于的：

- 你的成长经历和人际关系
- 你曾生活过的地方
- 你的朋友
- 你的兴趣爱好
- 你在学校的时光
- 你从事过的工作
- 你做过的义工
- 你游览过的地方
- 你的罗曼史
- 你作为父母亲或者阿姨、叔叔或教父母的经历

在本章我将重点探讨三个非常热门的专业：警察、医生和律师。即使你从未涉足这三个领域，也可以接着读下去，然后思考一下如何把同样的方法和原则应用于你熟悉的领域。首先，咱们来认识几个这些领域的实践者，听一听他们是如何写作的。

犯罪题材确实赚钱

犯罪题材覆盖了好几个范畴。最近几年，关于法医推理的小说、电影和电视连续剧一直都是最热门的。这个亚题材中的一位畅销小说家名叫凯丝·莱克斯，她的书包括《无骨的粉碎》和《识骨寻踪》。凯丝·莱克斯身兼美国北卡罗来纳州医事检查处的刑事人类学家，以及加拿大魁北克省犯罪暨法医研究所的法医。起初她在蒙特利尔的法医实验室工作，帮助鉴定在一片林地中找到的骨骸，几个月前曾有一个孩子在那里失踪。她确认了这个孩子死于他杀。在她的个人网站

(www.kathyreichs.com) 上的一段访谈中，她概括了这种作品的魅力所在：

> 现代凶杀疑案，也就是我创作的这种题材之所以吸引人，就在于我们用科学来解决这些问题，而不是像之前和现代的有些悬疑作家的典型做法——使用直觉。我认为我们是用科学来回答"这是谁干的"这个问题。

柯林·坎贝尔，一位英国作家，他退休前做了三十年的警察。他创作的是比较传统的警界惊悚小说，比如《独腿男人之歌》。他说这本书不仅讲述了一个具体的犯罪故事，还讲述了在战斗一线友情的珍贵，以及在这种情况下的背叛如何让人觉得愈发痛苦。这说明一点，读者不只是对警察工作的程序感兴趣，他们还想知道这样的工作对警员们的私生活有什么样的影响，以及警员们面临的道德和伦理困境。坎贝尔乐意去填补这个他认为仍未开发的领域。他这样和 Spinetingler 杂志社说：

> 这些警界元素都取材于我工作中亲身经历或了解到的真实情况。不管是幸福还是悲伤，它们就在那儿。那些黑色幽默只是帮助你完成转变，还有同志之爱。似乎还没有人去写身着制服在一线战斗的警察，我说的不是那些追踪连环杀手的侦探，而是真正冲锋陷阵的警察。自从美国的约瑟夫·温鲍写了《少年歌者》以来就没有这样的作品。迄今，我认为我的犯罪小说是歌颂那些身穿蓝色制服的小伙子们的。

有一些执法人员，比如约翰·道格拉斯，也创作非虚构类的犯罪作品。道格拉斯在 1995 年之前曾担任联邦调查局的分析员，曾追踪过诸如亚特兰大的杀童犯和西雅图的格林河杀手这样的"猎杀"者。他称自己为"心理神探"，他的作品包括真实的犯罪故事《协议情人》，网络第一连环杀手故事。道格拉斯的网站 www.johndouglasmindhunter.com 登载了一些极好的文章，讲的就是分析员的工作。这是一个善于营销的作者：在他的网站上，你可以买到约翰·道格拉斯的"心理神探"帽子、咖啡杯、保险杠标贴和鼠标垫。

医生们很吃香

1985 以来，乔纳森·凯勒曼创作了二十多本小说，包括一个长篇连载，刻画了一个名叫亚力士·达拉威的心理学专家。凯勒曼告诉《纽约时报》说，14 年以来他一直都是个不成功的作者，一边攻读心理学博士学位，一边还在医学院做教授，同时还在一个儿科医院专门治疗童年创伤。忆及往事，他说他只是写作，却不改写，"一丝不苟地忽视了故事结构的基本要素"。此外，他也不在作品中体现自己的真实经历。

> 我担心透露任何关于自己的情况，因此编出一些和我本人或其他任何人的生活迥然不同的故事来。

当他准备就绪，打算写一些比较个人的故事时，他塑造了亚力士·达拉威这个人物。这个人，凯勒曼说："比我本人要勇敢些，瘦弱些，也好看些。"他让一名警员作为达拉威的搭档，而且，为了避免落入俗套，他把这个警员描写成一个放荡不羁的凶杀侦探。这本书——《当树枝折断时》——斩获两项大奖，成为口耳相传的畅销书。凯勒曼说：

> 作为一个心理学家，我试图构建人类行为的规则。而作为一个小说家，我痴迷于规则以外的行为。

在利用自己的医学背景来写作的当代作家中，或许最著名的要数迈克尔·克莱顿了。从哈佛医学院毕业后，他写了《天外来菌》、《时间线》和《恐惧状态》等小说。他的书售出一亿多册，此外他还创作了电视连续剧《急诊室的故事》。他是唯一一位包揽美国最佳图书、最佳电视、最佳电视节目的作家。我都开始有点恨他了……

老实说，他的众多天赋之一就是密切联系人们所想、所议之事，尤其是在医疗界和科学界，然后将这一切用引人入胜、悬念丛生的故事情节包装起来。有时候他很超前：早在1974年，他就写过《急诊室的故事》的电影版，可是当时没人想把它拍成电影。制片人都认为它太专业化，太杂乱无章、节奏太快。正如他在个人网站www.crichton-official.com 上写道的：

> 此后的19年中，它一直被束之高阁——每隔5年或10年拿出来改改，给制片厂或者电视台看看，然后又一次被拒绝。最后，美国国家广播公司把它改编成了电视剧，然后它就被拍成了连续剧。

这话说得有点太轻描淡写了：《急诊室的故事》赢得了包括最佳剧情类电视剧（1996）在内的22项艾美奖，以及创行业纪录的115项提名。

就是法律

目前，最出色的律界题材小说作者是约翰·格里森姆。从密西比大学法学院毕业后，他当了十年的律师，专门代理刑事辩护和人身伤害诉讼。正是因为无意中听说了一个儿童强奸受害者的故事，他才萌生了念头，要去写一部小说，探讨假如受害者的父亲谋杀了迫害儿童的那个人，结果会怎么样。这就是1987年出版的《杀戮时刻》，该书销量平平（总共不过5 000册）。当时格里森姆正在着手写他的第二本书《律师事务所》。当派拉蒙公司用60万美金购得该书的电影版权时，双日出版社买下了这本书的版权，《律师事务所》成为1991年的畅销小说。格里森姆接着创作了《塘鹅暗杀令》和《委托人》，也都成了畅销书。此后，《杀戮时刻》再版，这一次也取得了巨大成功。他的书在全球已加印超过6 000万本。

格里森姆通常行事低调，不喜欢抛头露面。但是几年前他曾为《读书报告》答复过电邮提问。他说关于法律，最让人心满意足的就是"避而不谈法律"。他透露说过去有三年的时间，他常常凌晨五点钟起床，每天早上上班前花大约一个小时写作。现在他的作息改变了：

> 我一年中有六个月都在写作。我找到想写的故事，找到故事的表达方法，以及故事中的人物、故事发展的节奏，然后就躲在阁楼里，一天待上六个小时，除了家人谁都不许进来。当我写作的时候，我不去考虑读者、销量、如何拍成电影，我只考虑故事本身。如果我搞定这个，其余的事就全部到位了。

有趣的是，虽然律师并不会让公众肃然起敬，可是对于以律界为背景的小说市场却一直存在。原因在格里森姆的书中可见一斑——他很多书都有一个《圣经》中的大卫对抗巨人歌利亚式的主题。一个凡夫俗子（通常情况下是一个律师）和体制对抗并大获全胜，这个体制或许是个大公司或者律师事务所。

罗恩·雪罗是《正义之剑》（副标题是"一个律师的复仇"）的作者。这是他的第一本书，尽管他还有一本书《阴谋》行将问世。我在一次签售会上跑上前去问他是怎么开始写小说的。下面就是他的回答：

第三章　利用你的专业知识

我在巴尔的摩做了 38 年的律师，最初几年处理了不少刑事案件。执业期间我在日记里记录了人们说过的傻话、做过的蠢事，以及他们把自己搞得焦头烂额的境况，这些东西非常有趣——比小说还有趣。我把这些记下来不是为了写什么东西，只是免得忘记了。大约 9 年前我退休了，有空翻看那些日记，然后我就想："这些东西太珍贵了，真应该拿出来分享。"于是我就塑造了一个角色，C. 布鲁斯·西，一个年轻、精力充沛的律师。他业务出类拔萃，个人生活却一塌糊涂，他向读者讲述了日常生活中发生的很多故事，还有他卷入的一些离奇刑事案件。这不是一本自传式的小说，但是灵感源自那些真实发生的故事。这本书把这些故事小说化，语言风趣幽默，佐以悬念。这只是丛书的第一本，我已经写了四本 C. 布鲁斯·西的小说，彼此关联，但是又能各自成书。

如果你也记了日记，即使是比较私密的那种，那也够得上是一座金矿，你可以从中借鉴经验。如果你没记日记，或许现在就是开始的最佳时机。

道德问题

我在创作电视电影的时候学到，有三类被称为实况戏剧片："一个真实的故事"，意思是说我们已经取得一个实际案例的全部权限，包括和主要当事人签约；"基于真实故事"，一般来说就是我们和一两个主要人员达成协议，其余的就靠公共档案了；还有"灵感来自于一个真实的故事"，意思是作品和真实的故事关系不大，但是我们希望这个标签会比归类为纯虚构电影吸引更多观众。

涉及警察、医生和律师的题材在基于真实事件创作小说时都会面临道德和法律问题。这就是为什么作家们大多愿意从真实案件中获得灵感，但是接着会把故事改头换面写成小说，这样就没人会起诉他们了。他们中有些人认为这样做会为作品加分。乔纳森·凯勒曼说：

> 过分依赖现实会限制小说的发挥，让小说变得不够自然……职业道德迫使我去想象，这让我的写作更出色。

罗恩·雪罗评论说：

> 我变换名字、地点和日期，但人们所说的那些话确实是我在现实中亲耳听到过的，或许有时候表达方式不太一样。那些刑事案件本身也都是公共档案，也是曾经审判过的真实案例。

那些写真实犯罪故事的作家往往取材于广泛报道的新闻、法庭记录和对当事人的采访。对于访谈材料，切记要取得授权，声明此人允许你引用这些材料。有些律师建议象征性地付点钱给他，哪怕就一美元也行，只是证实你和他们订立了合同。

鉴于篇幅有限，在这里我就不再详细展开，如果想获取更多信息：了解英国的法律事项，由 How To Books 出版的《作家版权和法律指南》非常有用；了解美国的法律事项，有一个网站 www.starvingartistslaw.com 很有用。

利用你的专业知识，但别滥用

我在文中列举的所有作者都将自己的职业经验融入了作品，但是他们适可而止、做得恰到好处。读者和观众都愿意看一看警界人士、医疗界和法律界人士的幕后生活，但是他们并不想因此牺牲故事情节、精彩对白、出色的人物，和一切优秀小说必备的其他特点。比如说《急诊室的故事》中医学术语比比皆是、频频出现，但是电视剧之所以引人入胜、让人欲罢不能还是因为那些感人肺腑、闪烁着人性光辉的故事。那些医学术语只是让观众相信，他们确实置身于那个极度紧张、生死攸关的场景中。

最佳策略就是利用自己的专业知识，透露点平时不为人所知的有趣知识，为场景和角色营造一种现实感，让人有一种身临其境的感觉。

如果你能将专业知识和接下来几章中我要讲的写作技巧结合起来，你就掌握了写作的秘诀，可以创作出成功的书、故事或者剧本。

你的专业知识就是卖点

当代理商、出版社和制片人看到一个手稿或者剧本的时候，他们总会下意识地思考一个问题："这个作者有什么资格写这个题目？"如果有两部凶杀悬疑小说旗鼓相当，故事的背景都是修道院，一个作者认真研究过修道院的生活，而另外一个在修道院做了20年的修道士，你认为买家会选择谁？当然是做过修道士的那个。这不仅仅是因为他掌握了第一手材料，而且还因为这很容易吸引广播、电视或者文字记者的关注，继而来深入采访他。个人经历总是很好的宣传和卖点。然而，如果你没有这样的经历也不要灰心丧气，在第十六章你会找到很多其他方式来让人关注你的作品。

要点

- 有专业经历和知识的人创作的小说、剧本和非虚构类作品更有优势。
- 你生活经历的方方面面都可以用来创作有趣的故事。
- 人们对写警察、医生和律师的书特别感兴趣（假如书写得不错的话)。

- 对于取材于真实案例的小说，当心不要越过道德和法律的底线。
- 有关这些特殊领域的信息可以让读者或观众有身临其境的感觉，但是不能喧宾夺主，影响故事的展开。
- 个人经历在推销作品的时候是一个卖点。

练习

- 花点时间回顾一下自己经历过的事情，这样你就不会低估自己生活中的资源。
- 如果你已经熟知自己专业领域内的主要作者，还务必要读一些其他领域作者的作品。看一看他们哪方面做得特别好，是不是也可以用于你的写作领域。
- 如果你还没准备好写自己专业领域的虚构或非虚构类书籍，考虑着手写一些短篇故事或文章吧。

补充材料

在 www.yourwritingcoach.com 网站，进入"Chapter Bonuses"栏目，然后点击第3章，就可以看到对迈克尔·里德帕思的独家专访，他利用自己在金融、贸易和风险投资方面的知识创作了八部小说，大多是畅销书。

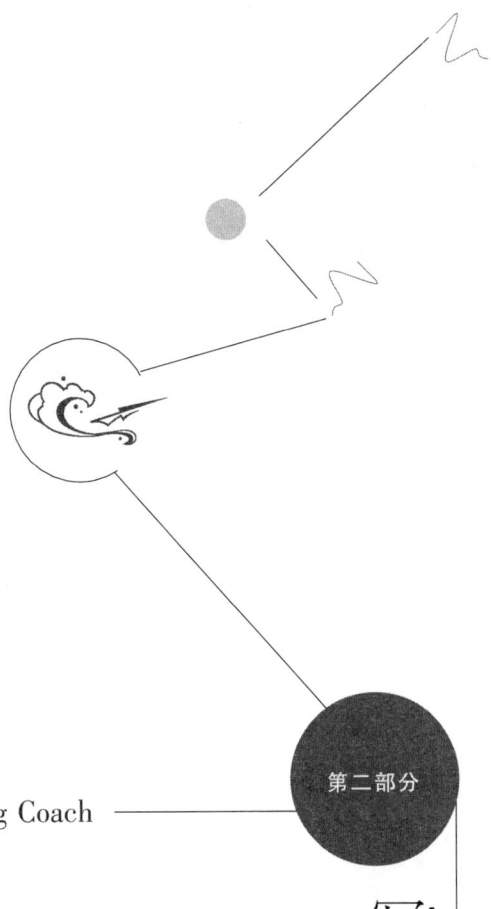

Your Writing Coach

第二部分

写!

只是空想,不去行动,就是海市蜃楼。
——托马斯·爱迪生

既然你已经想好要写什么，我们就立刻开始吧！在这一部分，你将看到如何让灵感源源不断，如何利用那个"为什么"魔法问题来创作自己写作方案的蓝图。当然你希望自己塑造的人物（不管是真实的还是虚构的）栩栩如生，所以有一章会告诉你如何系统地刻画人物形象。接着你会看到那些能够让你的读者手不释卷的构思秘诀。当然，如何驾驭语言也是一个能让你的作品出类拔萃的因素，所以让我们看看如何使你的文笔引人入胜。此外，没人能一蹴而就，第一稿就完全搞定，所以还有一章教你如何快速、轻松地修改作品。

源源不断的灵感　第四章

不能守株待兔等待灵感，要手执棍棒去追赶灵感。

——杰克·伦敦

灵感到来的时候很奇妙。问题是它出了名的不可靠。在本章你将看到一些策略和技巧，在你需要的时候随时帮你获得灵感。

我最初对这一领域产生兴趣还是我开始进行电视剧创作的时候。我的经纪人为我安排会面，让我向各种各样的电视台推销我的想法。每次会面时，我都要提供6~8个适合拍片的故事情节。很快我意识到，如果有一个方法可以找到灵感，而不是无所事事、漫无目的地希望灵感从天而降，那将会大有裨益。多年以来我一直在探索开发灵感的新方法，在这里我将把最好的方法与你分享。

在我们开始之前，先想一想进行有效的头脑风暴时需要铭记的一些简单指导方针吧。

头脑风暴四大指导方针

1. 追求数量，多多益善。尽可能多、尽可能快地提出想法。

2. 不去做评判！稍后再去衡量你提出的想法，但是如果在思考的时候就这样做会打断思路。

3. 记下每一点。有些东西不记下来本身就是一种评判，所以抓住每个想法，不管这个想法看起来多么稀奇古怪或者是离题万里。

4. 借鉴拓展其他的想法。别因为一门心思要有全新的想法就延迟进展，因为在这个世界上几乎没有什么是全新的。即使是最不可思议的突破也往往只是现有元素的组合。

在这四个指导方针中，最难遵守的就是第 2 条。我们似乎训练有素，看到一种观点就马上想去评判，并且通常是批判。如果你是和同伴或者团队一起进行头脑风暴，要互相提醒对方别去做评判——哪怕只是一个眼神、语调或一句"这个想法或许不是很好，但是……"这样自谦的话，都不要有。如果你特别难以做到这一点，或许是因为你无法控制自己内心深处的那个批评家，第十二章会帮助你把内心批评家转变成一个更富建设性的内心向导。

或许你想将四大指导方针草草记在即时贴上并粘在书桌附近的墙上。现在你已经做好准备，让自己思如泉涌了。有个方法是应用一个问题，问问题行之有效，就像使了一个创造力魔法。

问 "假使……将会怎么样？"和其他的一些问题

问题是作家最好的朋友，因为问题可以开启一扇通往宝藏的门，里面几乎蕴藏着无穷的主题。"假使……将会怎么样？"就是一个很适

第四章　源源不断的灵感

合开始的问题。假如一个女警察一周有五个晚上都在城市治安最差的区域巡逻，将会怎么样？她会遭遇什么样的问题？这些穷街陋巷的住户将以何种态度对待她？那些男警察会对她作何反应呢？这些问题的答案中就隐藏着一篇报刊或杂志文章、一个短篇故事、一个电视节目的脚本、故事片或者剧本、一部非虚构作品、一本小说，甚至是一首诗。几分写实几分想象取决于你写什么（正如我们在过去十年看到的那样，如果你在写报刊文章的时候过多发挥想象，他们会勒令你退回你的普利策奖）。

想充分利用"假使……将会怎么样？"这个问题，你得放飞自己的思绪。首先，想出些话题。拿起一份报纸翻翻，记下10个或20个故事的题目。比如说，这里有几个我从面前报纸上找到的题目：当地大型购物中心爆发鼠灾；勇救落水儿童，鹰童军受褒奖；破屋房东遭起诉；缺陷微波炉被召回；第一位派往犯罪高发区的女性官员。

显而易见你不会想写刚才读到的那些题目，有人已经写过了，但是你可以把这些话题作为出发点。让自己好奇些，写下你能想到的所有问题。如果你的思绪游逛到别处去了，别斗争，也写下来。也别担心你会继续探讨哪个问题（如果有的话），或者这个题目是否适合你想创作的体裁。我们现在做的就是积累原材料，随后我们会考虑如何应用这些材料。

一旦你列出了这些问题，仔细梳理一下，考虑如何把这些问题的答案写成一部作品。比如说，正如我在之前探讨的那样，关于那位女警察的问题可以写成一篇《一天的生活》，或者对一个警校女实习生训练生活的专题报道，抑或是一本介绍不同城市、不同国家的女警察的书，或是讲述像她这样的警察上岗第一天的短篇小说，或是一部讲述一位女性人物从接受训练到街头巡逻历程的电影剧本。

咱们再看另一个题目：当地大型购物中心爆发鼠灾。老鼠以什么为食？为什么我们从来都无法彻底消灭它们？灭虫除害公司怎么对付它们？老鼠（或者是它身上的跳蚤）是不是像以前的大瘟疫那样携带病菌？如果携带病菌，为什么没有更多的人患病？什么样的人把老鼠当宠物养？他们觉得老鼠有什么好？这样，你又有很多文章可以写了：采访灭虫除害公司，了解如何预防啮齿动物在家中滋生；到宠物商店采访买老鼠当宠物的人等等。或者你可以用一只惨遭迫害的老鼠的口吻写一篇幽默短篇小说。关于老鼠的小说和电影已经有了，所以你得换种方法来处理那个题目——在本章稍后部分我们会探讨如何实现这种转变。

再举一个例子：破屋房东。住在贫民窟里面到底是什么样——种种凄惨报道是不是夸大其辞了？房东为什么不把这些房屋修缮得好一点，或者是房客的问题？在那个城市谁才是这些破屋的大房东，由谁来监管他们？这个领域的执法是否有效，处罚是轻还是重？你可以撰文讲述与这样境况的家庭共度的一天，或者曝光破屋的房东，或者就这样的居住环境对孩子造成的影响访谈一位儿童心理学家。或者你可以写短篇小说，透过一个在贫民窟生活的孩子的视角目睹一场事故，或者写一位社会工作者试图说服房东改善出租屋条件却最终失败的情形。或者你可以创作一个小说或电影剧本，讲述一个穷困潦倒、沦落为房客的破屋房东。

只要对你与生俱来的好奇心加以锻炼，你就几乎能够对任何问题发问。然后，考虑你打算写的体裁，看看这些问题如何变成一部作品。

有几个特殊的"假使……将会怎么样？"问题可以用来在某个司空见惯的题目中发现一个新鲜的视角。

假如这件事发生在不同的时期将会怎么样？ 你仍然可以从那个女警察开始。时光倒流，在旧时的西部有女警长或是女警察局局长吗？

第四章　源源不断的灵感

或者是女神枪手？稍加研究，你就可以把这个题目演绎成一个有趣的专题报告，投稿给报社或是杂志。深入研究，还可以据此写成一部精彩小说或是剧本。你可以再向前追溯，过去是否存在由女性来执法的文明社会？亚马孙人怎么样？你也可以穿越到未来。那样的话你写的可能就是推测性的而非基于事实的文章。例如，你可以写科技的发展会让警察的个人体能变得不那么重要。或者也可以写成科幻小说或是关于第一位太空女警察的剧本。

咱们再试试其他的题目吧，比如那个因房屋修缮不力而受罚的房东。想想过去的时光，贫民窟一直是城市的一大顽疾吗？这下，研究结果就能写成一篇古罗马与今日贫民窟之比较的文章，或是一部论及贫民窟历史的书。或者写成一部小说，故事的解说者可以是一个20世纪之交成长在贫民窟的男孩，他一心想要出人头地，并最终成为了欧洲最有影响力的人物之一。

假如这件事发生在不同的地点会怎么样？我们已经考虑过把那个女警察安放在旧时西部或外太空。你也可以去查证一下别的国家女性人员执法的情况。至于鼠灾的故事，如果不是发生在大型购物中心而是发生在远洋班轮上，情况又会怎么样呢？咱们再进一步假设那些老鼠携带了一种致命的病菌，或许这就成了一部惊险小说或是剧本了。

假如这件事有另外一个结局会怎么样？这个问题对写小说特别管用。在新闻报道中，那个鹰童军救起了落水儿童。他要是没救呢？假如他知道自己本可以救起落水儿童、却在最后关头畏惧退缩，现在良心不安了会怎么样？（好吧，我在借用《吉姆老爷》里的情节，不过反正约瑟夫·康拉德已经故去，世间观点也再无新意。）现实中的那个房东被定罪并处以罚金，但是如果他被判无罪、之后遭众租户绑架并被迫住在自己的破屋旧房里又会怎么样呢？嗯，你甚至可以把那些老鼠也写进这个故事！

显然，找到思路来写短篇作品——文章、短篇小说或者是诗歌——要比写小说、剧本或电影这样的长篇巨著容易得多。对于后者，你那些问题充其量只是给你一个起点或者一个尚需充实的笼统话题。这里就需要用到那个魔法问题"为什么"了。这个问题对于构建你的故事非常有用，所以我将在第五章专门探讨。

现在你已经掌握了简单的步骤：先选一个题目，尽可能多地提问，然后看看从问题的答案中能找到什么样的素材。越充分运用自己的想象力，这个过程就会变得越简单。

利用梦的力量

人最有创造力的行为就是做梦。想一想：我们每人都创作出了一万多部微电影，充满打斗、富有戏剧性、惊险刺激，主演常常是我们自己、我们的朋友、死了很久的人，有时候甚至还有电影明星。我们即刻写就剧本，选好演员、导演，配上画面和声音——不假思索地。那就是创造力在起作用！

作家从梦中获得灵感的例子很多。1816年夏天，玛丽·伍尔斯特奈克拉夫特·葛德文和她的未婚夫珀西·雪莱拜访了拜伦勋爵位于瑞士的别墅。每逢晚上客人们互相读鬼故事听。一天晚上，拜伦要求他的客人们自己写一篇鬼故事。玛丽写了一个可以称之为白日梦的梦。她这样描述她的梦：

> 我头躺在了枕头上，并没有睡着……双目紧闭却思维清晰……我看到那位亵渎艺术的研究者面色苍白地跪在他拼凑到一起的东西旁。

这个想象为她的小说《科学怪人》奠定了基础。

第四章　源源不断的灵感

同样，罗伯特·路易斯·史蒂文森梦到了他的小说《化身博士》的基本思路，并且说他妻子把他从噩梦中叫醒时他觉得很难过。

一个年代稍近的恐怖大师斯蒂芬·金把自己的小说《危情十日》归功于一场梦。他这样告诉记者斯坦·尼克尔斯：

> 就像我其他一些小说那样，这本书的思路也是在梦中出现的。事实上，当时我正在飞往布朗酒店（一家伦敦酒店）的协和式飞机上。我在飞机上睡着了，梦到了一个女人，她囚禁了一个作家并杀害了他，然后剥皮，把残骸喂猪，又把他的小说用人皮裹起来，他的皮，那个作家的皮。我告诉自己，"我得把这个故事写下来。"

别以为梦里出现的只有恐怖故事。保罗·麦卡特尼说过他是在梦中获得了《昨日》的曲调。当时甲壳虫乐队正在拍摄电影《求救》。麦卡特尼说：

> 我醒来时脑海中有一段优美的旋律。我心想，"这旋律太棒了，我想知道它到底什么样？"我身边有一台立式钢琴，就在床右手窗户旁。我起床，坐在钢琴前，找到 G 大调，然后又转到升 F 小调的属七和弦——带你经过 B 到 E 小调，最后返回到 E 调。这一切都有条不紊地进行。我非常喜欢那个旋律，但是因为是在梦中所得，我一直不能相信是我写出来的。我想，"不，我以前从来没写过这样的曲子。"但是我确实写出了这首曲子，这是最匪夷所思的事了！

把梦境发挥到极致的作家是科幻小说家 A. E. 范·沃格特。他经常把闹钟设定为每隔 45 分钟响一次，他醒过来就回忆之前梦到了什么，是否可以推动正在创作的故事进展并解决一些情节问题，然后又回去睡觉。一整晚都这样。听起来有点疯狂，但是范·沃格特创作了数以百计的短篇小说和很多长篇小说，并且被誉为20世纪中期最优秀的科幻小说家之一。

关于做梦，我的个人经历没有那么夸张，但是依然有效。一天晚上我刚刚睡着，半梦半醒之间出现了一个性情乖戾的侦探小说家，他前去当地书店查看他的书是不是仍然在书架上摆着。在那里他看到一个儿童书的作者创作了一本小小的绘本，声名大噪，就决定自己也去创作儿童文学。可唯一的问题是他讨厌孩子，也不知道他们喜欢看什么书。我爬起床，写出了一部电影剧本的前六页。第二天晚上又是这样，梦境推进了故事的进展，我又接着写了六页。我感觉自己发现了创作剧本的新方法，大喜过望。我想要是这样下去，再有18个晚上我就能把整个剧本写完了。当然这样的事再没发生，但是我写出了《真正的霍华德·施皮茨》这个剧本的开头。

顺便说一句，如果你认为自己不做梦，很有可能只是因为你不记得自己做过的梦。如果你在床头柜上放一支笔和一本便笺簿，每天早上把能回忆起来的梦中的点点滴滴都记下来，你的脑子就会慢慢习惯记住你的梦。另外一个方法就是在手边放一个微型录音机，对着录音机复述你的梦（可是，你要是和其他人共眠的话这会招人厌的）。

即便你不打算拿自己的梦做文章，也可以试试醒来后花几分钟时间寻找灵感或是解决情节问题。那段时间你的头脑将从如梦如幻、半梦半醒的状态过渡到完全清醒，这对于寻找灵感来说是个非常富有成效的时刻。

发明解决方案

针对一个问题或挑战，描述一个能完美解决它的机器，然后想想你怎么能在现实中把这个机器造出来。比方说你用一个划定了优先等级的任务清单来安排和自己写作相关的任务，可你却从不真正按照那个顺序来执行。这样的话你就需要一台机器，这台机器会先告诉你最重要的任务，如果第一项任务不完成就不告诉你下一项。

现在开动脑筋，想想你怎么能造出这样一台机器。一个办法就是列出一个清单，按照优先等级的顺序对着录音机说出每一项任务，每个任务之间留出一段间歇。然后丢掉清单，听录音机里面的第一项任务。执行那项任务，然后再去听第二个任务，以此类推。

革新与借鉴

看看身边有谁在你从事的领域以外取得重大成就。尽可能简要地描述他们成功的原因。然后想一想这些特性有没有一两个可以移花接木，为你所用。作为一个成功范例，咱们来看一家三明治连锁店。这个公司之所以受到顾客青睐是因为其新鲜的食材、快捷的服务和便利的位置。

假设你打算写几篇报刊或杂志文章并把它们推销出去。"新鲜食材"可写的很多（经济动荡、中东再次爆发战争、肥胖的流行），但是要换一个新鲜的角度：如这些问题对年轻人或是教育体制有什么样的影响。"快捷服务"或许可以参考 CNN 或 BBC 上的最新新闻，然后想出与此相关的文章创意、给几个编辑发邮件咨询、提出与事件动态发展有关的故事角度。大部分作者至少会花上一到两天去做这件事，但是对你来说也就是几个小时的事。"便利位置"或许相当于新闻事件反映出的地区或地方问题，然后以此为角度提供给当地的出版物。

构建另一个自我

面对一个自己并不喜欢的任务时，想象那种会乐于做这件事的人。他或她会具备什么样的品质？这个人会如何着手去做这项工作？然后假装自己是那个角色。

比方说你想把所有的资料整理好再去开始一个新的重大写作项目。谁喜欢干这个啊？就我来说，我想象出一个超级英雄，一个洁癖男，此人全力以赴对付手头工作，每份资料只一次就搞定，视杂乱无章为大敌。当我生动逼真地想象出此人并充当这样一个角色时，我就可以带着原本没有的动力和决心去整理那些旧报纸和旧杂志了。

如果你为了写历史小说正在进行调研，你会希望有另一个自我来做这件事。或许好奇的孩子可以——这是一个什么都想知道、对新鲜有趣的事物无比好奇的人物。披着这样一件外衣，你可以心无旁骛地阅读、研究几个小时，一门心思地去熟悉某个特定的时代。不过，你要是想深入挖掘某一个特定事实的话，再利用这个人格面具就不合适了。要想深入挖掘特定事实，你或许想要顽强的侦探犬作为另一个自我，这样的话不管有什么干扰，都能使注意力保持在轨道上。自己选择有用的角色去扮演很有意思，尽管听起来有点傻，这个方法还是很管用的（你不用非得告诉其他人你在这么做）。

玩故事发生器游戏，做做准备活动

如果你觉得很难让灵感流淌，花几分钟玩玩故事发生器游戏。在1到9之间随机选取五个数字。写下来。然后大致记下下表各栏中这些数字对应的关键词（每栏一个）。

A：体裁	B：人物	C：第二人物	D：情感	E：场所
1. 惊悚	1. 老师	1. 婴儿	1. 嫉妒	1. 伦敦
2. 喜剧	2. 医生	2. 士兵	2. 贪婪	2. 纽约
3. 戏剧	3. 记者	3. 修女	3. 爱	3. 巴黎
4. 爱情喜剧	4. 父（母）亲	4. 牧师	4. 恐惧	4. 德里

第四章　源源不断的灵感

续前表

A：体裁	B：人物	C：第二人物	D：情感	E：场所
5. 悬疑	5. 警察	5. 出租车司机	5. 仇恨	5. 特立尼达拉岛
6. 科幻	6. 孩子	6. 精神病医生	6. 复仇	6 动物园
7. 浪漫爱情故事	7. 律师	7. 老人	7. 好奇	7. 乡下
8. 警察故事	8. 科学家	8. 老太太	8. 色欲	8. 古老宅院
9. 恐怖故事	9. 护士	9. 运动员	9. 友谊	9. 监狱

你的任务就是把这五个元素组合在一起，在五分钟之内编出一个故事，或者至少是故事的开头。比方说你任意选了五个数字：2、7、1、9和6（也可以重复选择相同的数字）。这些数字就提供了以下的元素：一部喜剧、主要人物是一位律师和一个婴儿、友谊和动物园。

可以写这样一个喜剧故事：一位律师带着她的婴儿去动物园，与一个住在那里的流浪女人结下了友谊。这位律师决定设法改善流浪女人的生活，并在她的律师事务所为她找了份工作，而律师的未婚夫也在那里工作。让她恐惧的是，她的未婚夫似乎开始喜欢那个流浪女人了。

虽然仔细一考虑，就觉得那个构思不一定很好，但是我坚持了五分钟规则，而且我也看到一些能用的故事素材。更重要的是，练习让我的大脑活跃起来，而这才是这个练习的主要目的。

或许你已经发现之前那些方法的一个共同之处就是它们都很好玩儿。玩儿是创造力的核心，只要你允许自己去玩儿，灵感就会开始流淌。当你把这种态度和本章中那些实用技能结合起来，你的灵感就永远不会枯竭。

要点

- 灵感转瞬即逝，但是你可以用一些方法随心所欲地产生想法。
- 在头脑风暴的过程中，不要去评判你的想法，尽可能多地产生想法，并把这些想法都记下来。

● 问问题，尤其是"假使……将会怎么样?"将打开通往无穷无尽想法的大门。

● 做梦也可以是灵感的一个来源，你可以训练自己去记住你的梦。

● 将其他领域的成功经验应用于你面临的挑战。

● 另一个自我策略让你选择最有效的精神和生理状态来处理手头的工作。

● 故事发生器游戏可以让你的想象力动起来。

练习

● 每天留出十五分钟来进行头脑风暴，最理想的时间是早上刚刚睡醒的时候。尝试一下定向头脑风暴，试图在此过程中解决一个问题。还有自由头脑风暴，在这个过程中你只需要记下你的任何想法即可。

● 下一次你无法完成任务时，创造另一个自我，更好地处理任务，并且在扮演这个角色的时候去处理。

● 如果你迟迟难以下笔，花上五分钟玩故事发生器游戏来放飞你的想象力。看能不能想出什么有用的主意可以用到你正在创作的作品中。

补充材料

在 www.yourwritingcoach.com 网站，进入"Chapter Bonuses"栏目，然后点击第 4 章，就可以看到对演员、即兴创作大师罗迪·莫德·洛克斯比的独家专访视频，他将向你讲述如何释放你的想象力。

"为什么"的魔力 第五章

> 做一个项目的理想方法就是问一个你自己都不知道答案的问题。
>
> ——弗朗西斯·福特·科波拉

在这一章我们将着重讲授如何用一个功能强大的小小问题"为什么?",来帮你决定具体写什么,以及如何去写。如果你和小孩子打过交道,你就会频繁听到这个词。那种情况下,这个词几乎会让你发疯,而眼下,这个词可以成为一个宝贵的工具,帮助你、激励你写作。它也服务于后面的章节,有助于进一步探讨塑造角色和构建情节。

第一个为什么:为什么写这个?

咱们从最基本的问题开始:为什么你会想写你选的这个题目?如

果你有好几个思路来写这个题目，用"为什么"这个方法来问问每一个思路，这样可以帮你决定先着手哪一个。

再简单不过了：就是开始（并不断地）问"为什么"。首先问"为什么我会想写这个题目？"然后简单记下你的回答。对于每一个回答，继续追问为什么，并且记下这些回答，直到你到达一个合乎逻辑的终点。可能只需要问两三个问题，也可能是一打甚至更多。下面就是我如何用这个方法创作我的电子书《作家的时间管理》的：

问：我为什么想写《作家的时间管理》这本书？

答：因为我想帮助那些有写作愿望却不知道如何找到时间去写作的人，而且我认为我能帮忙。

问：为什么我认为自己能帮助那些有写作愿望却不知道如何找到时间去写作的人？

答：因为我自己曾经在写剧本和书的时候遇到过类似的挑战，并且一度为传统的时间管理方法感到沮丧。

问：为什么我为传统的时间管理方法感到沮丧？

答：因为传统的时间管理方法非常机械呆板，不能适应创造性的工作。

问：为什么传统的时间管理方法不能适应创造性的工作？

答：因为它们源于20世纪早期，那时候的重点是找到高效处理重复性工作的方法。

这样的问答似乎很自然地将这一连串的"为什么"画上句号。这一连串的"为什么"确定了我写这个题目的动机：想帮助其他希望表达自我的人，分享我自己觉得有用的信息，更新尚停滞于20世纪的一个知识领域。将这些动机和写作其他题目的理由相比，我明白自己要先写这个题目，于是我就着手写了，并把它的电子版公布在

www.timetowrite.com 这个网站上。在这个过程中，我还发现了电子书的独特卖点，即能够吸引我的目标读者的独特卖点。

用一个笔记本记下你写的每个主要题目，上来就先写一连串的问题和回答，这样做是大有裨益的。假使你在写作的过程中感到气馁，回过头来看看这些问答、回想一下自己当初是如何心潮澎湃地想要写这个题目时，就会再次振奋了。这样做也能帮你避免偏离主题。

用一连串的"为什么"来塑造激动人心并且栩栩如生的人物形象

同样的方法可以帮你塑造精彩绝伦的人物形象，或者能让你在叙述真实人物的时候，把他们栩栩如生地呈现在你的读者面前。你可以从这个问题开始："为什么写他们（人名或者人物名）？"然后在之前回答的基础上，接着提问。这里有一个例子，是我创作小说《马克斯·好莱坞》中主要角色的方法：

问：为什么要写马克斯·阿彻？

答：因为这是一个让人着迷的角色。

问：为什么这个角色让人着迷？

答：因为这个人拥有很多人梦寐以求的成功和名望，而且不得不设法保住这些。

问：为什么他不得不设法保住这些？

答：因为他太过年迈，无法胜任领导职位，他输掉很多钱，现在他最新一任的妻子也要离他而去。

此时，把问题分解成几个后续问题可能会比较有帮助：

问：为什么他输掉了很多钱？

答：因为他从来没有停下来去认真思考这样一个现实——有朝一日他不再是一位巨星了。

问：为什么他不停下来思考一下呢？

答：因为他总是自以为是，自视过高。

问：为什么他最新一任的妻子要离开他？

答：因为她是为了钱才嫁给他的，并且希望他可以帮她开始自己的演艺事业。现在他没钱没权了，对她也没价值了。

你还可以分成几个逻辑上相关的问题，在这个例子中，问题可以是这样的：

问：他为什么会娶一个只对他的金钱和权力有兴趣的女人呢？

答：因为他只喜欢花瓶太太——那些挽在胳膊上年轻漂亮的女人们。

问：他为什么喜欢花瓶太太？

答：因为在内心深处他对自己的魅力没有把握。

如果沿着这条线追问下去，我们可以相当深入地研究马克斯的童年、他其他的人际关系和很多有助于让这个人物形象丰满起来的信息。当然，这种层次的细节不会全部出现在你的书或剧本中，但是尽可能多地了解你塑造的人物总是好的。

在真正开始创作之前，你可以用同样的方法来对待所有的主要人物。也可以等到你觉得需要进一步了解某一个人物的时候，你再这么做。我觉得相对于为人物写完整传记那种传统方法来说，这个方法能更系统（也更简单）地描述他们。

如果有人读了你的初稿，说他们觉得你塑造的某个人物的某个举动令人难以置信，那么这其实是一个很好的故障诊断工具。问问你自己为什么这个人物做了他或她做的事,然后再追问一些"为什么"。显而易见,"因为我需要她这么做,这样故事才能继续"不是个令人满意的答案。重要的行动需要深层的动机。如果你已经想出合理的答案来回答这些"为什么",或许你只是需要更多地和读者分享这些信息,这样的话他们就能明白你的人物行为是合情合理的。当然,传递这些信息时,将其越随意、越均匀地分散在故事情节或剧情中越好,而不要一经决定就一股脑儿地说出来。

把"为什么"方法应用于构建情节

同样的方法可以帮你快速构建情节。一般来说,当你开始一个写作项目时,你至少已经想好了几个元素。通常情况下,可能是一个开头、结尾,或者是中间的几个关键事件。

如果你就故事的开头问"为什么",你可以获得许多背景信息——不只是人物的来历,如我们之前所见,还有所有将故事引向此刻的事件。同样,并非所有的信息都会出现在你的书或剧本中,但是知道这些有助于你构建其余的情节。

我在那本小说中写明,头等大事就是马克斯·阿彻最新一任的花瓶太太要离开他。在我对马克斯这个人问出一系列的"为什么"时,我已经提供了很多关于他的信息。但是如果现在我把焦点转向他的太太,就能获得额外的背景信息:

问:为什么马克斯最新一任妻子要离开他?
答:因为他没钱了,妻子意识到他对她的事业没什么帮助了。
问:为什么她意识到他对她的事业没什么帮助了?
答:因为她的亲友团告诉她,她得承认他的事业已经山穷水尽了。(在幻想这个问题的答案时,她拥有一个亲友团的想法突然出现在我脑海里。那个团队——我决定称之为"我，第一！"——最终成为几个故事情节元素中的一部分。）

我可以继续对几个问题刨根问底，这样的话就可以获得他们婚姻生活更具体的细节，以及他们为什么分手。你已经有了思路。

当确定主要的情节发展后，你可以把这个"为什么"方法倒回来用，这样可以很快衍生出许多额外推动故事发展的情节。显然，对于每一个"为什么"，正确的答案不止一个。例如，如果你知道你的一个重要情节是一个警官接受了贿赂，那么其背后可能的理由可以有好多个：或许他因为酬劳过低或者工作无人认可而心中苦恼，或者他有一个病入膏肓的妻子或爱人需要钱治疗，或者他可能嗜赌成瘾。你要寻找的是一个和你的故事风格吻合的理由，如果可能，找一个让你的读者觉得意料之外却又情理之中的理由。

当你使用"为什么"这个方法进行头脑风暴时，你可以顺着几个可能的思路去提问、回答。把所有的问题和答案都写下来进一步考虑。只有你想出一打甚至更多的问题时，你才能决定哪一个更适合你的写作目的。这可以让你不至于不假思索地就跟着第一个思路走下去——第一个思路往往是最容易预见也最没意思的方向。

另外一个有用的问题：接下来会怎么样？

当你从一个故事点倒过来提问的时候，最好要问"为什么"。可是当你向前推进的时候，最好是问"接下来会怎么样"。

比方说你已经决定写一个警察接受了贿赂，理由是他的妻子需要治大病，而这让他们债台高筑，所以警察这么做是有原因的。现在，接下来会怎么样？同样，故事的发展路径可能有很多，但是你所讲故事的本质和你对人物角色的了解会大大缩小这个范围。想出至少十余个思路。这些思路可能包括：妻子去世，丈夫决定向上级坦白自己的行为；或者行贿者现在敲诈他；或者他觉得自己仍然需要更多的钱，主动提出为行贿者再提供方便。如前，千万别觉得自己需要马上决定哪个是最好的选择。把它们都写下来，考虑各自的利弊，然后再决定用哪一个。

达到临界点

即使开始时你只有为数不多的几个关键故事点，通过"为什么"和"接下来会怎么样"这些问题，你也可以很快想出更多思路。把每一个思路都写到索引卡上，然后把这些卡片按照你想到的顺序摆出来，试着用不同的方法组合，直到找到最佳顺序。这样你很快就可以明白情节上哪里还有纰漏，你可以通过继续发问来弥补这些纰漏。

在某一时刻你就会达到临界点——换句话说，你将有足够的信息，可以自信地开始写作了。一旦你知道自己的方向，写作会容易得多。很多人说到了这个阶段，写作几乎是轻而易举的事。

当然，这并不等于说你在写作的过程中就不能再有变化了。事实上，你很可能会有变化的。你会产生新的想法，人物角色会出乎意料地想说一些话、做一些事，这些都是你之前没有计划在内的。如果这些是重大的变动，你也确定这些变动超过了你之前的计划，你可以再一次使用"为什么？"和"接下来会怎么样？"这样的问题来拓展一下，然后把新想法融入你写作项目的其他部分。

练习提问

对你阅读的书籍和观看的电影、电视节目提这两个问题，你可以了解很多。当你读到或是看到什么不尽如人意的地方，通常只需要问几个"为什么"，你就可以发现导致问题产生的错误动机或构思。你或许想试试看能否更好地回答这些问题。有时候结果令人震惊，因为作者本来可以轻而易举解决这个问题的。说句公道话，在电影中，通常原始的剧本并没有这样的缺陷，只是有时候导演、制片人或是主演坚持要改动才带来了本不存在的问题。不管怎样，这样分析问题可以让你警惕那些不该做的事。

对于成功的作品，问这些问题可以帮你厘清作者如何娴熟地构建故事，也可以为你自己的写作项目提供有用的范本。不管你探讨的是一部天才之作还是失败之作，这样方方面面去考虑都能帮你变成一个专业人士，不但知道什么行什么不行，而且还知道"为什么"。

问这些问题将给你一个好的开端，你可以构思出生动鲜活的人物，有趣但又合理的故事情节。当然，这些至关重要，所以接下来的两章将给你更详细的指导。

要点

- 问"为什么"可以帮你探索去写哪个具体的项目，帮你塑造人物、构建情节。

- 问"为什么"能很好地帮你理解故事背景和你所塑造人物的动机；问"接下来会怎么样"帮你推动故事的发展。

- 用这两个问题分析书、小说、电影和电视节目将帮你理解为什么好的作品可以成功，而糟糕的作品不行。

练习

- 如果你还不确定从哪个题目开始，使用"为什么"策略来试试

第五章 "为什么"的魔力

所有的题目，让答案引导你发现应该先写哪一个。

● 挑选你最喜欢的电影或书，应用"为什么"策略来看看是什么使它成功。

● 假设你受雇为你喜欢的书或电影写续篇，用"接下来会怎么样"这个问题来构思情节，寻找灵感。

补充材料

在 www.yourwritingcoach.com 网站，进入"Chapter Bonuses"栏目，然后点击第 5 章，就可以看到一段写作教练课程视频。在课程视频中，"为什么"这个问题被用来解决一个情节问题，你还会看到怎么用它来帮自己进行故障诊断。

塑造有感染力的人物　　第六章

> 你的人生高度取决于你能否呵护幼童、体恤老者、同情奋斗者、包容弱者和强者。因为总有一天你会发现每一个角色你都曾扮演过。
>
> ——乔治·华盛顿·卡佛

如果你问别人他们最喜欢的书或电影,通常大部分人会更多地谈论里面的人物而不是故事的细节。他们早已将《加勒比海盗》里的情节抛诸脑后,但是却对杰克·斯帕罗记忆犹新。说起上学时他们不得不读的《傲慢与偏见》,即使他们不记得书里的内容,却依然能对你说起伊丽莎白·班纳特。非虚构类作品也一样,只有当作者能够让我们认识难以忘怀的人物时,故事才真实生动,尤其是在报道像卡特里娜飓风这样的悲剧时。

认识一个令人难忘的人物

想知道这样的人物如何被塑造出来,我们先看看经典的创作大师

第六章　塑造有感染力的人物

查尔斯·狄更斯是如何在他的小说《远大前程》中用寥寥几段勾勒出一个令人过目难忘、萦绕于心的角色的。下面就是叙述者皮普，描述他第一次见到郝维仙小姐的情景：

　　她坐在一张扶手椅上，一只胳膊肘靠在梳妆台上，手撑着头。我从来没有见到过这么奇怪的妇人，恐怕以后也不会再见到了。

　　她穿的衣服都是上等料子制的，缎子、花边、还有丝绸——全是白色的。

　　她穿的鞋也是白色的。她头上披着一条长长的白色披纱，还别着新娘戴的花饰，但她的头发已经白了。她的脖子上和手上珠光宝气，还有些珠宝首饰在桌上闪闪发光。一些比她身上穿的礼服要稍显逊色的衣服以及几只装了一半的衣箱都凌乱地散放在房里。看来她还没有打扮好，因为她只有一只脚穿上了鞋，另一只鞋还放在梳妆台上她的手边；她的披纱还没有整理停当；带链的怀表还没有系好；一些小玩意儿，诸如手帕、手套、胸花、祈祷书等，都乱七八糟地堆放在梳妆镜的周围。

　　我并不是一下子就看到了这许多东西，不过我一眼看到的东西也的确不少，比估计的要多得多。我眼睛所看到的东西好像都是白色的，很久很久以前肯定是白色的，不过现在已失去了光泽，都褪色了，泛黄了。我看到的这位穿着结婚礼服的新娘也已经像她的礼服一样黯然无光了，像她戴的花饰一样凋枯了。除了她那双深深凹陷的眼窝里还有些光彩外，在她身上再没有留下别的光彩。我看得出，这衣服曾经是穿在一位十分丰满的年轻女人身上的。如今，那个丰满的身体已消瘦得只剩下皮包骨头，罩在上面的衣服也显得空荡荡的。我记得曾经有人带我去市集上看一具苍白可怕的蜡人，我不知道那是哪一位显赫人士的遗像模型。我还记得曾经有人把我带到一座古老的沼泽地上的教堂,去看一具骷髅。骷髅是从教堂的地下墓穴中拖出来的,华贵的衣服已变成了灰。而现在,似乎蜡人和骷髅正在我的旁边,眼窝里有一双黑眼珠,滴溜溜转动着望着我。如果我能够叫出声,我早就大叫了起来。[①]

或许在我们今天听来有些语言已经陈旧过时,但是狄更斯所塑造的形象却依然鲜活。之后他所描述的那个可怕的、令人难忘的物品——郝维仙小姐的结婚蛋糕——也是如此。这个例子很好地说明了场景和场景中的物品有助于塑造人物形象、说明人物在其世界中的位置。下面是皮普描绘他第一次到郝维仙小姐存放蛋糕那个房间去的情景:

整间屋子很宽敞。我敢说从前这屋里一定是富丽堂皇的,可如今屋内的每一件东西都覆盖着一层尘土,或者布满了霉菌,都在腐烂着。屋中最引人注目的是一张长桌,上面铺着桌布,仿佛一场宴会已经准备就绪,可忽然整座宅邸和所有钟表都停在了时间的一点上。桌布的中央仍然摆着果碟和花瓶一类的装饰品,现在都结满了蜘蛛网,连形状也难以辨别清楚了。我注视着那已变黄的桌布,觉得它长出了像黑木耳一类的东西。我看到生着花斑长腿的蜘蛛,满身长着疙瘩,跑进跑出它们的家园,仿佛这个蜘蛛王国发生了什么惊天动地的大事。

我还听到老鼠在嵌板后面发出咔哒咔哒的声音,仿佛蜘蛛王国的大事也引起了它们的兴趣。唯独黑甲虫对这些骚动毫不在意,拖着沉思而老态龙钟的脚步在火炉四周摸索着,仿佛它们因为眼睛近视,耳朵又听不见,所以只顾自己,和其他的邻居们互不来往。

我远远地观察着这些小爬虫的活动。它们吸引着我,我都看

---

① [英] 狄更斯著、罗志野译:《远大前程》,60~61页,南京,译林出版社,2001。译文略有调整。

第六章 塑造有感染力的人物

呆了。忽然，郝维仙小姐的一只手放在了我的肩头上，另一只手里握着一根丁字形的手杖，用它支撑着身体。她的模样看上去活像这所屋子中的女巫。

她用手杖指着这张长桌说道："等我死了以后，这上面就是停放我尸体的地方。大家都会到这里来看我最后一眼。"

听了她的话我感到有些莫名其妙的担忧，生怕她现在就会躺到桌上去，并且立刻死在上面，变成上次我在集市上所见到的那个可怕的蜡像，所以当她的手放在我肩上时，我吓得缩成一团。

"你说那个是什么？"她又用手杖指着那里问我，"就在结了蜘蛛网的地方。"

"小姐，我猜不出那是什么。"

"那是一块大蛋糕，是结婚蛋糕，是我的结婚蛋糕！"[1]

这些段落很关键：它让我们想了解更多。我们被这个怪诞的人物给迷住了，想知道她为什么穿成这样，为什么会把一个腐坏的、还有虫子爬进爬出的结婚蛋糕摆在桌子上。正是这些细节堆积在一起塑造了一个令人难忘的人物。这些细节就像七巧板的每一部分。注意狄更斯使用了四个元素让我们来认识这个人物：对人物的描写、人物的行为、对场景的描写和另外一个人物的反应。后面我们会再探讨这些，以便你能知道如何在自己的创作中使用这些元素。

尽管在《远大前程》一书中，已经披露了不少关于郝维仙小姐的情况，我敢打赌说狄更斯对她的了解远远多于书中所写。让读者或观众觉得人物鲜活的秘诀就是作者自己要彻底了解他们。或许你永远都不会用到你了解的点点滴滴，但是你了解得越多，你也就越能从容地去选择揭示哪些内容。

---

[1] 狄更斯著、罗志野译：《远大前程》，90页。译文略有调整。

了解一个人物

通常给作者们的建议就是为他们塑造的每一个主要人物写一个人物小传。拉乔斯·埃格里在他的《戏剧创作的艺术》一书中将此简化为一个传记式问卷，来让你了解每一个主要人物。他的书于1946年首次出版，里面的例子主要选自经典剧目，但是现在仍然可以买到这本书，并且值得一读。下面是我基于埃格里的方法自己设计的一个问卷：

人物分析

1. 姓名：
2. 性别：
3. 年龄：
4. 外貌：
5. 该人物认为自己的外貌如何？
6. 从以下几个方面描述该人物的童年：

  a. 与父母的关系

  b. 与兄弟姐妹的关系（如果有的话）

  c. 与他或她青少年时期的其他关键人物的关系

  d. 成长的生活方式

  e. 教育

  f. 童年活动（爱好、兴趣）

  g. 他或她生长的地方

7. 描述该人物在青少年阶段接受的教育，以及任何服役经历。
8. 描述该人物当下的人际关系，与：

  a. 父母

第六章　塑造有感染力的人物

b. 兄弟姐妹

c. 青少年时期的其他关键人物

9. 描述该人物的浪漫生活（已婚？有暧昧关系？）以及任何相关背景（例如婚史、风流韵事）。

10. 描述该人物的性生活和道德信念。

11. 该人物有孩子吗？如果有，描述他或她与孩子的关系；如果没有，他或她是怎么看待孩子的？

12. 该人物有宗教背景吗？当前信仰是什么？

13. 该人物从事什么职业？

14. 描述该人物与他或她的老板和同事的关系。

15. 该人物是怎么看待他或她的工作的？

16. 该人物目前有什么兴趣爱好或是工作之外的活动？

17. 描述该人物的人生哲学。

18. 描述该人物的政治主张。

19. 概括该人物性格的主要特点。（乐观主义还是悲观主义？内向还是外向？）

20. 该人物最骄傲的是什么？

21. 该人物最羞愧的是什么？

22. 他或她的健康状况如何？

23. 他或她有多智慧？

24. 概括该人物与你的故事中其他主要人物的关系。

通过回答这些问题，你将深入了解一个人物的过去，以及他或她的现状。下面这组问题与你塑造的人物在你要讲的故事里面所充当的角色有关。

25. 在你的故事中，该人物的目标是什么？
26. 为什么他或她想实现这个目标？
27. 谁或是什么妨碍了该人物达成目标？为什么？
28. 有什么优势或品质有助于该人物实现这个目标？
29. 有什么弱点妨碍了该人物实现这个目标？

　　知道这五个问题的答案有助于你组织自己的故事，我们将在下一章更深入地探讨这一点。所有这些问题都有助于你决定该人物的行为举止。关于该人物的言谈还可以考虑如下三个问题：

30. 该人物口齿清晰吗？
31. 该人物说话有口音或是说方言吗？如果有，请描述。
32. 该人物使用俚语或是行话吗？如果是，描述一下。

　　这个问题清单对非虚构类作品的作者也可以派上用场。如果你在写一个传记，如果你的书以妙趣横生的方式回答了所有和你的写作对象有关的问题，那你的作品就非常翔实可靠了。如果你在写专题报道，你只需要回答其中几个问题。如果你在做深度访谈，这个问题清单会给你一个很好的框架。

　　回答这些问题大有裨益，但是也相当费时。这个方法我用了很久，或许对于很多作者，尤其是新手来说，仍然不失为一个最佳方法。但是，近几年来，我已经找到另外一个创作小说的方法，这个方法更系统，也更高效便捷。

用想象来发现人物

　　有时候用传记/问卷的方式像是在凭空臆造人物角色，而想象似

第六章　塑造有感染力的人物

乎更侧重于发现探索人物。"发现探索"一词暗示这个人物业已存在，并且我觉得在某种程度上他是真实的。想想梦境吧。你不会每晚都提前想好让谁出现在你的梦中，梦中是什么样的场景，等等。这一切都是不假思索、一蹴而就的。我认为你可以用大致相同的步骤来寻找虚构人物。我在这一技巧方面的教学经验表明，事实的确如此。

我用的一个练习方法叫"隐藏图片法"。我让写作小组里的每一个人都确定一个他们的重点人物。然后我带着他们进行放松练习，让他们闭上眼睛去想象这个人物的住处。我邀他们想象房屋正门，并让他们放心，家里没有人，该人物也允许他们入室。然后我让他们进去看看周围的环境。这个地方是明是暗？凌乱还是整洁？现代还是古典？安静还是嘈杂？装潢怎样？

然后我告诉他们要执行一个寻宝任务：在这里的某个地方藏着一幅图或照片，对这个人物意义重大。我不知道他们将在哪里找到它——或许是挂在墙上给所有人观看，或许是放在抽屉中的相册里，或许是藏在床垫下，或许在其他什么地方。但是他们会被引向这幅照片，也终会发现它。我沉默片刻，给他们时间来发现这幅照片，然后领着他们近距离观看它。它是彩色的还是黑白的？是新还是旧？如果上面有人，他们是谁，又在干什么？背面写的有字吗？再仔细看一会儿照片，我让他们猜猜为什么它对这个人物来说意义重大。然后我再让他们将照片原样放回，保持房间原样不动。我慢慢地从想象中唤回他们，让他们伸伸懒腰。

你觉得会有多少人找到这样一张照片？会有 25% 吗？或者是 50%？记住，这绝不是他们之前考虑过的。事实上，大约有 90% 的人都找到了这样一张照片，有时候那些没有找到照片的人事后会给我发邮件说，他们梦到了这样一张照片，或是似乎在不经意的时候突然想到了这样一张照片。

对我而言，这是了不起的证据，可以证明人的潜意识随时可以提供给你想要的东西。把处理结构、分析和推理的左脑和处理图像、感觉和情感的右脑结合起来，你就能构思出生动鲜活、富有感染力的人物和情节。

你也可以做做我在写作班里所做过的练习。挑一个你能放松的时间和地点，把我刚才说的那几步过一遍。如果手边放一个录音机会更好，边做边把你在想象中看到的说出来。的确有人会觉得一边做这个练习一边说话会分心，但是有人觉得如果他们不这么做就会忘记一些细节。尝试一下看看哪种方法最适合你。如果你更愿意让我带着你做这样的练习，你可以付一点费从我的网站（就在www.yourwritingcoach.com，"想象"那一栏目）下载"隐藏图片法"想象练习的MP3文件。

用写作来探索的方法

不久之前我采访了奥斯卡最佳编剧奖得主阿尔文·萨金特（在本章结尾可以看到那次采访的部分内容）。我注意到他桌子上有一大摞脚本，就问他那是什么。他说那是他的下一个剧本。我怀疑那是不是个史诗般的作品，因为那一大摞显然远远超过了剧本标准的120页长度。他解释说当他开始写一部新剧本的时候，首先会把人物放在他创作的各种各样的场景中。这些情景可能会出现在故事中，也可能不会，它们更像是一个让他了解并走进这些人物的方法。

如果你想尝试这个方法，下面有些情境或许你会写到，或只是想象：

● 你创作的人物在逛街时看到一个十几岁的少年在偷东西。她该怎么办？她要告诉别人吗？她假装没看到？她告诉那个年轻人把东西放回去？

● 你创作的人物发现一个手提袋或是钱包，里面有很多钱却没有身份证件。他该怎么办？

● 你创作的人物被确诊患上重病。她要将病情告知其他人吗？告诉谁？为什么？她还会做什么？

● 你创作的已婚人物非常迷恋一个新邻居。他怎么办？如果他接近她，他是怎么做的？

尽可以想出各种各样的情境，并且，如果你已经很清楚自己的故事情节，你可以探索和情节有一定关联的情境，哪怕这些情境并不会出现在故事中。比方说，假如你要写的人物是一个女人，她因为上段恋情备受伤害而心生畏惧，不敢开始新的恋情。你可以写一个场景，描写他们关系破裂的那天。或者你写的是一个男人，正谋划一次大劫案，你可以写一段场景，说说他抢到钱后要做的第一件事。

要不要以熟悉的人为范本，这是个问题

有些作者会以熟悉的人为范本创作人物。当然，这么做的好处就是你已经掌握这些人的大量信息。你知道他们讲话的方式、他们的外貌、他们在各种各样境况下的举止。但是这么做也有两个风险：一个风险就是如果你写的人物腐化堕落、道德败坏或者令人厌恶，而且你又差不多完全以真人为范本来刻画他或她，那么读者就能看出原型是谁，你就有可能被起诉。哪怕这个人不太有名，如果他们能证明你的刻画有损他们的名誉或让他们蒙羞，你麻烦就大了。这也是为什么最好还是查一下电话簿或是互联网，看看你用以作为场景的那个城市里是不是有人和你写的人物同名。如果你创作了一个生活在波士顿的虐待狂连环杀手，是一个名叫弗兰克·阿什顿的牙科医生，而那里确实

住着一个同名同姓的（或许还相当不错的）牙医，他会有意见的。

以熟悉的人为范本创作人物的另一个风险就是你会觉得很难赋予这些角色他们原本不具备的品质，而这些品质又恰恰是故事情节所需要的。例如，你可爱的阿加莎姨妈与你想写的人物玛格丽特·芬斯特外形完全吻合，但是姨妈是善良可人且慷慨大方的人，而在你的故事中玛格丽特正从一个为孤儿和寡妇设立的基金中挪用资金。有些作者觉得很难处理这些冲突的人物形象。

或许最好的方法，也是小说作者们用得最多的一种方法，就是创造一个复合体。这个人物或许像你的堂兄杰克一样秃顶、肥胖，像你大学同屋一样是个赌徒，像你过去一个同事一样不善与女人打交道。

如果你并不了解你写的那些人物所生活的世界，一定要做一些调查，而不要只是重复你在电影或其他书里见到过的那些一成不变的人物形象。在《泰晤士报》刊登的一次对马塞尔·博林斯的采访中，顶级犯罪小说作家乔治·佩利卡诺斯说：

> 老一套的写法就是一个警察痴迷于案件，无法拥有正常的家庭生活，他离婚了，借酒浇愁，等等。在我写《暗夜园丁》这本书之前，和很多警察共过事，各种各样的警察（包括凶杀案刑警）。确实有些人的生活分崩离析了，但是也有其他一些人，他们晚上回到家，像正常人一样生活，把工作抛在脑后。

一个策略就是找出我们谈论的人物去哪里喝酒。对很多职业来说，尤其是警员、消防员，以及在金融行业工作的人，会有一个当地的酒吧让他们聚集在一起。去那儿，边喝你的伏特加和汤力水或是雪碧边窃听消息。从他们的谈话内容和方式中，你可以得到很多信息。你甚至有可能遇到某个愿意以非正式渠道给你提供信息的人，他会告诉你他们那个行业更真实的情况。

第六章　塑造有感染力的人物

通过描写揭示人物

揭示人物最显而易见的方式就是描写他们的外表：英俊潇洒还是相貌平平，满脸皱纹还是肌肤平滑，发色、体重、胖瘦，穿戴如何，等等。刚刚入门的作者总是滥用这个技巧，而且常常在我们第一次遇到这个人物的时候就和盘托出：

> 利昂是个矮个子男人，脸上总是愁眉不展的表情。他喜欢穿五颜六色的衬衫，通常是带花卉图案的那种。他的眼睛是蓝色的，炯炯有神……

诸如此类，没什么具体的事情。太多描写，也太早。

用第一人称写出来的人更是这样。通常他们这样结束：

> 刷牙的时候，我看着镜子里的自己。像往常的早上一样，我金色的头发竖起来，我再一次想到去整整鼻子，把那个滑稽的大包去掉。至少在我这个年龄，33岁，身材保持得还不错，我很高兴自己身高1米9，比一般人高些……

这个方法用滥了，而且很拙劣。

在描写的时候，要挑那些具体的、有趣的细节。除非你只是对一个次要人物一带而过，否则要避开那些像"英俊潇洒"、"有魅力的"、"慈母般的"泛泛的描写。对于你要刻画的主要人物，需要提供细节。想获取灵感，可以想一想你熟悉的人。如果你想让读者明白你写的一个男性人物很吸引女人，想想符合这一描述的真人。她们觉得他怎么迷人？可能是因为他长得像布拉德·皮特，但也可能是因为他总有办法去真诚地恭维他遇到的每一个女人。当你在现实的基础上进行描写时，你就不大可能用陈词滥调了。

你不需要一下子就把人物的外貌完全呈现出来，只呈现最重要的或关联度最高的方面就行。写的过程中还可以补充更多的细节。但是，不要隐瞒任何有可能和读者当时心中的人物形象矛盾的细节。比如说，如果我描写了一个人，然后小说写到100页我才提到她超级肥胖，读者就会觉得不愉快了。

还有一些呈现人物形象的方法可以让描写人物不那么难，这些方法对呈现第一人称叙事尤其有效。

通过场景揭示人物

如果你回过头去看狄更斯的那段节选文字，你会发现他的确描写了郝维仙小姐，但是很多时候都是在描写她周围的环境。衣服、凌乱不堪的环境、腐坏的婚礼蛋糕都有助于我们了解这个老太太。

如果你做那个想象力练习，去寻找你所写人物看重的那张照片，你也需要想象得出他或她所置身的环境。对于故事中出现的所有场景你都可以这么做。试着调动你所有的感官，因为只有那样你才能让你的读者也有身临其境的感觉。（在第八章我们将进一步探讨这个问题。）

这个方法同样适用于非虚构类作品。下面是《勇敢女孩等待神奇疗法》的开头，这篇文章是杰夫·里昂和彼得·戈尔内系列报道的一部分，并为作者赢得新闻类普利策奖。

> 进入艾莉森·阿什克罗夫特的卧室，你会有一种被注目的感觉。房间里摆满了毛绒动物玩具。房间的各个角落里，有不止200个玩具呆呆地望着来访者。
>
> 是因为这是个毫无节制的女孩子？不，这只是出于照顾女孩心理的考虑。每一个缀着纽扣眼睛、粘着舌头的小兔子以及老虎

第六章 塑造有感染力的人物

和小熊都代表过去 5 年中医生不得不给艾莉森抽了一次血。

这个场景马上让读者觉得好奇，同时也为文章做好了铺垫，以继续讲述这个女孩的感人故事。

在使用第一人称叙事的时候，随着故事的进展，叙述者很自然地会讲到他或她所处的环境。他吃的是什么样的食物、她穿的哪种衣服、他开的什么车、公寓里是灯火通明还是暗如地牢，这都有助于我们想象这个人物。

通过行动揭示人物

我相信大家都很熟悉那句箴言："展现出来，而不是说出来！"揭示人物最有效的方法之一就是向我们展现这个人在做什么。之前我描述的那些情境，比如说想象你写的人物目击了一个十几岁的青少年入店行窃时会怎么办，就会让我们对人物有不少了解。如果你写的人物在一个聚会上，而他一直待在吧台，与任何人都没有交流，你就无须赘言告诉我他很害羞。这一点是显而易见的，而且如果我是自己看出来而不是由你告知的话，我会觉得心满意足的。

我们来看看一段来自卡尔·海雅森的例文。卡尔·海雅森创作过一些别出心裁、让人忍俊不禁的犯罪小说。下面是《母语》的第一段：

> 7月16日，冒着南佛罗里达难耐又让人无精打采的高温，特里·威尔伯站在迈阿密国际机场阿维斯出租汽车公司的柜台前，租了一辆大红色的克莱斯勒·雷巴戎敞篷汽车。他本来选定了一台道奇小马，一辆行驶里程数不多的紧凑型汽车，但是他妻子鼓励道——一生中起码随性一次，所以特里·威尔伯换了这辆红色

的克莱斯勒。考虑到那些迈阿密的司机，他又加上了额外的车损险。他把全家人塞进了敞篷车里——他的妻子格丽、儿子詹森、女儿珍妮弗——然后就勇敢地向高速公路出发了。

目前，仅从这些我们还无法知晓特里长什么样，但是有很多地方表明了他的性格。他很传统、不爱冒险，且胆小怕事，而且让他的妻子来拍板。海雅森从来没说过这些，可是他通过特里和他妻子的所作所为，以及描述他们行为时所使用的形容词向我们传递了这些信息。比如说，他"勇敢地"向高速公路出发了，而他购买额外保险则表明他在生活中多么小心翼翼。他会选择最普通寻常的敞篷车——克莱斯勒·雷巴戎——也向我们表明他是门外汉。

通过他人的眼睛揭示人物

有时候其他人对这个人物的描述和做出的反应也能让我们了解他或她。托马斯·哈里斯所著的畅销书《沉默的羔羊》中塑造的汉尼拔·莱克特是一个值得借鉴的范例。在联邦调查局实习生克拉丽丝·史达琳的上司提到莱克特的时候，这位上司问她是否胆小，这当然向我们传递了一条信息：接下来会出现令人毛骨悚然的东西了。然后他提到了犯人，一个精神病专家，汉尼拔·莱克特医生。"汉尼拔，食人魔王，"史达琳说。这是很好的铺垫，预示我们即将对付一个不同寻常的人物，对吗？上司接着告诉她更多关于莱克特的情况，比如他如何愚弄了很多去见他的人，还提醒她，他曾经实施过可怕的袭击，并称他为恶魔。上司还对她发出警告："你个人的情况一丝一毫也不要进入他的脑子……干你的工作，只是千万别忘了他是个什么人。"

正是因为这一点，我们几乎迫不及待地想见见这位"好"医生。但当然，像哈里斯这样的惊悚小说大师还是让我们继续等待。首先史

第六章　塑造有感染力的人物

达琳和奇尔顿——精神病犯罪医院院长——的见面并不愉快,接着她见到了院长那个更让人厌恶的助手,一个被收容者。在去见莱克特的路上,奇尔顿进一步警告她要当心,并且又描述了他所犯下的几起可怕罪行。此时我们不禁想我们会遇到一个怎样喋喋不休的怪兽——这一切都是通过其他人的反应得出的。

当我们最终见到莱克特时,哈里斯是这样描写他的:"汉尼拔·莱克特医生独自斜躺在铺位上翻阅着意大利版的《时尚》杂志……"稍后,"她看到他个头不高,毛发、皮肤油光光的,手臂上的汗毛显得像金属丝一般有力,就像她自己的一样。"我们的心理预期和我们现在亲眼所见有一个反差,这很巧妙,因为这更进一步激发了我们的兴趣。

这个方法在第一人称叙事中尤其有用。例如,回到那个对着镜子审视自己的男人。或许你可以写他和他的一个姐姐或妹妹交往的情形,而这位至亲总是以一种含蓄却又咄咄逼人的方式取笑他鼻子上的那个包。这样,我们不但对他的外表有所了解,对他和他与家人的关系也有所了解。

性格张力

"性格张力"这个术语指的是你所塑造的人物在他或她一路走来性格上经历的变化。尤其是在电影中,主人公总是开始时一个样子,然后慢慢发生转变。汤姆·克鲁斯在电影《雨人》中扮演的那个自私的查理·巴比特就是一个例子。开始的时候他只在意金钱,并且怨恨雷蒙——他那个患自闭症的哥哥,因为他们的父亲把财产留给了雷蒙。随着兄弟二人一起踏上了旅程,故事最后以两人相互理解、彼此关爱而告终。

至少在好莱坞电影中，这种张力通常会将一个人物从负面转型为正面。有些故事，比如说那些关注金钱和权力如何腐蚀人心的故事，则从正面转向负面。还有些故事，正是因为里面的人物不能认识并且改正自己的错误而导致了毁灭。古希腊的悲剧就是这样，《公民凯恩》也是如此。

这种转变不一定很巨大，有时候只是故事附带产生的一个结果。在《沉默的羔羊》中，克拉丽丝·史达琳获得了自信，但是没人会觉得那是故事最重要的部分。

有时候这个人物踏上旅程，又回到起点，但是却获得了全新的感悟，像《绿野仙踪》中的桃乐西，或是安·泰勒精彩小说中的一些主人公。

也有些故事类型，里面的人物通常不变。某些动作冒险故事、谍战故事、侦探故事，还有一些喜剧就属于这一类。詹姆斯·邦德始终如一，即使是扮演他的演员变了又变。印第安纳·琼斯几乎一成不变，除了和他父亲的那点联系。在很多电视连续剧中，主人公从来都没什么变化。在有些电视连续剧中，人物角色可能在某一集中接受一两个教训，但是下一次他们又恢复原样了。的确，尤其是在喜剧连续剧里，如果人物发生什么变化，整个节目的前提就不复存在了。

除了这些例外，人物的转变对读者或观众来说似乎还是一个非常吸引人的元素，这或许是因为我们自己早已明白改变有多难。

性格张力通常出现在像小说和电影这样篇幅较长的作品中。短篇小说更多表现的是瞬间的印象，尽管可能只是人物逐渐对他或她自己或是这个世界有了新认识的那一瞬间。

小说作者比编剧们有优势，因为在小说中你可以进入人物的内心世界去透露他或她心中所想。你可以这么写，"突然丹意识到他的姐姐实际上一直在他这一边。"可是在电影剧本中，除非用对白，否则

第六章 塑造有感染力的人物

演员很难表现他是怎么意识到某件事的。编剧需要巧妙安排，用演员的表演来表现他明白了什么。或许丹是这样做出和解的姿态的：送他姐姐一捧玫瑰，或是当其他人批评她的时候，他不再一起批评而是为她辩护。

正如我们下一章要探讨的那样，故事想要吸引人，就得让主人公经历坎坷。主人公转变的过程也要如此。这个过程要时断时续、一波三折，通常还困难重重。即使是狄更斯的《圣诞颂歌》中的斯克鲁奇，在幽灵第一次出现的时候他也没有发生转变，而是需要读者去理解是什么促成了这个转变。如果这种转变看上去毫无道理，我们也不会相信这个故事。

如果你不能理解这个概念，就在纸上水平画一条直线。左边简单写下在故事开始的时候对人物的描述，例如她完全以自我为中心。右边写下她最后是什么样的，或许她学会了与身边的人真诚交往。然后在沿线各点从左向右标出每一步转变以及转变的诱因。例如，或许是她母亲病故，这唤起了她平常从不表露的情感（向前一步）。平日里疏远她的那些人看到了她的脆弱，并且试图安慰她（向前一步）。她不知道该如何回应，所以断然拒绝了他们（后退一步）。标出重大事件以及事件后果，包括前进和后退。每一次转变的背后都有动机，都是因为发生了一些事，读者或观众也能够看到这些，当然你不想这一切太着痕迹。

好人和不怎么好的人

你的主人公不一定是个好人，但是他或她一定要是个有趣的人。能让一个人有趣的方式就是我们能在某个方面和他或她产生共鸣。因此，如果你写的人物让人厌恶，最好让观众看到他们的可取之处。电影《教父》开头的场景，表现的是教父赐予一个可怜谦卑的人以恩惠，这个人想为他受到强奸的女儿伸张正义，这绝非偶然。因为司法制度腐败，强奸他女儿的人逃脱了制裁，伸张正义的责任落在了教父的头上。我们可能会认同甚至佩服他，因为他站在了无权无势者的一边——即使不久他就暴露出他和他的家族不那么吸引人的一面。当然，真正的焦点人物是迈克尔，他是那个没有插手家族事务的儿子，而且还曾声称自己永远也不会插手。然而他逐渐堕落甚至变得比他的父亲还残酷无情，这就是他的性格张力。

电视剧《黑道家族》采取了同样的做法，展示了托尼·瑟普拉诺为人脆弱的一面，与之共生的是他生命中的另一面——暴力。

在《圣诞颂歌》中，斯克鲁奇开始冷酷无情，但是我们越了解他的童年，就越理解同情他。当他的性格张力充分展现时，我们为这个转变感到欣喜。

阿尔文·萨金特谈人物创作

阿尔文·萨金特是一位两度赢得奥斯卡奖的作家，他曾成功改编了《茱莉亚》和《凡夫俗子》，还是《蜘蛛侠2》和《蜘蛛侠3》的编剧。当我采访他的时候，他透露了自己是如何创作人物的。

问：你是否更多从人物的情感而不是剧情的变化发展入手？

答：嗯，我会考虑这个故事对我来说意味着什么，我怎样被它打动，我想怎样把它白纸黑字地呈现出来。如何落到纸上是最大的障碍。把头脑中的灵感写下来是最困难的事情了。新作家有了想法，通常能告诉你他们在想什么，也可以描述某些非常不错的场景对话。他们对人物有感觉，也明白这幕场景是干什么，也知道它如何发展。但是接着——我有时候也会这样——当知道自己打算说什么，并且决定怎么去写出来的时候，问题就来了。那

第六章　塑造有感染力的人物

就是这些想法莫名其妙没法转换成文字。我认为，要是能像复印机那样就好了，那样的话影像直接就印到纸上了。我想我就是那样做的，之后我再去组织结构。我会把头脑中的影像原封不动一股脑儿地搬到纸上，不做任何编辑，也不在头脑中润色。没写到纸上之前，不要做任何准备。

问：这个影像里有什么？

答：有人在自言自语或是互相交谈，不一定非得和故事有什么联系。我经常自由联想，说话，一页又一页地都是对话，我不知道在那干什么。几个月过去，突然你就有一大堆东西了，它就好像是一堆准备就绪的布料，就等着做被子了。找一些生动有趣的东西——我希望如此。我觉得太多的人做事太有条不紊了。他们什么都弄好了，唯独没有听听他们创作的人物怎么说。

问：我一直最佩服的是你在作品里所刻画人物的"真实性"。听起来似乎你刚才讲的自由联想过程确实让你和这些人物产生了联系。

答：经过一段时间，我开始理解他们，也不再只是以他们在故事中的身份为限。我敢肯定大多数作者都是这样的。即使我没有在写作，我也会想这些人今天在哪里……有时候我晚上上床睡觉的时候，也会想他们在哪里，过得怎么样，想想我明天还会见到他们。麻烦在于，有时候他们不出工。（笑）你走到打字机那儿，然后说，"他们在哪里？几点了？他们怎么不在这儿？"有时候他们再也不回来了，所以有时候只能开除他们。

问：这些人物有没有让你大吃一惊的时候？

答：天呀，当然！你写某个让你信得过的人，但是你又不太了解他们，所以他们能让你大吃一惊。太奇妙了！但愿这比观众可以接受的更难以捉摸……如果你不能让自己享受这种过程——并不是说你非得像我这么没条理——那么你就没有给自己发现惊喜的自由。

要点

- 生动鲜活的人物比情节更能让读者印象深刻。
- 你可以通过列出人物的个性、技能和特征了解人物，或者你也可以利用想象这个更系统的方式，包括"隐藏图片法"练习。
- 以真人为范本创作人物可能很有用，但是不能伤害真实生活中的人，而且必要的时候你可以给他们改头换面。
- 你不但可以通过描写来揭示一个人物，还可以通过场景、行动和他人的眼睛。
- 在很多故事中，主人公所经历的变化被称之为"性格张力"的呈现。
- 人物不一定是个好人，但是他们需要很有趣。

练习

- 在开始创作一些新的人物角色时，试试其中一个采用埃格里的方法，而另外一个用想象法。看看你更喜欢哪一个。
- 选一个人物，然后写上一页，但是除了通过场景、行动和其他人的眼睛之外，避免去直接描述他或她。找人读一读你写的这一页，然后向你描述他们印象中这个人是什么样子。他们的印象和你想象中的人物一致吗？

补充材料

在 www.yourwritingcoach.com 网站，进入"Chapter Bonuses"栏目，然后点击第 6 章。你可以看到对演员迈克尔·布兰登的一个采访视频，他是《邓普希和麦克皮斯》的联合主演，也是《杰瑞·斯普林格》的主演。视频讨论的是演员如何去演绎一个角色以及他们在剧本中期待什么。

故事的秘诀　第七章

> 或许,的确,一个作者在创作作品的时候,很大一部分劳动都是批判性的工作——筛选、合并、构建、删减、更正、检查。
>
> ——T. S. 艾略特

从根本上讲,故事有三个部分:开头、中间和结尾。我们甚至把人一生的故事也分为青年、中年和老年。这种划分也反映了故事的典型结构,因为我们可以说青年是起初的 20 年,中年是接下来的 40 年,而老年是接下来的 20 年左右。故事中间的长度是开头和结尾长度的两倍。在剧本写作时,人们谈到三幕架构,也恰好是这个比例。

虽然这种划分是一个合理且有用的起点,但是故事的结构远比这复杂。在本章你将会发现如何牢牢抓住读者的心,让他们渴望进入你的故事世界,以及如何使用问答策略来让他们读到中间部分依然兴趣盎然,如何给出一个让读者满意的结局。

前提和情节

有时候人们反对把"故事"和"情节"这两个术语互换使用。他们认为故事指的是书真正讲的是什么，而情节则是你用来讲述故事事件的经过。他们所谓的故事，我称之为主题或前提。这决定了你将用你的书或剧本或是你写的什么东西去探索或展示什么。

在《戏剧创作的艺术》中，拉乔斯·埃格里认为制定主题最好的办法就是"一些东西引起另外一些东西"。例如，自私引起毁灭，爱通往救赎，或者财富导致堕落。然而，你可以有不同的表述，比如"爱征服一切"或"以小看大"或"恶有恶报"。

一旦简化成这些术语，会让一个前提听起来有点陈词滥调。让它不那么陈腐的，将是你如何用一个引人入胜、感人肺腑、新奇有趣又清新自然的书或剧本来呈现它。

我的小说《马克斯·好莱坞》的主题是"想成为英雄，任何时候都不晚"，但是情节讲的却是日渐没落的演员，他不得不决定是否坚持正确的事情，即使这意味着放弃他东山再起的最后机会。假如房间里坐满30位作家，让每人着手编一个故事去体现这同一个主题，我敢说他们会想出30个不同的情节来。

写作伊始心中就有一个主题的好处就是它像个指南针，当你展开情节的时候，你可以确定所有的事件都体现这个主题；其危害是这容易让你构思出的故事听起来要么冠冕堂皇、要么太直截了当而不够有趣。如果你不能确定自己的主题或前提是什么，但是你有一个能激起自己兴趣的情节，那就开始写吧。很多作者没动笔之前也不知道他们想要说什么。

如果我们说情节就是发生的事，那又是什么推动情节向前发展呢？让我们来看看是什么让你在故事的每一个节点选择一个方向而放弃了其他所有的方向。

需求的作用

对情节的另一个共识就是：这是一个故事，讲的是一个人希望或是需要什么东西，以及他或她对这个东西的追求。这样过度简化是有作用的，或许适用于大多数的情节。我们人类是一种欲望很多的生物。亚伯拉罕·马斯洛在1943年提出了一个心理学理论，称我们都是由多层次的需求激励的。由低到高，分别是生理需求（空气、水、食物、睡眠等）；安全需求（人身安全，还有给自己和自己关心的人安全感）；爱与归属需求（友情、爱情和家庭）；地位需求（自尊、他人的尊重、认可）；自我实现需求（创造力、道德、精神）。他的见解就是，我们需要先实现低一级的需求才能向高一层的需求发展。换句话说，如果你没有足够的食物，你可能不太会担心不能发挥你的创造力。当然各层次的需求可能有很多重叠和互动。对于一个作者来说，这有助于找到一个让读者感兴趣的永恒主题。

关注较低需求的故事是最具情感吸引力的。这就是为什么很多书和电影都是关于生死较量的——不可能比那个更基本了。电影《泰坦尼克号》成功的一个原因就在于它把人物置于一个情境，在这样的情境中，他们必须争取的需求层次自上而下涵盖整个范围。杰克这个人物是一个崭露头角的有创造性的艺术家，所以那就是自我实现的元素；他是一个下层社会男孩，希望别人能觉得他配得上娶一个上流社会女孩（地位）；他试图赢得萝丝的芳心（爱情）；当船开始下沉时，他试图拯救她和自己（安全）；当他们跳入海里时，这本身是为生存斗争（生理需求）。当我们和人物角色共鸣时，在情感上我们一步步被带回到越来越基本的需求。在电影的结局，萝丝放弃物质（她丢进水中的珠宝）选择了纯洁的爱情，这把我们带回了自我实现的精神层面。

你可以选择一个和马斯洛任一需求层次有关联的前提，如果你的故事讲得不错，那就能找到一群听众。虽然你会发现，很多最成功的电影讲的都是动作冒险或恐怖故事，里面让我们产生共鸣的人物被迫挣扎去满足最原始、最基本的需求，这绝非偶然。即使是最注重精神或聪明智慧的人，其内心某个地方也可能非常恐惧，担心他们会不得不面对这些基本需求——而看他人如何应对是一种精神宣泄。

需求和愿望的关系

在第六章，我提到了性格张力，即你的人物从一种存在状态向另一种状态的过渡。一个例子是《圣诞颂歌》里的埃比尼泽·斯克鲁奇从原来的尖酸刻薄变得坦诚慷慨，这反映了这部作品的前提或主题。在斯克鲁奇的例子中，你可以说前提是"尖酸刻薄导致孤立"。幽灵的介入让斯克鲁奇意识到了这一点，也让他开始转变。当他不再尖酸刻薄，变得友善坦诚时，他也和周围的人建立了联系。

能让性格张力得到呈现且能让你明白如何构建情节的一点是：通常角色人物认为他们需要一样东西，并且去追求这样东西，结果却发现实际上他们只是想要，而并不需要。这也符合马斯洛的需求层次论，因为通常人们想要的东西都是较高层次的，但是因为他们还没拥有较低层次的东西，所以还不具备得到的条件。

或许你还记得那个出色的喜剧《窈窕淑男》，由达斯汀·霍夫曼领衔主演。他扮演迈克尔，一个一心追求演艺事业成功的男人。在电影的前半段，我们看到他对大多数女人虚情假意，对孩子漠不关心，

第七章 故事的秘诀

并且极度自恋。这个行业的大部分人都觉得他惹人厌烦，因此都不愿意雇他工作，所以他才想到男扮女装，并且赢得了一个肥皂剧的主要角色。突然，迈克尔拥有了他想要的东西。但是他也爱上了与他合演的女演员，由杰西卡·兰格扮演。迈克尔无法表白对她的爱，因为她以为他是个女人，并且如果他暴露了他的秘密，他也就失去了他所珍视的成功。这时他的愿望和他的需求发生了冲突，这种冲突越来越激烈，直到最后他甘愿冒着放弃他的"愿望"的风险来换取他真正需要的东西。电影结尾的含义是：既然扮演女人让他越来越敏感、慷慨、真诚，作为一个（男）演员他很可能会更成功。

在考虑你打算讲的故事时，问问自己你的主人公想要什么。他或她怎样热情高涨、不顾一切地想得到它？一个不愿意采取极端手段（或没有迫不得已走极端）的主人公或许不会太有趣。这再一次说明，为什么这么多故事都是基于较低层次的需求——放弃想成为画家的愿望比放弃呼吸要容易得多。

你的主人公的愿望和他或她的需求冲突吗？情节发展到什么地步时这两个因素开始冲突？你如何让困境升级，以使你的主人公承受越来越大的压力？什么时候真相大白，你的人物必须决定选择哪一个？如果这个人物不放弃那个不合时宜的愿望，他或她或许不得善终。古往今来的悲剧经常讲到那些有弱点却认识不到或者是不愿意放弃的人。

谁或什么正试图阻止你的主人公？

愿望/需求这种两难境地在主人公内心发生了激烈的冲突，但是你还得找到方式去具体表达这种困境。

在很多故事中，冲突发生在一个人和另外一个人之间——至少正如你的人物体现的那样，这是正义与邪恶的战斗。例如，警察与罪犯，恶魔与圣徒，渺小的个体与强大的腐败机构。更复杂的故事涉及那些是非不那么鲜明的冲突。例如一个枉法的警察放跑了杀人犯，或是两个同样好心的父母为争夺孩子抚养权而进行斗争。

还有些情节让人与自然发生冲突。这就是灾难题材的电影和书的套路，主人公的对手或许是洪水、飓风、地震或火灾。

当然你可以让故事里面有不止一种冲突。在电视剧《迷失》中，幸存者们与天气、大海、动物、岛上生存的神秘居民以及彼此作斗争，并且大部分幸存者在空难之前内心就已经危机重重。当你能巧妙地将你的人物卷入好几个冲突中，故事会更丰富多彩，读者或观众也会更投入。然而，如果你太刻意的话（《迷失》有时候就这样），也有可能会适得其反。

你的主人公是谁？

有时候你讲的是谁的故事显而易见。比方说你的故事讲述的是一个被收养的人决定寻找亲生母亲。他开始行动，向前推进，遭遇障碍和挫折，与某人或某事发生冲突，等到旅程结束时，他的想法发生了改变。他的经历符合讲故事的基本模式，这个基本模式就是一个人在寻找什么（稍后我们会仔细探讨这个故事模式）。显而易见，他就是你的主人公。

可是有时候你的主人公并非主动带领故事前进。有时候在故事开头，他不想要或不需要任何东西，他生性乐观。如果这样下去，就不会太有趣了。但是比方说有一个间谍网的成员得知他即将去华盛顿特区参加一个商务会议，决定利用他做一个不知情的信使，给他们的同事传递文件。于是你的主人公就接二连三地遭遇了一些莫名其妙的事

第七章　故事的秘诀

情,并很快深陷困境。现在他必须回应了。他可以设法不卷进去,但是迟早他有一个或更多基本需求受到威胁,他必须反抗了。再一次,需求层次派上用场了,因为通常那些坏家伙们会让我们的主人公境况越来越糟,需求层次一降再降。或许他被捕了(失去地位);然后他们捏造证据让他的妻子误以为他有了外遇(失去爱情);然后他被解雇了(失去安全感);最终他为了生存奋起反抗(可能失去生命)。每一步都让他在冲突中越来越主动。最终,这个温文尔雅、或许还有些胆小怕事、只想平平静静生活的人拓展了他的性格张力,展示了他的英雄本色。

一旦确定了主人公是谁,你还得决定如何讲述他的故事,从哪个角度去讲述。我们看看有哪些可能。

第一人称视角

一个选择就是用第一人称来写。这就意味着主人公通过日记或是直接告诉你发生的事情来讲述他或她的亲身经历。用第一人称开头的例子是:

> 我环顾四周,不知道自己置身于何处。我是说,我知道自己在医院的病房里,但是不知道怎么到了这儿。

当你读一篇第一人称的小说或是短篇故事,或即使是游记这样的非虚构类描述性文字时,你会觉得和那个对你讲话的人有一种直接关联。这就是第一人称的主要优势:非常亲切。对于这个人的境况你完全感同身受。如果他是一个希望安静生活的人,姑且管他叫乔治吧,突然他的生活乱了套,你也有了他的困惑,然后是愤怒,然后是反击的决心。

不利条件是你只能体验到他所体验到的，只能耳闻目睹他的所闻所见。在前一章，我已经提到这样做不利于我们了解故事讲述者长什么样；要是我们自己能看到，就有办法了。但是你也不能突然穿越时空去看看那个把乔治击昏的人是谁。你得想方设法才能让他了解他无法直接获取的信息。比如说，可以写上这么一段：

> 那个年轻的黑人护士给我拿来了一盘食物，看起来很像幼儿吐出来的麦当劳欢乐套餐。"你没醒过来的时候有人来看你，"她说，"他登记了，是一个叫伯里克利的先生。"
>
> 那个名字不熟悉。"他长什么样？"
>
> 她抬头凝望着满是污垢的窗户："高高的，剃个光头，超过1米8，50岁，或者大概55岁。"
>
> 她期待地看着我，但是我仍然不知道他是谁，或者他为什么会来看我，或者他怎么知道我在医院。

乔治不知道这个叫伯里克利的先生是谁，读者也不知道，但是在后面一章，当他发现一个剃着光头、身材较高的男人在同一个超市买东西时，乔治就明白了，我们也明白了。

选择第三人称全知全能视角

另一个选择就是用第三人称写作，这样你描述事件时就像一个什么都能看到但是却置身事外的人。那样的话，第一小段可能这样写：

> 乔治环顾四周。他不知道自己置身何处。嗯，他发现这是医院的一间病房，但是他不知道自己怎么到了这儿。

注意在这个例子中，故事的讲述者不只是在描述任何人都可以看到听到的，他或她还知道乔治脑子里的想法。因为作者像神一样，他

第七章 故事的秘诀

或她知道每个人脑子里的想法。这样就可能写出下面的段落：

> 那个年轻的黑人护士给乔治拿来了一盘食物，看起来很像幼儿吐出来的麦当劳欢乐套餐。她想自己就是死了也不会吃这种狗屎都不如的东西。她想起了之前来过的那个光头男人。"有人来看过你了，"她说，"一个叫伯里克利的先生。"乔治不记得什么伯里克利先生。他觉得自己不认识希腊人。"他长什么样？"
>
> 马丁，某个护理员，朝屋里看看。"我没把一个轮椅留在这里吧？"他问道。他痛恨把东西放错地方。事实上，他痛恨在这里工作。病人让他觉得沮丧。
>
> "没有，"那个护士说。"上帝，"她心想，"下次就让马丁把心脏除颤器放错地方吧，炒了这个傻瓜鱿鱼，这样我就不用再和他打交道了。"

看看想要参与每个人的心理活动多让人心烦，搞明白谁是主要人物有多难？这就是为什么最好不要在一个场景里面进入每个人的内心世界。

第三人称有限视角

目前大部分小说家使用的是第三人称有限视角，这个选择效果更好。在这个版本中，每个场景你只进入一个人的内心世界。你可以像之前那样开始：

> 乔治环顾四周。他不知道自己置身何处。嗯，他发现这是医院的一间病房，但是他不知道自己怎么到了这儿。

接下来这一幕你就可以只描写乔治的感受了。如果那个护士和护理员出场，你可以只描写他们的言行，而不去管他们的思想和感受。

在下一个场景中，你也可以把乔治留在医院中，去和伯里克利先生待在一起。不妨这样写：

> 伯里克利先生在凤凰酒店的 238 房间里走来走去，角落里摆放的 14 英寸电视里正在播放奥普拉的脱口秀，他连看也不看。伯里克利先生喜欢住廉价旅馆，因为这种酒店的前台接待员往往最守口如瓶——要么醉醺醺的，要么烂醉如泥。伯里克利先生不喜欢第一次尝试就不履行合约，这会让他觉得惭愧。

在这个片段中，地点和角度都发生了变化。如果前台接待员或其他什么人出现了，你可以只描述伯里克利先生的感受和想法。

在下一幕或下一章中，你可以回到医院的病房，回到乔治身边，或者你可以去雇佣伯里克利先生杀害乔治的那个人的办公室，或者想去什么地方就去什么地方，只要不让读者觉得混乱就行。

总之，如果你打算用第三人称来写作，一个万全之策就是在每一幕中只呈现一个视角人物。在有主人公参与的场景中，他或她就是视角人物。如果在下一章你变换了场景和人物，再去选择那个场景中的视角人物。在我们的例子中，假设伯里克利先生是主要人物，所有包含他而不是乔治的场景都会从他的角度来写。

为了把这一点说清楚，我们看看下面几句话：

> 例子一：前台接待员露出他的黄牙，脸上堆出假笑。他很迫切，希望伯里克利先生能把那五美元给他做小费。伯里克利先生拿起钱放到了自己兜里。

> 例子二：前台接待员露出他的黄牙，脸上堆出假笑。"如果你觉得我打算给你小费，你准是疯了，那可就太了不起了。"伯里克利先生心里想，把那五美元揣到了兜里。

在第一个例子中，我们被告知前台接待员在想什么，但只有他作为本章或本场景的视角人物时才能这么写。在第二个例子中，揭示的

第七章 故事的秘诀

是伯里克利先生的心理活动，所以他是视角人物。

还有另外一个做法。看看这个：

> 前台接待员露出他的黄牙，脸上堆出假笑。这种笑脸都是人们得不到小费的时候，最后才使出的伎俩。伯里克利先生拿起钱放到了自己兜里。

谁是视角人物呢？如果你认为中间那句话是伯里克利先生的想法，那他就是。但是实际上作者只是悄悄地把自己对前台接待员的笑脸的看法说了出来。这样做也无可厚非，这是风格选择的问题。有些作者经常这么做，也非常有趣；还有些作者则觉得读者越察觉不出作者的个性或观点越好。但是只要你愿意，谁也不能阻止你把本人的一些评论夹杂在观点人物的感受里。

当然，你也可以在一些段落中客观地描写发生的事情，对于读者所读到的内容，没有人发表什么看法或表达什么感受。比如说，乔治出院了，坐着出租车回家。你可以这样写：

> 一路上，乔治都望着窗外，默不作声。当出租车在公寓楼前停下时，看门人正帮一个老太太把一些箱子从另外一辆出租车上搬下来。

是的，你在描写乔治的经历和他眼中所见，但是那一刻你并没有传递他的想法和感受。这种中立客观的片段让读者略事休息。如果你一直剖析乔治的心理活动（或是任何一个视角人物），感觉就像是陪一个朋友闲逛时，他喋喋不休地告诉我们他或她的感受，这样会让人觉得非常讨厌。

千万别用第二人称，拜托！

我知道你们已经有人注意到，我探讨了第一人称和第三人称，你们会想，肯定还有第二人称叙事的方法。确实有。在第二人称叙事的时候，读者"你"是视角人物，句子就有可能这样写：

> 你醒过来，环顾四周，发现自己躺在医院，但是你不知道怎么回事，或身处何方。

这样写上一两页还有点意思，再这样写下去就会让人觉得特别烦。是的，有几本书就是这样写的，还有一两本甚至销量不小。尽管如此，还是要想方设法避免这样。在这点上一定要相信我。

次要情节的作用

次要情节是和主要情节平行发展的相对次要的情节。通常在一本书或一个剧本中，次要情节大多独立发展，然后在一个关键时刻和故事的主要情节相交。它或许涉及、也或许不涉及你的主人公，有时候只是穿插些喜剧元素，或是让读者暂时从主要情节快速激烈的节奏中脱离出来，或是让略显单薄的故事更丰满。下面我用自身经历来说明这一点。

我在创作一部电视电影，讲述的是一次雪崩吞噬了阿尔卑斯山脉的一个小村庄。我的主人公是一个医生，他在大都市的生活分崩离析，现在回到这个村庄，希望与多年前他离开的女人破镜重圆。当然，他被雪崩掩埋了（真的），主要情节就是他如何应对，这场危机又如何让这对有情人重归于好。

我还有几个次要情节，每个情节都有自己的主人公。一个情节涉及那个女人的父亲，他是救援协调员。我们跟随他，看到他没能说服市长在雪崩发生前让村民撤离村庄，看到他冒着生命危险去救人，最终他受了重伤。至此，他的故事就和那个爱情故事相交了，因为在他弥留之际，他说出了一个秘密，多年前，是他将这个医生赶出了这个村庄。

另外一个次要情节，更次要一点，涉及市长，他的妻子在雪崩中严重受伤。市长觉得内疚，因为他决策错误没有将村民撤离，导致这么多人丧生，于是他明知无济于事，还是在荒野中跋涉，前往救援。这就和主要情节有了交叉点，因为当我们看到他的尸体，在雪中一动不动，起初我们以为是主人公死了（他们穿着相似的冬衣），然后发现其实那是市长。

还有一个次要情节讲的是一个离异的工作狂，他是一个商人，将他的女儿们留在村里，自己坐飞机去参加一个商务会议。这个次要情节和那个爱情故事并没有直接的联系，但是主题——记住什么事、什么人对我们来说真正重要——和主要情节的主题是遥相呼应的。

灾难片的惯例就是关注几个人物的故事，他们中有些没能幸免于难，所以这个题材尤其偏爱次要情节。然而，也不是说你写的每一本书或每一部剧本都一定要有次要情节。如果这些有助于你讲述故事，就用；否则，就别用。

开始组合：童话故事梗概

有些作者是直接开始写，一边写一边编故事。我不建议这么做，尤其是对那些不太有经验的作者来说。如果你已经用过了"为什么？"和"接下来会怎么样？"这两个问题，那么你应该已经为你的情节准备了某些素材。把这些素材写成一个提纲，至少标出一些你想要自己故事具有的主要情节，这将非常有益。

下面是一个简单的、基于童话格式的故事梗概，我觉得这在我开始构思故事的时候非常有用。日后我只是把这些句子补充完整：

1. 从前……**描述基本布局**

2. 每天……**描述故事开头时的情况**

3. 但是有一天……**描述发生了什么事，改变了事情的正常进程——这叫做煽动事件**

4. 因此……**描述推动故事情节的第一个冲突**

5. 因此……**描述对你的主人公的第一反应有什么样的反应**

6. 此外……**描述基本冲突以及冲突的升级，比如说故事中的事件如何威胁到你的主人公，他或她如何反击，事态如何进一步恶化**

7. 冲突达到顶点，当……**描述关键时刻，即故事的进展已经到了这样的地步，你的主人公现在的决定会影响故事走向**

8. 直到最后……**描述最终的结局**

9. 从此以后……**描述新的现状——有哪些变化**

在童话故事中，通常新的现状就是他们从此开始了快乐的生活

10. 故事的寓意是……**描述主题——这个可有可无**

开始的艺术

当你开始创作故事的时候，你不会从童话故事梗概的第 1 点开始。那只能帮你搞清楚自己要写什么，要写谁。可以这么写："从前有一个性情温和的会计师，他只想平平静静地生活。"

第 2 点也不会成为你故事的开头，至少很大程度上不会。但是再重申一次，你得知道在你用重大变化打乱他的生活之前，主人公的生活原本什么样子。最后再说一次乔治，如果我们花上几页的笔墨来描述他之前无趣的生活（然后再让几个坏蛋决定利用他，在他不知情的

第七章 故事的秘诀

情况下传递情报），估计没什么人能读下去，除非等到精彩内容出现。

成为故事精彩开头的往往是第 3 点。一个人物遇到麻烦，这往往比一个人物按部就班、开心生活要有趣得多。在这种情况下，煽动事件——即引发我们真正想讲述故事的事件——就是伯里克利先生往乔治公文包的夹层里放东西。他在鼓捣乔治公文包的时候被乔治抓了个正着，乔治拿起电话报了警。为了阻止他，伯里克利先生用枪砸了他的头。有人听到动静，所以伯里克利先生没来得及把东西放进夹层里就不得不走了。

开头这一幕有动作、暴力、危险，这让我们好奇，这些人是谁，又发生了什么。或者你也可以用我之前建议的那个开头，让乔治在医院里醒来，全然不记得发生了什么事，而护士提起了那个神秘的来访者。我觉得那个更吸引人，但是两个都行。可能乔治稍后能记起这次打斗，或者伯里克利先生会向雇他做事的人复述。

你的开头至关重要。要能吸引读者。如果你需要做很多场景布局，有时候先写一个前言会好些，或者写一些具有预示性的铺垫。比如说，在我写的那个有关雪崩的电视电影中，我开始就写救援协调员驾驶着直升机，试图引发一些小规模的雪崩以避免发生大规模雪崩。但即使小规模雪崩的力量也很可怕，所以这让我们体验到稍后会发生什么。这一幕有我要写的两个主要人物出场，这样整个影片所要发生的背景就定在了空中这个大场面。当然，写小说的时候也可以这么做。

即使是为了让读者或观众理解煽动事件——比如你开头写的是他们能明白的日常生活——你仍然可以预示即将有麻烦出现。举个简单的例子就是一家人在开开心心地享用早餐，但是他们却看不到，有人在监视着他们家。或许再过 15 或 20 分钟（或再过几页），监视者就绑架了孩子们。但是从一开头我们就知道会有事情发生，我们在等着它发生。

难写的中间部分

很多书或电影都有一个通病：中间部分节奏不紧凑。我们都有过这样的经历：我们读着读着，突然发现没兴趣读下去了，然后就看看还有多少页没读。嗯，还不少呢。而且那边还有另外一本书看起来似乎更有趣……再比如我们在电影院看电影，虽然荧幕上故事还在上映，但我们想看看几点了，电影还要多久会结束。让我们不再有兴趣的原因可能有很多，但是最常见的理由是电影或故事的节奏出了问题。有时候节奏太慢，什么事都没发生，所以我们觉得厌倦。可是有时候，虽然动作连连，但是发生的事情太过雷同，我们仍然会觉得厌倦。有时候看彼得·杰克逊的《金刚》时就有那种感觉。屏幕上大吵大闹，但是我的反应却是："拜托，拜托，别再打恐龙了！"

解决办法还是应用问答策略。这背后的理念是当我们读一本书或看一部电影时，能让我们坚持看完的是心中保有一连串的问题，并且我们想要找到这些问题的答案。我们很容易产生巨大的好奇心，所以即使是看到简简单单的第一句话，像"这声音是她以前从来没听到过的"，那么哪怕我们压根儿不知道"她"是谁，我们也想知道那是什么声音。有效讲述故事的关键在于准确把握提问和回答的节奏。如果看到第五页我们仍然不知道那是什么声音，或许我们就失去兴趣了。但是，如果第二句就告诉我们那是什么声音，我们的好奇心保持得太短，这个过程也不够有趣。

如果 Q 代表提问，A 代表对应的回答，那么 Q1 就是第一个问题，A1 就是 Q1 的答案，以此类推。奏效的模式是这样的：

假如说我们遇到的第一件事就是一个婴儿在婴儿床中啼哭。第一个问题可能就是："这个孩子为什么哭？"（Q1）

第七章　故事的秘诀

要是这个孩子继续哭，我们就会好奇："妈妈在哪里？"（Q2）

接着我们看到这个婴儿举起手，想让人把她从婴儿床上抱起来。现在我们知道她为什么哭了。（A1）

一个人走进了房间。我们想知道他是谁。（Q3）

他说："比昨天更糟了。"我们想知道什么比昨天更糟了。（Q4）

妈妈跟在这个人后面走过来。现在我们知道她在哪里了。（A2）

她没有到孩子跟前。我们想知道为什么。（Q5）

那个人从医疗器械袋里取出了一个注射器。我们知道他可能是个大夫。（A3）

我们想知道那个注射器是干什么用的。（Q6）

现在我们从正面看到了这个孩子。她脸上出了很奇怪的疹子。现在我们知道是什么比昨天更糟了。（A4）

妈妈想走到孩子身边，医生拦住了，提醒她有危险。现在我们知道她为什么不直接走到孩子身边了。（A5）

如果模式就是问题1、答案1，问题2、答案2，问题3、答案3，那我们的好奇感不会持续很久，我们也不会被吸引住。我们希望一次在心里能有两三个问题，但是如果问题太多我们会迷糊或是不堪重负。此外，如果问题1在第一页，而我们看了一百页还没看到答案，那么答案1最好是个像样的答案！

电视剧《迷失》就遇到了这样的挑战。在第一季，剧本作者们提出了很多精彩的新问题，但是并没有给出很多答案，这让有些人放弃了这个剧集。作者们苦思冥想的就是一定要在连续剧的结尾想出一个真正特别的答案。与此同时有成千上万的人在许许多多的粉丝网站上猜测这个特别的答案是什么——正是在好奇心的驱使下，这个剧集才登上了收视率的榜首。

把这个技巧用在第一稿的一个方法就是，想到了问题和答案就写在页边的空白处。如果你和材料太过密切，就让其他人来读，至少把他们想到的答案写在边上（稍后你就可以在出现问题/答案的地方加注释了）。

结尾的要点

理想的结局是意料之外，但基于前文又在情理之中。老道的侦探小说家这一点做得非常好，会让我们觉得，假如我们注意到贯穿始终的那些蛛丝马迹，我们本可以猜出凶手的身份的。即使不是侦探小说，对很多书来说，那也是个很好的模式：给读者足够的线索，让故事的结尾自圆其说，但是又不着痕迹。当然有些体裁，像浪漫喜剧，非常公式化，所以我们的确知道结局早已注定。这时你的聪明才智要用于如何让这个过程更愉快，即使是你的读者或观众知道确切的终点。

最糟糕的结局就是那种依赖于巧合或是动用我们从未见过的外力的结局。有一条古老的写作法则：你可以利用巧合让你的人物遇到麻烦，但是不能让他们借此脱身。如果警察只是碰巧路过救了主人公，或者在谁都不知道怎么回事的最后一刻，坏人的头号走狗拿出一个徽章，表明自己一直在为联邦调查局工作（我确实读过一个剧本就是这样结尾的），我们会有种上当受骗的感觉。

如果你不好收尾，问题可能出在开头，或者至少是中间。一个好的结尾就是收获沿途播下的许多种子。如果你不好收尾，那就倒着来。如果想让你的结尾在情理之中，那在此之前会发生什么？再往前呢？再往前，一直回到开头呢？要明白我的意思，不妨去租《非常嫌疑犯》或是《灵异第六感》来看看。这两部电影的结尾都是环环相扣、步步推进，但是却出人意料。

当故事结束时，不要拖泥带水、浪费笔墨。童话故事梗概的第 8 点，新的现状，通常可以一带而过，或只是点明一下。在我写的雪崩的剧本中，重逢的恋人短暂一吻，谈起他们很快可以在一起的时候，结尾就淡出了。考虑到村里一半的人刚刚死去，包括那个女人的父亲，如果结尾再有冗长、浪漫的一幕就太荒谬了。

因为你的主要情节是每个人真正有兴趣的内容，所以你应该先完成次要情节，再去完成主要情节。把最大的、最好的留到最后。

第 9 点，故事的寓意或是主题，绝不要说得太明白，而且当然不是在结尾说。我把它作为最后一点只是因为有时候你在开始写作的时候可能不知道自己的主题是什么，但是等你写完前 8 点，就很明白了。你可以把它写在即时贴上，并贴到你能看到的地方，这样你就不会让自己的故事偏离主题太远了。

另外一个有用的故事结构

已故的神话学家约瑟夫·坎贝尔曾著述过他在很多西方神话和童话故事中发现的一个故事结构。他称之为"英雄之旅"，并且在《千面英雄》中加以详细描述。编剧专家克里斯托弗·沃格勒在《作家之旅》中也向编剧们阐述了这一故事结构。这两本书都值得一读。

在此我把这一类故事的创作步骤简单概括一下。你将会看到，它和童话故事梗概有些相似之处，但是更详细具体：

1. 在英雄的凡人世界认识他/她。
2. 召唤冒险（这和煽动事件是一回事）。
3. 起初英雄并非心甘情愿——他/她对未知事物心存恐惧。
4. 英雄受到智慧长者的鼓励，但是这个指导者对英雄的帮助到此为止。

5. 英雄越过第一道边界，完全踏入另一个故事世界。

6. 英雄经历重重考验并遇到帮手。

7. 英雄抵达洞穴深处，一个危险所在。冲突步步升级。

8. 英雄承受最残酷的磨难、触底、几近死亡、获得重生。

9. 英雄拔剑并得到苦苦寻求的珍宝。

10. 归程，追逐——仍然有需要克服的问题。

11. 复活——英雄从那个特殊世界得以脱身，脱胎换骨。

12. 英雄带着珍宝、福音或灵丹妙药回归凡世，并与人分享。

如果你刚好是个《星球大战》的影迷，你或许知道乔治·卢卡斯就是使用了这个作为模板，你同样会发现这个模板也应用于很多书和电影，尤其是动作冒险故事。当然，除此之外，追求还有可能是精神上或智力上的。

然而，尽管这是一个非常有用的模板，它起到的作用应该是激发灵感而不是用来填空的刻板公式。

故事主宰一切

关于结构我想告诉你的最重要的一点就是：让你想讲述的故事有自己的生命和驱动力，让故事自然发展。你做的一切都应该服务于你想讲述的故事。如果你能找到现成的结构来讲这个故事，当然很好。如果找不到，就顺理成章地跟着故事的情节发展。如果你忠实于故事，它就不会让你误入歧途。

要点

- 主题指的是故事真正讲的是什么；而情节则是你用来说明或证

明主题的事件经过。

- 当我们自己、他人或自然不能满足我们的需求,我们就会反抗,需求越根本,我们反抗就越强烈。这条原则为故事提供了必要的冲突。
- 用第一人称写作可以在讲述者和读者之间建立情感联系,但笔触所至,只能局限在讲述者所经历的范围之内。
- 用第三人称有限视角写作不那么亲切,但是可以让作者自由进入几个人物的内心世界(每一幕或每一章都有一个视角人物)。
- 次要情节可以和主要情节平行发展,能够反映主要情节,或是形成对比。
- 童话故事梗概可以让你轻松绘制情节结构的草图。英雄之旅则是一个更详细的结构。
- 要吸引读者,故事应以煽动事件作为开端,或至少能预示煽动事件。
- 问答策略能推动故事向前发展。
- 结尾应该源于之前的情节。比较理想的结尾是出人意料却合乎逻辑。
- 结构应该服务于你的前提和情节,而不是倒过来。

练习

- 选三部你最喜欢的电影或小说,确定一下主人公的哪些需求受到威胁,以及受到威胁的先后顺序。你发现一个模式了吗?
- 在你的生活中,发觉你想要的东西,这和一个客观中立的旁观者认为你可能真正需要的东西之间会有冲突吗?如果有,从这个冲突中能构思出什么样的情节呢?
- 试着用第一人称写一个场景,然后用第三人称有限视角再写一次。你更喜欢哪一个？

● 去书店或是图书馆，找十本以前没看过的小说，再找十本非虚构类书籍，读读开头几段。哪些开头吸引你？它们有什么共同之处？哪些开头不吸引你？它们又有什么共同之处？

补充材料

在 www.yourwritingcoach.com 网站，进入"Chapter Bonuses"栏目，然后点击第 7 章。你就可以看到罗伯特·考克安——国际热播电视剧《反恐 24 小时》的联合导演——谈论如何使用故事结构来营造悬念并增加戏剧性。

注意你的措辞　第八章

用词尽量简明扼要，不然你的读者肯定会跳过不读；语言尽量朴素平实，不然别人一定会误解。

——约翰·罗斯金

处理完上一章后，你的作品框架就有素材了。现在就该确保你的语言能配得上你的思路了，所以在本章我将探讨能让你的语言生动鲜活的技巧。

唤醒你的感官

或许你曾在商业或是心理学领域听说过 NLP（神经语言程序学）。它研究的是我们如何使用自己的身/心（神经）和话语（语言），以一种决定或至少影响我们行为的模式（程序）与他人及自我沟通。NLP

由理查德·班德勒和约翰·格林德创建于20世纪70年代末，现在在全世界有很多践行者。

NLP的一个基本宗旨就是每个人都通过自己的视觉、听觉、触觉、味觉、嗅觉系统来编码处理自己的经历，即看、听、触、尝、闻。通常人们使用某个特定的词在不知不觉中就透露了他们最常用的系统。例如，一个人可能这么说："是的，我看明白你的意思了。"另外一个人可能会说："我明白你说的话了。"另外一个可能会说："是，我觉得那个很好。"另外一个可能会说："听起来是好事一桩。"而另外一个也可能说："我觉得那个主意糟透了！"

NLP建议，想要与一个人建立融洽关系，一个方法就是明白他主要使用哪个系统，知道用什么样的语言和那个系统匹配。当然，你不可能知道读者更喜欢哪个系统，所以你的策略只能是：确保大部分系统——即使不是全部——都能在你的作品中得以体现，最好是尽早体现出来，以便吸引读者。然后你应该持续动用几个感官，让所有的读者都觉得兴致勃勃，获得身临其境的感觉。

我们重新谈论一下狄更斯《远大前程》中的那一幕吧。在那一幕中，故事的讲述者皮普，被带到郝维仙小姐家的一个房间里。这一次，注意看狄更斯是如何调动各种感官的：

> 整间屋子很宽敞。我敢说从前这屋里一定是富丽堂皇的，可如今屋内的每一件东西上都覆盖着一层尘土，或者布满了霉菌，都在腐烂着。屋中最引人注目的是一张长桌，上面铺着桌布，仿佛一场宴会已经准备就绪，可忽然整座宅邸和所有钟表都停在了时间的一点上。桌布的中央仍然摆着果碟和花瓶一类的装饰品，现在都结满了蜘蛛网，连形状也难以辨别清楚了。我注视着那已变黄的桌布，觉得它长出了像黑木耳一类的东西。我看到生着花斑长腿的蜘蛛，满身长着疙瘩，跑进跑出它们的家园，仿佛这个

第八章 注意你的措辞

蜘蛛王国发生了什么惊天动地的大事。

我还听到老鼠在嵌板后面传来咔哒咔哒的声音,仿佛蜘蛛王国的大事也引起了它们的兴趣。唯独黑甲虫对这些骚动毫不在意,拖着沉思而老态龙钟的脚步在火炉四周摸索着,仿佛它们因为眼睛近视,耳朵又听不见,所以只顾自己,和其他的邻居们互不来往。

我远远地观察着这些小爬虫的活动。它们吸引着我,我都看呆了。忽然,郝维仙小姐的一只手放在了我的肩头上,另一只手里握着一根丁字形的手杖,用它支撑着身体。她的模样看上去活像这所屋子中的女巫。

她用手杖指着这长桌子说道:"等我死了以后,这上面就是停放我尸体的地方。大家都会到这里来看我最后一眼。"

听了她的话我感到有些莫名其妙的担忧,生怕她就会躺到桌上去,并且立刻死在上面,变成上次我在集市上所见到的那个可怕的蜡像,所以当她的手放在我肩上时,我吓得缩成一团。

"你说那个是什么?"她又用手杖指着那里问我,"就在结了蜘蛛网的地方。"

"小姐,我猜不出那是什么。"

"那是一块大蛋糕,是结婚蛋糕,是我的结婚蛋糕!"①

这里面有丰富的视觉信息,还有像老鼠在嵌板后面跑动这样的声音,还有触觉——她的手放在他的肩上。尽管狄更斯没有提到气味,但当他描写那些霉菌的时候,我仿佛闻到了一股霉味。当我想到那个虫子爬进爬出的古老结婚蛋糕时,胃里感觉一阵作呕。这就是一个很好的例子,证明一个系统的描写会引发其他系统的反应。

剧本作家们可能会反对,因为对他们来说,触觉、嗅觉和味觉带来

---

① 狄更斯著、罗志野译:《远大前程》,90 页。译文略有调整。

的问题更大。八成是因为要体现看不到的东西违背了剧本创作的基本原则吧？毕竟，观众是没办法摸到、闻到或尝到屏幕上的东西的。但是你剧本的第一批观众不是电影观众，而是有意购买剧本的人。你的任务就是给他们带来激动人心的阅读体验，这样剧情才会在他们的脑海中上演。

我们看看来自电影界的一个例子吧。这是我最喜欢的一部电影《大西洋城》的开头一幕，编剧是约翰·奎尔，刊登在现在已停刊的《剧本》杂志上：

（特写镜头）

一个亮黄色的柠檬。一个女人拿着刀子把它切成四块。她咯哒一声打开卡式录音机。玛丽亚·卡拉斯唱着贝里尼创作的歌剧《诺玛》中的咏叹调《圣洁女神》。

（镜头慢慢拉回）

莎莉的公寓里——晚上

莎莉站在窗户边的水池前，她相当漂亮。她把柠檬汁挤到掌心，然后抹到肩上、胸前和手臂上。她仔细地擦洗身子。

（镜头拉出窗外，掠过通风道，转向）

卢的公寓里——晚上

一个六十多岁的男子站在黑暗的房间中注视着她。他抽着一根不带过滤嘴的香烟。他叫卢。

奎尔像小说家一样写作，还做了一些让真正的剧本教师看了恨不得打他手心的事：写出镜头的移动、具体说明某一首音乐、植入像"不带过滤嘴的香烟"这样一些观众或许不会注意到的细节。但这不是创造了一种氛围，从而让我们好奇这些人是谁吗？那只柠檬浓重鲜明的色彩就在眼前。如果你想想那个多汁的酸柠檬，或许还会感到味蕾蠢蠢欲动，你甚至可能想到了它的气味。歌剧的咏叹调与两个场景

第八章　注意你的措辞

的并置给观众/读者带来了一种不安的感觉——这个老人为什么注视着莎莉？他是个偷窥狂吗？或者他有更邪恶的动机？这一切全部表现在不到半页的篇幅中。

作为一个作者，在起初，你的创作方式或许主要源于某个感官系统。视觉应该是最常见的了。小说家兼编剧琼·迪迪安（《顺其自然》、《亲密接触》的作者）告诉美国国家公共电台说她总是从精神意象开始。她用写作去发现那个意象中的情景。在创作《流动的河》这本书的时候，她头脑中的那幅画面就是炎炎夏季、河畔的一幢房子、楼上一个女人、楼下一个男人、他们没有交谈。在创作《顺其自然》的时候，就是一个金发碧眼的女孩身穿吊带白裙、凌晨一点钟在拉斯维加斯一家赌场接受男服务生的服务。在创作《公祷书》时，则是早上六点钟的巴拿马机场、柏油路面上热浪滚滚。

其他的作者或许会以他们无意听到的话作为起点，或是以唤起回忆中的某种气味或味道为起点。（记得普鲁斯特吗？）

触觉甚至也可以作为起点。在美国西部编剧协会的 *Written By* 杂志的艾伦·鲍尔叙述了引发电影《美国丽人》诞生的一个事件：

> 在路过世贸中心的时候，我遇到了一个神秘的袋子。当时我独自一人走在去地铁站的路上，这个袋子就开始围着我转，我想，嗯，太不可思议了。它就差不多这么转了十分钟。就看你怎么想了，也许这只是个巧合，但显然非同寻常，这打动了我。在那一刻，这种直接的、突如其来的感触让我不知所措，因为我是一个疲倦不堪、愤世嫉俗的纽约人。我只记得它就这么在我身边，仿佛什么东西在我面前横亘着。即使是现在我和你说这些的时候，我也完全明白这听起来太愚蠢疯狂了。

想创作出更有影响力的书、故事和剧本，就要注意你所有的感官，要留出时间让一个意象、声音或其他的冲动成型。这些冲动绝对不会在你刚一坐下来开始创作的时候就出现。正如鲍尔的例子那样，它们总是不期而至。它们很容易飘然离去，尤其是有他人在场时，或是当你绞尽脑汁时。我觉得在半梦半醒间捕捉这些冲动非常有效，或者半醒半梦间也行，那时候思维更流畅。

如果你实在写不出来一个场景，试试换一个不同的感官系统。例如，如果你无法决定人物之间该说些什么，想象一下每个人看到、听到、闻到、尝到、感受到的东西。把那一幕中的每个人物都想一遍，然后你可能发现当你回到作者的视角时，这一幕有了新的活力。

生命力在于细节

动用各种感官与另外一个让作品栩栩如生的因素紧密相关，即生动、有趣的细节。回忆一下，上一次有人对你讲起他们的假期的情形吧。如果他们只是泛泛而谈，像"我们在海滩上玩了很久，天非常热，那些小贩们缠得我们有点心烦，有一个兜售宗教物品的"这种描述只能留给你浮光掠影的印象。

假如现在有人这么说："海滩上小贩们蜂拥而至。有一个矮个子黑人男子，头发染成金黄色。他拿着一个破破烂烂的箱子，像变戏法一样夸张地打开。你知道他卖什么吗？肥皂刻出来的耶稣受难像！"现在这一幕栩栩如生地出现在你眼前，你看到了小贩，你想到了他的动作，你也想象出了他卖的东西。

很多经验不足的作者用笼统无味的语言来表达自我。面对现实吧，大部分人的生活确实是索然无味的。他们起床，穿上和昨天一样的衣服，吃着和昨天一样的早餐，走着昨天上班走的同一条路，他们出场了，做着和昨天一样的工作。他们可不想在书中、故事中或是电影中再看到那些——他们想要点不一样的、生动有趣的、激动人心的,并且他们期待那些东西被人用同样生动有趣、激动人心的语言表达出来。下面是一个公认的极端例子,来自记者兼小说家汤姆·乌尔夫。这个片段选自《重游薄荷酒吧》。他描写了新泽西州的一些青少年:

> 好了,姑娘们,穿上你们的弹力尼龙牛仔裤!你们知道的——就是那条,看起来像是哪个色迷迷、还搓着手站在工作台前的老裁缝设计的……下面,把胸罩往上拉,拉到耐克导弹发射器的角度。然后穿上那件麻花针织马海毛毛衣,就是那件像只趴在暖气旁边的猫咪一样蓬松的毛衣。然后把卷发器打开,让头发蓬得高它个几英尺,弄个蓬松的发式、弄个马蜂窝、弄个帕塞伊克的蓬巴杜夫人发型。

编剧们要为无味的描述负主要责任。重大错误,像汤姆·汉克斯指出的那样:

> 读剧本通常就像读未定案的法律文书一样激动人心,所以如果当你读剧本时感觉仿佛在看电影,你就知道这个剧本肯定与众不同。

寻找能揭示人物的行为

要让你的语言给读者真实可信的感觉,不只是要描写事物外表,也要描述人物的具体行为。身为作家兼导演的伯纳德·泰弗尼雅在谈到自己执导的电影《乡愁老爸》时曾指出:

> 这部电影取材于一些琐事……都是些生活的瞬间,人们相遇了,人们彼此伤害,对立的双方突然有一刻觉得亲近。这些瞬间看起来微不足道,但是却至关重要。就像女儿拿了自己写的一首

小诗给爸爸看，爸爸却对年轻的女儿说，"上床睡觉去。"这可能看起来没什么，但是对女儿来说却是一个可怕的拒绝，就像谋杀一样。这部电影里面有很多这样的情景，小谋杀，是我们——不只是片中人物——在我们的生活中经常做的事。

在《作家文摘》的一篇文章中，诗人黛安·艾克曼附和了这个观点，并进一步表明："要是一本书里有这样或那样的细节引人入胜，而你无法再去改进，那这本书也就几乎不可能有什么问题了。"她随身带着一个笔记本，用以记录感官细节：

> 我不会记录发生了什么事，因为我能记住发生了什么事……我记不住的是那些感官细节——投映在水上的光的颜色，睫毛抖动的方式，某人走过沙地的样子，海豹妈妈呼唤幼崽的声音。

当然，我们不是在鼓励为了细节而去添加细节；细节要能够揭示一些重要的东西，最好还能唤起读者的情感反应。畅销书作者詹姆斯·帕特森说：

> 我在处理手稿的时候，在上面到处写，"待在那儿！"那说明我很投入，全感受到了，全看到了。如果这能打动我，我就能感受到这种情感。我会有点害怕或是惊恐，或者会觉得自己恋爱了。

尽管19世纪的经典小说值得一读，但是使用它们作范本的时候一定要当心，因为里面有大量的细节描写。创作这些小说的时候，电影和电视还没有出现，人们读它们的一部分原因是为了得以接触他们从未到过的地方。现在人们已经在电视和电影上什么都见过了，所以他们难免会觉得太长篇幅的描写令人乏味。畅销犯罪小说作家，也是细节揭示和对话描写的大师埃尔莫尔·莱昂纳德说，当他开始删除人们略过不读的部分时,他的书销量猛增。

埃尔莫尔·莱昂纳德的十大法则

埃尔莫尔·莱昂纳德在《纽约时报》分享了他的故事情节十大法则,当然他意在分享,而非说教。下面就是一个摘要:

1. 绝不要在一本书的开头描写天气。
2. 避免写序言。
3. 绝不要用"说"以外的动词来引出对话。
4. 绝不要用副词来修饰动词"说"。
5. 控制感叹号的使用。
6. 绝不要使用"突然"或"一团糟"这样的字眼。
7. 少用方言或行话。
8. 避免对人物太具体的描写。
9. 不要过于详细地描述地点和事物。
10. 设法把读者容易跳过去不读的部分删掉。

他补充说:

我最重要的一条经验就是概括了这十条。如果听起来书卷气太浓,我就重新写。或者,如果正确的用法不再奏效了,那它也得让路。我不能让我们在英语写作中学的那些东西干扰叙述的声音和节奏。

说明性文字的挑战

说明性文字是给读者提供有关人物或场景背景信息的文字。挑战就是要用巧妙、且不打断故事发展的方式将这些背景信息介绍出来。处理这些说明性文字的拙劣方法不胜枚举，比如像这样的对话："我们认识多久了，杰克——21年，还是22年？"或"作为我的兄弟，利昂，你肯定知道这对我来说有多重要。"当人物互相告知他们已经知晓的事情时，这说明作者不知道该如何处理说明性文字。有三个策略或许能帮到你：

1. 分开说。当时需要多少，你就揭示多少。如果你慢慢地把背景故事说给读者，而不是一口气说完，那么读者就需要自己把故事组合在一起，这样会让他们得到更多满足。

2. 利用合情合理的人物来提问。作者们喜欢让记者和侦探还有警察来做主人公，因为这些人物都有发问资格。但是你也可以利用其他人物来提问，去提供你想让读者了解的信息，比如一个新邻居，一个好奇的孩子，或是那种爱管闲事、喜欢说长道短的大嘴巴。

3. 在情感场景透露信息。情感内容会让你不显山不露水地把信息告知读者。比如说，有两个长大成人的姐妹在讨论由谁来照顾生病的母亲。其中一个可以平静地说："嗯，作为姐姐，一向都是我照顾母亲的，就连我刚刚结婚时她喝酒那么厉害也是我照顾。"这听起来似乎有点强迫我们去接受一些信息。但如果这个姐姐大发雷霆地说出这番话感觉就不同了："都是我！——她喝得烂醉如泥，我把她吐的东西打扫得干干净净！哪怕我在度该死的蜜月，我也得回来，因为我妈妈'病了'！那时候你在哪里呢？你现在又在哪里呢，我的小妹妹？还是在你的小世界里！"在后者中我们同样获得了很多信息，但是场景中的感情宣泄掩盖了这一点。

第八章　注意你的措辞

谈谈对话

写对话最常遇到的问题就是所有的人物听起来都一样。这说明作者对人物了解不够。如果你非常了解自己创作的人物，你就会在脑海中听到他们交谈，你只需要把他们说的话记录下来就行。

对话看起来要自然，但是和我们的真实谈话又不尽相同。如果你想证明给自己看，就录一段对话，然后用笔记录下来。你会发现很多间隔、口误、不完整的句子、还有嗯嗯呃呃。当我们的话语白纸黑字落到纸上，大部分人听起来都像个傻瓜，但是我们习惯了去适应这种谈话特点，所以在说话的时候我们根本注意不到这些。你在写对话的时候肯定不想出现这种不连贯的现象，但是你也不想让人物听起来太过出口成章。

你也不会想把人们在现实生活中的闲聊写进去，除非那是故事正题的一部分（比如说，你想表现这两个人物只是在"闲聊"这种最家常的层面有联系）。对话应该有几个功能：揭示人物、推动情节、制造紧张气氛或是其他你希望读者体验的感觉或感情。

关于那些"说"

埃尔莫尔·莱昂纳德的法则建议最好隐匿作者自己，而用人物"说"来确定谁在讲话。换句话说，你会这样写，"'我来这里不是当你的仆人的，'她说。"而不是"她坚称，""她厉声说，""她断言，""她抗议道，""她嘲弄道，""她啜泣着说，"也不是"她温顺地说，""她勇敢地说，""她哭着说。"其实凭借我们对人物的了解，以及对他们说话时行为的描写足以让我们知道这些话是怎么说出来的。当然偶尔违反一下这个规则也可以，但是不能太多。

你也不需要每句对话都带上"他说"。如果两个人在交谈，我们假定他们是轮流说话。只有当你觉得读者可能搞不清楚谁在说话时，才加上"她说"或"拉尔夫说"。所以一段对话可以这么写：

"今晚过来吧，"拉尔夫说。[你已经确定了第一个说话者。]

"来不了，"凯瑟琳说，没有正视他。[你已经确定了另外一个说话者。]

"为什么？"

"孩子们等我做饭呢。"

"让他们订比萨吧。孩子们喜欢比萨。"

只要这种交谈模式不变，你就可以不用那个"说"。如果你用动作打断了对话，那么就需要重新确定开始谈话的那个人，让读者适应。

精通对话的两个策略

对于一个想创作出精彩对话的人来说，最有用的技巧就是偷听。仔细倾听各色人等的交谈，你可以获取很多有用的信息。对于一个想感受真人声音的作者来说，还有一个奇妙的网站：www.storycorps.net，它的特色就是上面有七千多份录音，录音里的人谈到他们生活的方方面面。有些是轻松或怀旧的，有些很悲惨，哪怕听上一小段都会让你热泪盈眶。有两段我觉得特别吸引我，一段是两个囚犯在一起谈论他们的境况（其中一个谈话不久后就去世了），还有一段是一个女士不得不告诉父母她的妹妹在一次地铁事故中身亡。

学会创作精彩对话以及措辞的另一个策略就是阅读。你打算创作

第八章 注意你的措辞

什么体裁，就让自己沉浸在这个体裁的大师的作品里。把每一本书、剧本或是故事读一遍，第一遍只是欣赏，第二遍去分析作者使用了哪些技巧，再读第三次，去捕捉第二次阅读没有注意到的东西（总会有些你没注意到的东西）。偶尔，找一本你那个体裁写得比较烂的书来读。知道哪些事不能做也是非常有用的，同时知道自己做得比他们好，而不总是让那些天才衬得你相形见绌，这会让你有个幸灾乐祸的机会。

如果你是个作家，或想成为一个作家，很有可能是因为生活让你觉得兴奋不已，或者是因为其他人看问题不够深刻——比如他们觉得无趣的地方你却觉得妙趣横生。现在你的任务就是确保这些品质不仅让你在生活中与众不同，而且也让你的作品出类拔萃。当你把引人入胜的故事情节与多姿多彩、生动传神的语言相结合，这一页页的书就不再是一张张的纸，而是会成为通往另外一个世界的入口。

要点

- 用语言吸引全部感官，和读者建立融洽关系。
- 当你提供具体、丰富的外部细节和行为细节时，作品就会真实可信。
- 只在必要的时候才提供一点点说明性文字，还可以用情感场景掩盖。
- 如果你对你创作的人物有足够的了解，创作他们的对话就变得轻而易举。
- 除了"说"，避免使用任何话语情态词。如果很明白谁在说话，你可以连"说"都省去。

练习

- 重读你最喜欢的书的前五页，着重记下作者调动读者感官的例子。你在第一页上找到多少处？在头两页呢？到第五页为止所有感官都用到了吗？

- 到咖啡店去，找个能看到行人的地方坐下。去看每个人，注意观察他们身上有意思的细节，可以是外表上或行为上的具体细节。

- 假设你在写两个不和睦的邻居吵架，你需要揭示他们之间过去的恩怨。设法在创作这一幕的时候让你的背景回顾性文字不那么显眼。

补充材料

在 www.yourwritingcoach.com 网站，进入"Chapter Bonuses"栏目，然后点击第 8 章，你就可以看到对 NLP 的践行者、私人教练爱丽丝·迈尔瑞的专访视频，探讨的是如何用先进的 NLP 技巧来获得并保持读者的注意力。

再来一次   第九章

> 创造就是允许自己犯错误。艺术就是知道保留哪一个。
>
> ——斯科特·亚当斯

作为大师级的人物,约翰·欧文曾说过:"修改是编辑的灵魂,作为一个小说家,改写占了我人生的四分之三。"几乎没有哪个天才作家的作品是一气呵成、一蹴而就的。因此,改写必不可少,但是也会让人望而生畏。你自然会担心自己的作品具有致命缺陷、无法补救,然而只要有充足的时间和技巧,即使是最粗糙的初稿,你也能将之打磨成型。在本章你将看到,有些可靠的技巧可以帮你做到这一点。

在合适的时间去做

开始考虑改写的合适时间是你写完初稿后。这一点听起来似乎显而易见，但是很多作者在写作进行中就开始动手修改了。重读已经写完的部分是可以的，甚至你还可以在页边空白处做笔记，记下你准备在下一稿怎么修改。但是如果你忍不住开始改写之前的内容，或许你会发现自己的写作进度大幅下降，甚至戛然而止。

如果可能的话，空一段时间，然后再坐下来改写这个作品。理想的做法是，在那段休息期做点其他事情，这样你再看初稿的时候也许会有全新的感觉。应该休息多久完全取决于你，当然也取决于你是否要在某个期限之前交稿。我建议最少一周，最多几个月。如果少于一周，你的思想还没有清空；如果超过几个月，则你对作品的热情或许已经消退。

换一种心态

分析所需要的心理状态与创造所需要的心理状态完全不同。前者是客观的，后者是主观的。问题是当我们重读自己写的内容，我们就想起了写作时心中的所想所感，这让我们不知不觉回到了创造状态。如果你想尽量远离最初的心绪，可以做这几件事：

- **换种字体或是用彩纸把材料打印出来。** 这个就是你要阅读、而且要记下你的反应的版本。当你接着处理下一稿的时候，用原来的字体和色纸打印材料，向你自己表明你回到了创作状态。不要试着在电脑屏幕上阅读作品，打印稿是必不可少的。
- **换个环境读作品，要和创作时的环境不一样。** 这就意味着可能要去咖啡店或是图书馆（假设这不是你创作的地方），或者只是在家里换个房间。
- **换个姿势读这些材料，要和写作时的姿势不同。** 如果你创作的时候坐在桌边，那现在就靠着沙发或是站着审视这些材料。
- **快速重读一遍，不做任何笔记。** 试着模拟读者最终体验作

第九章　再来一次

品的方式。当你重读第一遍后，再记下你对作品的总体感觉。

● **然后再仔细读一遍，像评论朋友的作品那样记笔记。**比如说你可能会在你认为表达不清楚的句子旁划上一个问号，或者在你认为应该换掉的词下面画线，或者写下一些诸如"太乏味"或"太慢"这样的短语。在这个阶段别去做任何修改。这是整体的评论部分，还不是改写阶段。

● **在一天中不同的时段再读几遍。**比如早上一起床就读一次，当天晚些时候再读一次。或许你会发现在一天中不同时段心态的变化会让你对自己的作品产生不同的感受。至少大声朗读一次，这会帮你检查对话听起来怎样。你或许可以尝试对着录音机读，然后再放出来听。

● **对于长一点的作品，即使创作之初你就是从提纲开始写的，现在简单列出提纲也是有帮助的。**通常在写作的过程中你已对原来的计划做了改动，现在列出新的简要提纲有助于你对作品有全新的概览。

谨慎寻求他人的反馈

找一个观点客观的人读你的作品会非常有帮助。通常你的母亲或配偶或伙伴不是理想的选择。因为他们爱你，或许他们只会做出正面评价，或者如果他们做出负面评价，就会有损你们的关系。如果他们能做到客观，你也能毫无怨言地接受他们的负面评价，那你就很幸运了，因为你得到了积极的反馈。"理博斯警督"系列小说的作者伊恩·蓝钦这样对《泰晤士报》说：

第一个读我小说的人通常是我的妻子，以及第二稿或是第三稿。她读了很多犯罪小说，所以通常能发现一些小毛病和我从其他作者那里偷来的东西。

有一两个同事，甚至是网友能告诉你他们的反应也非常有用。评论者们不一定非得是作家。如果你写了一部惊悚小说，或是你朋友们爱读的那种题材，那你就找到完美的读者了。别问他们哪里不对或怎么改，就问问他们对所读材料的反应。开头吸引住他们了吗？如果书不是他们认识的人写的，他们有没有想停下来放弃的时候？他们觉得人物如何？哪个人物最有趣，哪个最没意思？

让其他作者评论的风险就是他们经常会告诉你他们会怎么写这一段，而不是告诉你如何改进你的写法。如果他们建议改写，问问他们这样改旨在解决什么问题。例如，如果他们说："我认为你应该删掉第十三章。"问问他们为什么觉得那样会比较好。他们或许会说："感觉那一章和情节没什么关联"或"我觉得描写太枯燥冗长"。有时即使他们的解决方案不对，但是或许提出了一个需要注意的问题。

有些作者会把草稿拿给经纪人看——尽管不一定是初稿。还有些人，比如《时间旅行者的妻子》的作者奥黛丽·尼芬格说："直到我觉得完工，才给经纪人看。"

把你听到的评论记下来，既要记下负面评价也要记下正面的。当你听到负面评价，别为自己的作品辩护或是解释你为什么那么写。即使你已经知道自己不赞同对方的观点，也要记下每一条评论，否则那些大方给你他们看法的人会察觉到你在质疑他的评论。而且有时候，起初听起来似乎不搭界或是错误的评价后来证明是有道理的。

整理你的笔记

等你从自己和他人那里收集完反馈意见后，把笔记中的评论分类整理，例如按照"人物"、"语言"、"节奏"和"对话"，这会帮你识别哪些评论反复出现，你也能看出哪个领域最需要加工。或许你还会有一大堆其他评论需要分别处理，如果很多，别担心，你可以一步步来。

或许你还会收到一些截然不同、相互冲突的评论。或许一个人认为开头节奏太慢，而另一个却认为你过早开始了故事。这个时候你就得靠直觉判断了。这是你的作品，不是其他人的。你既要采纳自己认同的评论，同时也不要忘了，日后书上、剧本上、故事封面或者文章上署的是你的名字，因此得由你来决定改变什么以及如何去改变。

从大处入手

先从大问题着手还是有道理的。比如说，如果你认识到你的情节有一个大纰漏，需要对小说的前六章做很大的变动，这时你要是开始先修补对话就毫无道理了。同样，如果你认识到你写的指导性书籍不够有条理，无法对读者有所助益，那就不是调整措辞这么简单了。这有点像重建房屋——你得确定地基和基本结构坚实可靠，然后才能考虑装修装饰。在提纲上修改结构要比在完整的手稿上修改容易。先修改提纲，直到你的结构没有瑕疵，然后再以新提纲为基础改写其他需要注意的部分，要依照由大到小的顺序来进行修改。别指望这个过程完全按部就班、直线进行。因为每次变动一个因素，你就需要考虑这对其他因素有什么影响。例如，在我现在正创作的小说中，起初我的主人公是失业的。当我重读时，我的思路逐渐变得清晰，我发现如果让他在快餐店有一份工作的话我可以更好地揭示他的性格。这样我就得写一些新的场景，但是这些新变化有时候会影响到他与女朋友的会面，也会影响到他和朋友们的谈话内容（因为朋友间自然而然就会谈论彼此的工作）。这还启发我创作了一个以主人公同事身份出现的新人物。如果把改写过程的第一步比作盖房子的话，或许把之后的阶段比喻成组装拼图更恰当。

如果遇到困难，先跳过

拼图这个比喻也同样适合改写过程中出现的另外一种情况。如果你有一块拼图，但似乎放到哪里都不合适，不妨暂且放在一边，稍后再说。或许到那时候，拼图的其他部分已经摆好不少，足以让你看出那一块摆到哪里合适了。有时候改写也是这样，所以不要纠结于某一个似乎不太可行的元素。只管改写其他部分，稍后再回来斟酌。不管正处理作品哪方面的问题，重读都是很有帮助的。

狠一点

对于书稿，出版商抱怨最多的一点就是写得太多。要是初稿的话也没什么，那时候你只是想把所有的想法都写出来。可是在改写的阶段你要狠一点，要把任何重复的或无关的内容删除。我有一个做编辑的朋友说："很多投给我们的非虚构类书稿根本就不算是书——简直就是些堆砌起来的文章，那也就是为什么我们会拒掉这些书稿。"如果在编辑过程中被发现你的素材还不足以成书，那你就得拓展话题或是再往深处挖掘。

知道适可而止

面对现实吧：你的小说或短篇故事或剧本或其他什么作品永远不

可能尽善尽美。耐心点，你需要反复修改，但是也得知道改到一定程度，就差不多了。事实上，到了一定程度再修改就是画蛇添足。除了听从你的直觉，什么时候停止修改并没有一定之规。每一次大的修改都要留一份副本，这样的话如果你确实改过了头，还可以倒回来。如果你不想留那么多纸，至少把每一次修改保存在电脑里。为了让自己记住不同的版本，我保存草稿的时候都会在标题里加上日期。

毫无疑问，你应该经常备份文件。隔一阵子还要把你的主要文件复制到两张 CD 上，一张留着，另一张交给朋友保管。几年前我付出惨重的代价才明白这一点。我把所有的主要文件全部备份到磁盘上，然后放在楼上的储藏室里，这样的话即使是有贼偷走了我的笔记本电脑，至少磁盘上还有所有的东西。但我没料到我的电脑起火烧成了一块废铁，连带那些磁盘也化为了灰烬。

向前进不要回头

一旦你计划投出你的书稿或剧本，就接着写下一部作品。这样就免得你的稿件每次一被退回就又回头去修改。当然，如果几次被拒都是因为同一个问题，回头修改还是应该的。改完再投。否则，不断前进！

要点

- 要等写完第一稿之后再开始修改，而不要在写作过程中进行。
- 当你评论自己的初稿时，换一种和写作时不同的心态和姿势。这能让你更客观。
- 寻求他人的反馈，但是最终由你自己拍板决定。
- 先处理最大的问题，然后依次处理小问题。

- 删减内容，避免重复或赘述。如果这让你的文章缩水，就继续拓展、挖掘话题。

- 知道适可而止；到了一定程度，继续改写会事与愿违。

练习

- 在评论自己的作品时，试着变换不同的心态和姿势，看哪种最有效。

- 如果你很难进入合适的改写分析状态，试着先评论别人的书或剧本，然后马上看你自己的。

补充材料

在 www.yourwritingcoach.com 网站，进入"Chapter Bonuses"栏目，然后点击第9章，你将看到对记者鲁珀特·韦迪考博的独家视频专访，他曾为英国《泰晤士报》、《卫报》以及其他很多报纸撰文。他将与我们分享他在规定期限内完成改写任务时获得的一些有用技巧。

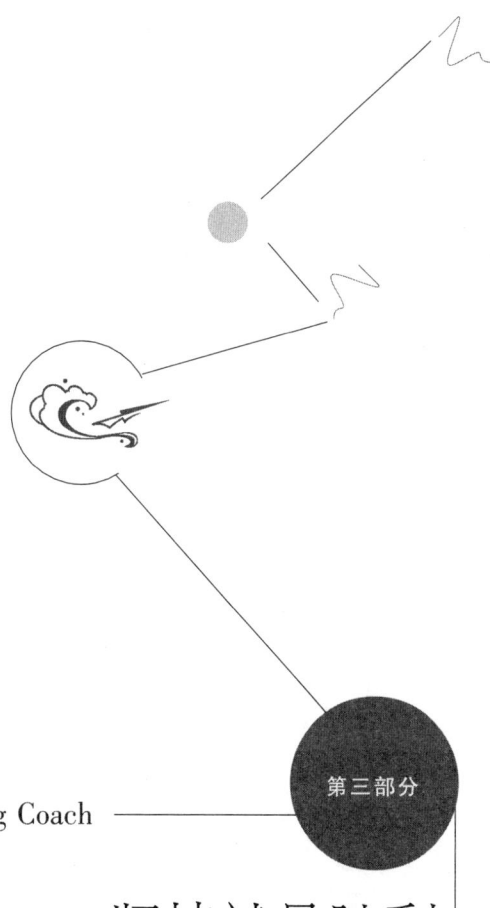

Your Writing Coach

第三部分

坚持就是胜利

未来永远属于那些笃信自己梦想之美好的人。
——埃莉诺·罗斯福

不同于完成单个写作项目，以写作为职业需要付出长期不懈的努力。除了必备的文字功底，你还需要掌握一整套文字之外的技巧。因此，对于其他写作书经常一语带过甚至完全忽视的许多话题，我将在本部分进行详尽的讨论。譬如：如何为自己营造一个能够激发创造力的写作空间，抑或是争取家人朋友来支持自己的创作（或者如何找到其他能够支持自己进行创作的人）。另外，在现实生活中，每位作者都有可能面临被退稿的困境，很多写作书对此话题都选择避而不谈，然而在本部分你将能很幸运地找到许多行之有效的方法来应对那些批评家们，其中包括通常情况下最为苛刻的那一位——你内心深处的批评家。此外，作为作者，你还需要拥有良好的时间管理能力。大多数的时间管理模式并不是针对进行创造性活动的人群而设计的，然而本书所提出的时间管理系统则是专门为这一群体量身定制的。最后，要想成为一名作家，你需要有坚强的毅力。那么究竟如何坚持进行创作呢？在相关章节中我将向你介绍一些方法，而经过长期的努力，这些方法必将能够帮助你在写作方面大有作为。

寻找适宜的写作空间　第十章

休嫌其寒微贫贱，天涯无处不家园。

——约翰·霍华德·佩恩

除了你想埋头写作之外。

——佚名

如果有这样一间理想的办公室可供你静心写作——红木雕刻的屏风，鹅卵石修砌的壁炉，屋内卷帙浩繁，窗外波涛起伏，隔壁房间的助手可以帮你接听来电——你大可略过这一章节。然而多数情况下，你的写作空间往往不尽如人意。因此，如何寻找或者说营造一个可以激发而非抑制你的创造力的环境尤为重要。

成功的作家们对于其所需的写作环境有迥然不同的要求：

● 女演员玛丽露·亨纳尔曾经写过几本关于保健与健康方面的书。她在接受采访的时候曾经说过："如果让我在安静的办公室闭门造车，我非得被逼疯不可！"她写作时总是会将自己的笔记和写作素材摆满整个房间，有时甚至会将文件档案存放在浴缸里。

● 诺拉·罗伯茨，其作品的总发行量已超过1.45亿册。最初开始进行文学创作时，她已经是两个孩子（其中年长的六岁，而年幼的只有三岁）的母亲了。她说，她唯一的办公器材只不过是一个笔记本："孩子们在哪儿我就得跟到哪儿，这样才能制止他们彼此伤害，还得抽空在笔记本上写几句。"

● 小说家伊莎贝尔·阿连德现在拥有一间创作室，这间创作室除其本人外，他人均谢绝入内。然而，畅销书《精灵之屋》却诞生于她家的厨房里。同时，她的写作场所还遍及贮物间、汽车里和咖啡店等处。

● 另外还有一些作家更为特殊。伊恩·蓝钦曾经说过，除非在爱丁堡的自家创作室或远在法国的乡村农庄，否则他无法进行创作。

对你而言，辨别清楚什么样的写作环境适合自己至关重要。不过无论你倾向于哪种写作环境，你总会找到一些途径去改变自己所处的现实环境，进而使其能够服务于你的创作。

居家写作

诚然，如果你选择居家写作，最理想的环境就是拥有一间独立的书房，你可以关起门来潜心写作，也可以透过窗户欣赏外面的精彩。房间的采暖和通风设施会使你舒适无比。然而，很多作者却只能屈就于房屋的一角，有的人甚至只能在餐桌上进行创作。

如果你的配偶和孩子能够支持你写作，居家写作可能是理想的模

第十章 寻找适宜的写作空间

式。然而，你遇到的情况却很有可能是这样的：在你进入自己的卧室，或者是餐厅，抑或是杂物间进行写作之前，所有的人都郑重承诺在接下来的一个小时之内不去打扰你，好让你能安心写作。取出素材后，你开始奋笔疾书。庆幸的是你很快进入了自己的写作节奏。突然，客厅传来一声闷响，你侧耳凝听。不，不，别管它，你的配偶或孩子的保姆会收拾残局的。你重新开始写作。又传来什么东西打碎的声音。玻璃。哦！老天，可千万别是那个水晶花瓶！不，或许只是一只水杯或什么东西吧。接下来你的耳畔响起的是孩子的哭声……

怎么办？一个解决办法就是你留在家里，其他人出去。在这种情况下，尽管你人在家中，你必须要假装自己已经出门在外了。我们来练习一下试试。门铃响了。你立马想冲出去开门——坐下，你不在家！那么，你会错过什么呢？可能是一个邻居，她想来找你借东西，或是对着你喋喋不休地讲和她女儿西尔维娅约会的那个不般配的男人，或是一个想给你发传单的教徒。

接下来测试将更为艰难。电话铃声大作，你认为自己必须得去接听这个电话？不，如果你有答录机的话，打电话的人会留下语音信息；如果你没有，他或她会再打电话过来。你会错过什么呢？可能是你邻居的电话，只是想看你是否已经到家，这样她就能够告诉你和西尔维娅约会的男人是多么不配她女儿。我们成为电话的奴隶，以至于有些人根本没法不接电话。他们想当然地认为每一通电话都可能是紧急情况。如果你非得听，那就听答录机里的留言信息，除非确实情况紧急，否则不要回电。不可否认的是，收听留言信息的确打断了你的写作思路，因此，这只能被视为一个折中的办法。如果你能够尽力摆脱电话的羁绊，你将会拥有更多的时间进行写作。

下面几点额外的小贴士将有助于你进行最好的居家写作：

- 在你用作办公室的房间以外（或房间的某个区域）寻找一

个可以归置和储存文档的空间。你家的厨房、杂物间、卧室，甚至是卫生间是否有闲置的衣柜或壁橱？当然，这样的空间只适合你存放那些不常用的材料和文档。

● 如果你在写作的时候总会忍不住转悠到冰箱前的话，最好少储备那些对你极具诱惑力的食品。因为大多数时候你对零食的渴望只能驱使你移步到厨房，尚不足以让你逛到商店去购买。

● 在自家工作室的门上贴一张你的工作时间表（或者把门锁上）。同时清楚地告知家人，除非有严重的流血事件，否则谁也不能在你的工作时间打扰你。如果你只是占用了房间的一部分来进行写作，想办法把它隔开，至少在写作的时候隔开。举例来说，如果你是在厨房的桌子上进行写作的话，在你写作的这段时间，这张桌子绝对不能用来摆放孩子的课本和购物的战利品。

● 在墙上挂一块黑板或者白板，这样当你的配偶或孩子有消息要告诉你的时候，他们可以在上面留言而不是直接来打断你。你也不要总是去看这块留言板。

● 打开收音机或电视机并调至一个没有播放节目的频道，或者用"白噪音"机器来屏蔽家里其他地方发出的噪音。你不必关心。

● 让你的家人也都有事可做。你的孩子们可能会很喜欢把信装进信封并在上面粘贴邮票，或者是把你在报纸或杂志上标记过的文章裁剪下来，等等。如果他们不喜欢的话，想方设法让他们去做，这将有助于他们的性格培养。

● 工作时间接打社交电话会分散注意力。

选择一：打开你的答录机，监控来电，只接听与工作相关的电话；选择二（如果答录机里传来的友好的声音会让你忍不住接听电话的话）：调低答录机的音量，这样你便听不清楚是谁打来的电话，每天查看一到两次留言，并且只回复和工作有关的电话；选择三：把答录机放在另外一个房间里，并且把你工作室的电话线拔掉；选择四（老实说，也是唯一一条我能做到的）：接打社交电话时简明扼要。

● 记住时不时要出去一下。你可以去散散步或开车出去兜兜风，或者是到健身房游个泳，以免自己久坐而发疯。

● 如果当你停下写作时必须把你的素材收拾起来的话，一定要使用储物箱或者是档案袋来整理。这样在你下次工作的时候就不需要再花费时间来寻找或重新归整你的材料了。你也可以考虑购置一张带有轮子的电脑桌，不工作的时候，只需要把它推到一边就可以了。

噪音干扰

最近，德国有两项研究来评估噪音对压力水平和注意力程度的影响，其中一项刊登在了《心理科学》杂志上，该研究测试了居住在慕尼黑附近的200名学生在其附近的一个国际机场投入使用前后受到影响的差异程度。研究的结果表明居住在航线正下方的学生血压和身体的荷尔蒙水平都有所上升。另外一项研究则表明办公室的噪音，如电话铃声、打印机及复印机所发出的声音，能将工作效率和注意力程度降低多达30%。

如果你在一个喧闹的环境里工作，考虑一下如何将噪音降至最低（譬如把复印机挪至他处或者调低电话铃音等）。如果这些不具可操作性，试想能否把你自己保护起来免受噪音干扰。你很容易就可以买到专门屏蔽噪音的耳机。在有持续噪音的环境下这种耳机效果最好。我在长途飞行时使用它们，确实能够降低飞机引擎的嗡嗡声所带来的压力。你还可以使用另外一种更便宜并且不易被察觉的东西来屏蔽噪音：耳塞。

当然，你也可以选择用 iPod 或其他 MP3 音乐播放器来听音乐。声学专家杰弗里·汤普森研究了声音对创造力的影响。他说："当你在努力解决一个需要创造力的问题和一道数学题时，你的大脑看起来会有所不同。"他补充说当听音乐时，你的脑电波会尽力去适应所播放音乐的节奏，从而改变大脑意识，把你带入梦幻状态，而这种状态将会有助于你的创造力的发挥。

下次如果你需要解决创造性而非分析性的问题时，尝试播放不同类型的背景音乐。伴随着每一种音乐尝试 5～10 分钟头脑风暴，同时记下你获得的灵感以及当时播放的音乐类型。哪种类型的音乐激发的灵感最多最好呢？因为你所获得的灵感的数量和质量也可能会受到别的因素的影响，所以调整一下音乐的播放顺序，再多做几次这样的尝试。当你找到了对你最有帮助的音乐后，在写作中寻找灵感时不妨多听听这类音乐。

俄罗斯的一个成功悬疑系列小说的作者鲍里斯·阿库宁在接受《华尔街日报》采访时曾说道，每次写作前，他都要播放唱片。"我一定得播放所选定的音乐，听上 5～10 分钟以营造合适的气氛。"如果需要悲伤的情绪，他喜欢听马勒；如果要温柔宁静的情绪，则会选择披头士的早期唱片。

音乐还有这样一种用法：等你自然而然地进入到了合适的写作氛围中以后，播放一首能够营造这种气氛但是你却不常听的歌曲或唱片。用同样的音乐尝试两到三次。此后，一旦你感觉氛围不够但是却很想写作时，就播放这段音乐。通过联想，它肯定能帮助你营造气氛。在神经语言学中，这种做法被称为心锚。当然在神经语言学科没有形成之前，巴甫洛夫也用狗和食物做了相似的实验。

当你想听音乐的时候（如果你在美国的话），我向你推荐潘多拉网站：www.pandora.com，这个网站可以帮助你制作虚拟电台，只播放那些你指定的艺术家们的音乐，或者是和他们的音乐相似的音乐家的作品。你还可以通过自定义选择来帮助它更好地为你播放合适的音乐。而且，你还可以建立一组电台来为你播放不同类型的音乐：一个播放爵士乐，一个播放摇滚乐，另外一个播放乡村音乐，等等。不足的是这个网站没有古典音乐可供播放，但至少它的服务现在是免费的。类似的网站还有 www.last.fm 和 www.spotify.com，在这里你可以收听古典音乐。

你在看什么？

好几项研究已经表明：医院里的病人如果能够透过一扇窗户欣赏自然美景的话，其所需要的镇痛治疗及康复所需要的时间都将会减少。对于牙疾患者来说，即使是只能欣赏一幅关于大自然的风景画，较之面对一堵白墙，也能降低血压。你身处的写作环境中看到的是什么呢？

显而易见，并不是我们所有人的窗外都有怡人的自然风景，但是买上几幅漂亮的风景挂历，不时地更换以让自己耳目一新，这应该一点儿也不难吧！如果你不喜欢自然风景，印有你最喜欢的动物的挂历或者是可爱宝宝的图片也都有同样的效果。

英国萨里大学的心理学家海伦·罗素开展的一项研究表明：在房间里摆几株绿色植物也能起到缓解压力的作用。她设计让两组志愿者做同一道难解的数学题。其中一组被安排在放置了普通办公家具的房间里接受测试，而另一组志愿者接受测试的房间里则摆放了 27 株热带植物。结果显示：房间里摆放了植物的这组志愿者在皮肤传导性压力水平测试中较之另一组志愿者的压力水平要低。

即便你像我一样，不擅长养花种草，在你的工作区摆放一两株植物也不失为一个好办法。在缓解压力的同时，这些植物还能够增加空气里的氧气含量和湿度。美国国家航空航天局的一项研究表明，普通的室内植物能够把空气中的有害化学成分转化为无毒的物质。常春藤、盆栽夏菊、和平莲、喜林芋类等都在被推荐的宜种植的植物之列。

离家写作

对于有些作家而言，他们没有办法在家里进行写作。幸运的是，有以下几个场所可供他们选择：

● **咖啡馆**。只有此时，我们才可能乐意在每个街角看到一间星巴克或是 Caffè Nero。如果避开营业高峰期，这些地方可以是相当安静的，你完全可以静心写作，丝毫不用担心在喝完你手中那杯卡布奇诺之后就得立马离开。博物馆、画廊以及大学校园里的咖啡馆在非高峰时段也是不错的选择。在很多地方你甚至可以借用他们的电源，而不再让你的笔记本电脑单纯依赖电池。有些作家为了方便起见还会随身带上接线板。有点厚脸皮吗？当然，可为什么不呢？

● **图书馆**。尽管有些图书馆面临预算削减的压力，然而还是有很多图书馆已经被改造成了可以使用电脑的媒体中心。所以待在图书馆不但利于写作，还方便在网上查找资料。

● **朋友家**。如果你有一整天离家在外工作的朋友的话，不妨问一下在他们外出时，是否可以让你在他们家进行写作。

● **公园**。很显然这得视天气情况而定，另外公园的光线条件不是特别适宜用笔记本电脑来进行写作。但是，如果你想思考问题或是用红笔编辑文稿时，公园的长椅对你来说绝对是个不错的选择。

● 你的车里。 如果没有别的地方可去，你完全可以把车开到什么地方，比如说公园，然后开始工作。

● 随时、随地。 如果随身携带一本记事本或是电子录音笔，只要一有空你就可以写下或是录下你的想法或是对话。这样，你便能够把在银行或是邮局排队等候的时间转化成富有成效的时刻。如果你家里有答录机的话，你也可以打电话给自己，把你的想法当作留言一般留下来，等你回家时便可以收听记录。这样做一点也不夸张，因为反正现在每个人一天几乎90%的时间都在用手机。

如果你经常离家写作的话，最好预备一个你能随身携带的办公包。你可以使用一个可折叠的文件夹，一个便携式公文包或者一个运动包。这个办公包里面不仅要装上你需要的所有文档，还需要放入多余的笔、回形针、迷你订书机和耳塞。

归根结底，哪里才是最适宜写作的地方？唯一的答案便是：任何你能进行写作的地方。不妨在不同的场合尝试一下，看看究竟是有一点噪音的热闹场合还是安静沉寂的地方更适合你写作。发挥一点创造力，你肯定能够找到，或是创造出适合你自己的理想写作空间。

要点

● 没有唯一的最好的写作环境。

● 如果你和家人待在一起，又要进行居家写作的话，制定相应规定，要求他们在你工作的时候不能打扰你，并且要尊重你的写作空间。对于这些规定，一定要强制执行。

- 尊重自己的写作时间，尽量保证在进行写作时不被干扰。
- 如果音乐能够帮助你进行思考和写作的话，把它当作心锚来激发自己的创造力。
- 在你进行写作的房间里摆放一些植物，净化空气的同时还能改善你的情绪。
- 如果你必须离家写作的话，尽量在多种场所尝试一下。

练习

- 不要想当然地以为你现在进行写作的地方是最适合你的；多尝试在不同的场所写作，同时对比一下不同场所下你的感受和你写作的状态，最终确定一个最适合你的永久性的写作场所。
- 如果你在家办公，在你家人或室友能看到的地方贴上你创作时的规定。

补充材料

在 www.yourwritingcoach.com 网站，进入"Chapter Bonuses"栏目，然后点击第 10 章。你将开始一段视频之旅，将有三位作家带你参观他们迥然各异的写作空间，他们还会告诉你如何最好地利用你现有的写作空间。

友人相助 第十一章

研究儿童适应能力的人发现：孩子健康成长所需要的只是一个能信任自己的成年人，并给予他们不断的鼓励和信任。在我看来，对于艺术家们来说情况也差不多。有些时候你确实需要别人的鼓励——需要有人告诉你你所进行的创作很好，而且你正在创作的东西很有价值。

——戴安·艾克曼

通常，写作是孤军奋战，当你身边的人不理解并且不支持你的创作活动时尤为如此。有抱负的作家经常会遭遇这样的委屈（哪怕你只是拥有写作这样的小爱好也一样！)，甚或是全盘否定（你凭什么就认为有人会愿意读你写的东西呢？）。

身边人之所以会持这样的态度可能出自各种不同的原因。有的人可能是心怀嫉妒，有的人可能是无法理解为什么你会如此喜欢他们一丁点儿都不感冒的东西，还有的人可能是想趁着别人还没有评判你的作品，建议你放弃写作，以免你承受退稿的痛苦。培训专家朱利安·范士丹曾指出世界上的人可以分成两种：积极向上的人（这一类人期待胜利）和消极保守的人（这类人则唯恐犯错）。因为大多数的冒险都会以失败告终，所以要想不犯错，最简单的方式便是保守处事。

不管出于什么原因，消极的评价都会伤害到这些作家，甚至在有的时候导致他们放弃写作。让我们直面这些评价吧！即使没有他人的质疑，写作对我们来说也已经实属不易。

我的目标不仅是要帮助你消除他人的消极态度，同时还要确保你能找到一两位能积极支持你进行写作的朋友。哪怕只有一个人能支持你的梦想，结果都会大为不同。关于这点，更有说服力的表述来自一位名叫托马斯·沃尔夫的作家（此沃尔夫非当代小说家汤姆·沃尔夫，而是创作了《天使，望故乡》、《你不能再回家》的一位美国著名作家）。在提及他曾一度怀疑自己的写作天赋时，沃尔夫写道：

> 这次，我之所以能够坚持继续写作，主要是因为一份无价的好运。我拥有这样一个朋友，他极富智慧又无比耐心，他待人温和又坚韧不屈。我之所以没有放弃，就是因为他坚持让我继续下去……此时除了观察我的行为，采取各种措施让我继续努力外，他也无计可施。然而就是以这些默默无闻却又令人惊奇的方式，他成功地做到了这一点。

可能此刻在你的生命里还没有出现这样一个坚定不移的拥护者，但是，幸运的是，在这里你能找到一些方法，它们能够帮助你尽可能地从家人和朋友那里得到支持和鼓励。步骤如下：

第十一章　友人相助

分析动机

就像我前文所提到的，人们发出消极言论的动机各异。多数情况下，他们是出于善意。首先，回顾一下周围不支持你写作的那些人的观点，尽量弄明白他们是出于什么样的善良动机。最常见的一种便是他们不想看到你失望，以为如果你不开始的话，便不会遭受失败之殇。当然，这么做的消极一面就是如果你不尝试的话，你也不可能成功。很多人出于恐惧而不敢追求自己的梦想，但是这并不意味着你一定要认可他们的观点。

适时沟通

找一个你们双方都没有压力的空闲时间，请求他们花点时间和你讨论一下。这样他们就能知道你对待这件事情是多么的认真，同时也期盼他们能够认真对待。

感谢朋友的善意

如果你认为他们是出于善意，那么你应该首先表示感激。譬如，你可以这样说："我知道你担心我的作品被退稿，让我受到伤害。对此，我深表感激。"或者你也可以这样说："我明白你喜欢拿很多事情开玩笑，所以你才会拿我的作品开玩笑。"

让他们知晓其行为对你的影响

如果你没有觉察出任何善意，你可以直接告诉他人其评论以及缺乏支持的态度对你造成的影响。你的情绪只是针对他们的行为而非他们本人。换句话说，你的言辞可以是这样的："你就我的作品开的玩笑让我感觉你并没有把我当回事儿。"但你却不能这样说："你让我感觉到你并没有把我当回事儿。"人的行为可以发生改变，所以我们的着眼点应该放在其行为上。

他们可能会说那并非其本意，或者还会说你应该再多点幽默感，或是说不要那么敏感。谨记一定不要让他们转移话题，继而开始和你争论你的情绪是否得当。你可以告诉他们也许他们是对的，但这是你的真实所感。因为你相信他们绝对不会伤害你、羞辱你或者是轻视你，所以你希望他们能够改变其行为。

明确告知你想让他们如何改变

明确告知你想让他人如何做，这一点尤为重要，只是说让他们转变态度有点太抽象了。如果你能明确告知你希望看到的行为则会更容易一些。譬如，要求他们不要再拿你的作品开玩笑了，或是除非情况紧急，否则不要在你写作时打扰你，或者是不要在朋友面前说写作只是你的"小爱好"。而且，你也要提防再次和他们发生争论，因为他们会说他们这样做并不是真的要伤害你。重申一下他们的做法确实对你造成了伤害，并且要其同意改变那种行为。

如果你不太确定你想让他们怎么做的话，幻想一下，如果这个问题得以解决，你所希冀看到的场景以及所听到的言论。如果你身边的人都完全支持你写作的话，他们的行为会有怎样的不同？写下你所有的想法，然后从中挑出最重要的几种行为，作为你和他们讨论的重点。

第十一章　友人相助

创造双赢情境

有时候这样的讨论表明你也需要改变自己的行为。例如，如果你的配偶或伴侣觉得你花在写作上的时间太多，导致在一起的时间减少，那么你们可能需要协商一下。你可以建议你们两个人每周出去吃一次晚餐或看场电影。在你同意遵守这个约定的同时也要求你的配偶尊重你的写作时间。你也可以主动帮她分担责任，以便她能够去做她喜欢做的事情。譬如，如果你们有孩子的话，你可以每周带一晚上孩子，这样你的伴侣便能够去健身俱乐部打打保龄球，玩玩牌或者游个泳。同时你的伴侣也可以每周独自陪孩子一个晚上，这样你便能够去图书馆或者咖啡厅进行写作。

当然你也可以做出这样的改变：在两个大的写作项目中间稍作休整。你可以利用这段时间去做你在写作期间没能做的事，或是找些人来叙叙旧。在此期间，你可以给朋友们写写信，发发电子邮件，或者邀请他们出来吃个饭（或者你也可以以聚会的形式邀请几个朋友一起来聊聊近况）。你也可以修整一下花园或是把那些半途而废的家务事给做完。你还可以利用这段时间来看看书，做做运动或是参加一些你久违了的娱乐活动。这样做不仅能够平衡你的生活，也能够充实你的身心。而当你再一次坐下来开始写作时，将会有新的认识。

一旦违规，便要立马指出

即使你们就所要做的改变已经达成了共识，你也要随时应对旧习惯的死灰复燃。如果别人又不慎开始像以往那样做的话，平静温和地指出来。在人际关系发展方面有这样一句格言：我们教给别人怎么来对待我们自己。有些时候，是我们允许他们待我们不公，但是，这都是可以改变的。

很多人认为写作是件虚幻的、极具艺术气息的事情，当然不及帮他们搬家、在教堂的社区小组聚会上帮忙或者是和他们一起边喝啤酒边看球赛转播来得重要。当你遭遇这种态度的时候，一定要坚持己见！如果有人胆敢认为你不过是在"写东西"，而非要你牺牲你的写作时间去帮他们搬家的话，告诉他们，你很乐意在午夜至凌晨四点去帮他们搬家。如果他们吃惊地说，"但是那会儿我正在睡觉呢！"你便可以这样回应他们："不就是睡觉嘛！"如果别人看到你很在意自己的写作时间的话，他们也会尊重你的写作时间。

应对孩子们的办法

上文中所提到的六个步骤也同样适用于你的孩子们。你要让他们清楚地知道，写作不仅对你来说很重要，同时它也是一份工作（哪怕你还没有挣到稿费）。

如果你想让孩子给你一段不受打扰的时间，一定要明确告知他们这段时间有多长，这样他们便能有所期待，知道多久之后才能和你待在一起。作家苏珊·巴森海沃德，作为三个孩子的母亲，给出了这样的建议：如果你的孩子还很小的话，你可以设一个三十分钟的定时器。然后告诉他们当定时器的铃声响的时候，你会马上停止写作，开始全心地陪伴他们。

你也可以让孩子们参与其中。年长的孩子可以帮你在书里或网上找资料，或是帮你复印，填写信封上的地址，甚至是帮你出谋划策。年幼的孩子可以帮你贴邮票，把笔收拾妥当，或者是整理回形针。一旦你让他们参与到你的写作过程中来，他们便能够理解你所做的事

第十一章　友人相助

情，还会因为能够帮到你而感到自豪。

寻找志趣相投的人群

正是因为写作对你来说很重要，所以你才期盼家人和朋友能够尊重你的写作，这是合乎情理的。但是你不能期待他们也对写作产生兴趣，并且能够理解你在写作上所遇到的挑战。

那么，谁才能够真正地理解你作为一位作家所要付出的努力呢？答案是：另外一位作家。如果你身居城市，你应该能够找到一个或几个作家团体，他们的成员会定期开会。这可能会很有帮助，但是，就我的经验来看，这样做也许只是在浪费时间而已。大多数情况下，这样的会议总是会吸引一些愤愤不平的人。他们花费大量的时间来抱怨自己的悲惨命运：譬如找不到经纪人，或是出版商不欣赏他们的作品，或者是大肆标榜其作品，称它根本不适合这个肮脏龌龊的、纯粹以商业盈利为目的的出版界。写作团体有时也会吸引来一些喜欢参加会议并且热衷于制定各种规章制度的人。很快你便会发现，你正在花费大量的宝贵时间讨论每个与会的人应该有几分钟时间来诵读其作品，或者是他们的发言应该按照名字还是姓氏的字母顺序来进行。如果你身处这样的团体，马上逃离！千万别天真地认为自己能改变它。你可以重新加入一个团体，或者自己成立一个也未尝不可。

寻找写作伙伴

如果你找到了一个在写作上和你志同道合的人，那么你们可以成立一个二人互助小组，这将会提高效率并且振奋人心。你们可以阅读彼此的作品并给予建设性的反馈，支持彼此达成自己的写作目标，在低谷时彼此扶持，在巅峰时共享快乐。

你最好寻找一位和你的经历相似，在写作上所取得的成就相当或略高于你的伙伴。如果你只是在业余时间写作的话，一个全职的作家对你来说便不是最好的伙伴，因为你们所面临的挑战有所不同。选择一个和你的写作类型相同的伙伴也不错，例如你们都创作评论文章、短篇故事、电影剧本或是小说。因为写作类型不同，所遇到的问题和解决方法也会各异。

尽管你们的会面安排没必要特别正式，但是当你们真的见面时，制定一个计划表并且限定一下你们闲聊的时间，将会很有帮助。

利用网络

现在几乎每个人都能够上网，因此，你所在的作家团体成员或者是你的写作伙伴并不一定要和你住在同一个地方。很多不错的写作网站上也有网络写作团体以及论坛，在这里你们可以分享问题和解决方案，同时也可以和志趣相投的人进行交流。在运动、开车或者是做家务的时候，你也可以用播客来收听和写作相关的材料。这类材料在 iTunes 网站上可以找到一些。

参加写作培训班

本地的教育机构会开设多种类型的写作培训班。通过学习，你不仅可以提高自己的写作技巧，同时还能认识一些作家。网络上也开设有许多这样的课程，任课教师同样会对作业的完成情况予以反馈。

参加作家研讨会

参加作家研讨会不仅能够帮助你找到志同道合之人，同时也能消

第十一章 友人相助

除你内心的孤独感。花上一整天或整个周末和志趣相投的人待在一起，确实是一件令人兴奋的快事。一般来说，这种场合也让你有机会和编辑以及经纪人聊聊。有时候你可以在短时间的会面中把自己的想法告诉他们。很多交易都是在这种场合达成的，因此你应该把参加研讨会当成是对你写作事业的一种投资，而不仅限于一次难得的享受。但是你可能还需要让你的配偶或伴侣认可这样的观点。

考虑雇用一个写作教练或顾问

如果你在当地或者网络上的作家团体都寻求不到帮助和支持的话，你可以考虑雇用一个写作教练、写作顾问或者是一位编辑。他们都是写作领域的专业人士，能够在你写作的不同阶段给予你帮助。雇用一个写作教练一点都不足为奇，这就像是你雇一个营养师帮你设计健康饮食菜单，或者是找一个健身教练帮你瘦身一样。

声誉不错的写作教练或者是编辑对于收费标准的问题比较严格，且他们不会强迫你签订长期合同。在你们合作初期，你需要向教练说明你的预期目标，以及对他们所抱的希望；他们也会告诉你他们能为你所做的事情，并解释他们的做事方法。明智的做法是选择一位在你感兴趣的写作领域有不少经验的教练。当你想写剧本的时候，能够给予你帮助的教练应该是曾经写过不少剧本，并且在这方面小有成就的人物。

你还需要留神，或者说要避免雇用这样的教练——他不是帮助你以你自己的写作方式进行创作，而是诱导你按照他的意愿来写作。当我自己在做写作教练时，我总是尽力帮助那些作家们从他们的视角去对待手头的写作项目，而不是把我的看法强加给他们——这是每一位好的写作教练都应该做的。

独处时你一样可以获得支持

最后，你也能通过这样的方式获得支持和灵感——阅读杂志或是有关写作艺术和写作技巧的书，以及一些作家或者艺术家们的自传和回忆录等。譬如，许多苦苦求索的作家都曾在阅读梵高写给他弟弟的信件时获得灵感。

我希望你也相信本书能为你的创作提供支持。与本书相关联的网站上也会提供一些最新的信息，比如即将举行的写作研讨会和写作顾问的名录等。可能你也会想看一下我的新书《创意写作大师课》，这本书会为你提供来自其他作家的一些建议和写作灵感。

要点

- 我们自己能够训练别人如何对待我们。如果人们并不尊重你的写作生涯的话，你需要训练他们改变看法。
- 你可以让你的孩子们参与到你的研究和写作工作中来。
- 你可以在作家团体中、互联网上、写作研讨会上以及作家培训班里找到志趣相投的人。
- 通过和另一位写作伙伴并肩作战获得相互支持。
- 有时，雇用一位写作顾问或者教练来帮助你写作也会有所裨益。如果你这样做的话，一定要明确自己想要达到的效果，并且教练也应该知晓自己所能够给予你的帮助以及收费标准。

练习

- 审视你的朋友圈以及你的家人，找出一位在你看来并不支持你进行写作的人。

- 在你和他们就目前的情形进行讨论之前，写下你所期待的结果放在手边。这样你便可以保持镇定并能够有的放矢。
- 如果你需要更多的支持，写下你的计划：参加写作培训班、求助于网络、加入作家团体或者是采取别的方式。

补充材料

浏览 www.yourwritingcoach.com 网站，进入"Chapter Bonuses"栏目，然后点击第 11 章。你将看到对心理学专家菲利普·哈兰德的采访，他会给你提供更多关于如何为你的写作事业赢取支持的方法。

驯服你内心深处（以及外界）狂妄的批评家

> 我不知道如何才能成功，但想要取悦所有人却是注定会失败的。
>
> ——比尔·考斯比

作为作家，最难应对的事情便是遭遇退稿。事实上，这也可能是人生的最低谷。如果你并不确定人们是否在这方面会比较敏感的话，你可能会对澳大利亚新南威尔士州立大学的丽萨·扎德罗所开展实验的结果感到吃惊。研究者们设计让受试者在电脑上和身处异地的人玩一种叫做"接球"的联机游戏。事实上，游戏是事先设定好的：唯一在玩这个游戏的人便是实验的受试者，并且电脑程序也提前设定，在六分钟长的整个游戏过程中只传球给受试者两次。

一想到别的玩家正在排挤他们，这些受试者便会表现出较低的自我认同感、归属感，并且贬低自身存在的意义。对于这样一个小游戏来说，他们的反应相当极端，然而更奇怪的是，即使他们知道

第十二章　驯服你内心深处（以及外界）狂妄的批评家

自己所玩的游戏是提前编程好了的，他们还是会表现出消极的心理态度。

对此别无他法——即使是最成功的作家也有过数次被退稿的经历。被退稿通常发生在事业的起步期，然而也有一些作家是在取得了先期成功之后，突然某天却发现自己的作品没了市场。一些人会重获成功，很多人却从此沉寂。要成功确实很难，但是在本章中我会和你分享一些策略，希望在你遭遇退稿时能够帮助你继续前行。

你除了会遭遇来自外界的批评家们，譬如经纪人、编辑和出版商等，同时还有一位较之他们更为严厉的批评家：居于你内心深处的批评家。我是以此来命名存在于你大脑中的那些异议，或是你心头的紧张感的。你内心深处的批评家看起来是那么热衷于让你相信你写的东西不大可能会取得成功，或者是让你认为你是一个随时会被揭穿的骗子。在本章的后半部分，我会告诉你一种技巧。你可以通过使用这种技巧把你内心那位严厉的批评家转化为能提出建设性意见的内心向导。

有千万个理由……

当你的书稿被退回，或者是编辑没有采用你的文章的时候，通常他们并不会告知拒绝你的理由。我们很自然地便会有这样的想法：退了我稿件的人认为我的观点或作品很差。事实上，作品被拒绝的理由有很多是无关写作质量的。譬如：

● 你的作品和他们已经在做的东西太相似了。如果一家出版社最近已经购买了一本有关吸血鬼题材的小说，即使你的吸血鬼小说写得再好，他们也不可能接受。即使是在经纪公司，如果一个经纪人手头上已经有了三位惊悚小说作家，她可能也不太乐意再接纳一位。如果一个编辑已经委派他人去写一篇关于青少年流行时尚的报告，那么你的相同主题的提议便会立马遭到拒绝。这种情况频繁发生，以至于一些作家会认为自己的观点被剽窃了。然而剽窃只是小概率事件，绝对不像新手作家们所怀疑的那样频繁发生。当然某些观点在某些时刻确实会风行。

● 也有可能是这样的原因：这个公司正面临财政危机，所以现在他们没有打算购买新的作品。当然，这样的信息是公司的员工不愿意泄露的。或者是他们可能要被收购了，所以在新的管理层到位之前他们不想对任何事情做出承诺。

● 又或者是这样的原因：你寄给他们的作品并不是他们所感兴趣的题材。譬如有这样一些经纪公司，因为缺乏兴趣，他们便不接收科幻小说类的作品。最近我有一本喜剧小说被退稿了，据这个经纪人所言，她认为我的小说写得不错，但是"我对喜剧不怎么感冒"。这样的事情同样也会发生在出版商、编辑以及电视电影制片人身上。尽管我们要尽力找到我们作品投递对象的口味所在，但是大多数情况下这样的努力是徒劳的。

正确的做法是：当你的作品在原因不明的情况下被退稿时，不要匆忙地下结论，认定对方觉得你的作品写得不好。因为除了作品质量的原因外，还有不计其数的和手头作品无关的原因。

如果你发现在这种情况下你的情绪容易低落的话，你可以使用下面这种方法来疗伤。心理学家迈克尔·亚普科在对患有抑郁症的患者进行治疗时，要求他们就一件伤心的事情想出可能导致其发生的六个原因。而当这些患者发现这个事件之所以发生并不完全是其个人原因的时候，他们的心情便会大有好转。

第十二章　驯服你内心深处（以及外界）狂妄的批评家

每个人都是批评家

现在我们再把目光转向这样的时刻：你遭到拒绝，并且附有如下原因——他们认为你已经完成的作品或者你计划写的东西一点都不好。谨记一点：你被退稿只能代表某个人的观点。他们有可能是对的，但也有可能并不正确。即使是一家大出版社的总编或者是一个著名的经纪人，抑或是一位经验丰富的写作教师，其选择也只是代表了他们的个人观点。他们以前犯过错，也有可能这次他们又错了呢！这一点可以从我在第一章里所列举的那些作家们的经历中得到证明：他们的作品数次被拒绝，然而正是凭借着别人厌恶的那部作品，他们屡败屡战最后取得了巨大的胜利。你并不需要让所有的人都喜欢你的作品。你所需要的是找到这样一位经纪人、一个出版商、一个网络或者是电影制片人，只要他认可了你的才能便足够了。就像相亲节目里所说的，有的时候你必须在亲吻了很多青蛙之后，才能找到真正的王子（或者公主）。

当退稿让你心情低落时

如果你的稿件数次被退回，甚至有时它还会遭到某个乳臭未干的年轻编辑的出言不逊，那么请阅读一下下列伟大作品所遭遇过的评价。可能在本书的下一版里，我会把你所遭遇到的退稿经历和你所取得的伟大成就也写进来呢！

> "在美国，有关动物的故事绝对不可能畅销。"
> ——乔治·奥威尔及其《动物农场》

"这本书过于冗长。书中充斥着大段的演讲……我很遗憾地说,这本书不可能畅销也绝不可能被出版。"

——艾因·兰德及其《阿特拉斯耸耸肩》

"我们对于有关消极乌托邦的科幻小说不感兴趣。这样的书卖不出去。"

——斯蒂芬·金及其《魔女嘉利》

"我一点都不明白这个人想说什么……很显然作者想走幽默路线,或者有可能想要讽刺,但是这部作品却真的没有达到任何理解层面上的幽默。基于你长期的出版经验,你会发现拒绝一位天才的作品,远比拒绝一些有天赋的二流作家们的作品所造成的破坏小一些。"

——约瑟夫·海勒及其《第22条军规》

"与市场上现有的青少年'读物'太不一样,因而不能保证其成功。"

——苏斯博士及其《然后认为我在桑树街上看到了它》

"在我们看来,你并没有完全成功地创作出一部公认的大有前途的作品。"

——威廉·戈尔丁及其《蝇王》

"在我看来,这个女孩并没有什么特异功能可以把这本书提升为一部杰作。"

——有关《安妮日记》的评价

"我很遗憾,吉卜林先生,但是你确实不怎么会使用英语。"

——拉迪亚德·吉卜林及其《丛林奇谈》

"我们饶有兴趣地阅读了乔伊斯先生的小说,并且我们很希望能够出版这部作品,但是该小说的长度却是目前难以克服的困难。现在没有人能够对我们施以援手,就我们目前的进度而言,一部三百页的小说至少得两年后才能出版。"

——詹姆斯·乔伊斯及其《尤利西斯》

第十二章　驯服你内心深处（以及外界）狂妄的批评家

文稿石沉大海之痛

有时，你的文稿石沉大海比遭到退稿更让人难过。如果别人拒绝了你，至少你清楚了目前的处境。但是当你的文稿已经寄出数周或是数月，却还没有收到任何回复的话，你的情绪会更加失控。

首先有一件事你应该了然于胸：尽管也有例外，但是多数情况下，出版界或者影视界是没有礼貌而言的。在如今的出版界里，如果别人对你的作品不感兴趣，通常他们不会出于礼貌而给予你回复——即使你在信件中已经附上了一个贴了邮票写上了你的地址的回邮信封。我曾将本书的写作提纲寄给三个出版社。让我感到很开心的是，其中一个出版社很快和我取得了联系，邀请我进一步详谈，并且马上给出了一份公平的合约。另外一家出版社在我签了那份合约的几个月之后才给我寄来了一封退稿函。而第三家则是至今杳无音信。

关于电视电影领域，伍迪·艾伦曾经这样说道："好莱坞是唯一一个能让你因为备受鼓励而郁郁而终的地方。"他的意思是，这里的人从来不批判任何观点，他们会为之欣喜若狂并且让你坚信他们一直想与你合作，甚至是用你的名字来给他们的长子命名。然而一旦你前脚踏出他们的办公室，他们便再也不会给你电话，甚至对你的来电拒绝接听。

就此我想很直率地提醒你：不要认为这是针对你个人的。这是他们这些人的处世之道。再强调一遍，你并不需要找到很多善解人意、知书达理，并且乐于和你共事的出版商或者制片人，对你来说，能找到一位足矣（或者，至少每一次都能找到一位）。

"25 颗菜豆"的办法

不久之前，我读到一篇文章，讲的是 20 世纪的一位善于激励人的大师教授销售人员如何克服恐惧招揽生意的故事。他给了每个人 25 颗菜豆并让他们把这些豆子都放进裤子的左口袋里，每打一个销售电话便可以把其中一颗移入右口袋中。除非把所有的豆子都放入右边的口袋，否则不允许他们中途放弃。通过关注整个销售过程，而非来自某个个体的拒绝，他们都能够坚持下来。这样坚持下来的话，一整天中他们总是能够做成一单生意，而这小小的成功却能够激励他们继续前行。

你也可以在不用豆子的情况下尝试一下这种办法。譬如，当你准备要投递一本小说之前，绘制一个包含 25 个方格的"豆子表格"。每寄出一次作品，你便划去一个方格——你要预想自己的作品终究是会被采用的（如果没有被采用的话，你仍然可以绘制更多的方格）。

不要忽视那些富有建设性的批评

如果你足够幸运的话，退稿的同时，你可能还会得到一些富有建设性的批评。首先，你需要给这位愿意花时间给你意见的人写一封感谢信。他们会因此而心情愉悦，因为大多数情况下他们所收到的回复都是来自作者们的争辩。你并不一定要认同他的观点，你只是想借此表达一下对他们愿意作出评论的感激之情而已。你的感谢信上只需要有这些内容便可以了："谢谢你的评论，真的很感激你愿意为此花费时间。很可能在未来的某个写作项目上我们能够达成一致意见。"即使在被退稿的情况下，我们也可以利用这样的机会来和对方建立一种

第十二章　驯服你内心深处（以及外界）狂妄的批评家

联系，而这个联系在日后可能会为我们带来卓有成效的结果。

如果不止一人对你的作品给出了相同评论的话，譬如说你的作品开头写得不好，或者是你的故事在中途便索然无味了。这也许就意味着再投出去之前，你应该做出一定的修改了。即使你坚信这个写作项目因为错误百出而无法补救了，你也能够学会在下次进行写作时如何做到更好。我也留意过我们中的很多人，包括我在内，都不愿意花时间去反省自己所遭受的失败和挫折。我们非但没有停下来思考，从错误中汲取经验教训，而是尽可能快地重新投身到竞争中。没有人愿意老想着伤心事，但是你却可能因此而失去了一次学习的机会。这样做并不是一定要找出究竟该埋怨谁，当然也不能让人一直心存内疚。我们的观点是要从中找到你能够学习的东西，着重点则在于你下次写作时会有何种不同的做法。

内心批评家之"魔咒"

你可以无视来自外界的批评，但是却很难对居于你内心深处的批评家置之不理，然而这个批评家却在多数情况下表现得最为严苛。存在于我们内心的这个声音随时准备对我们所做的事情予以评判，甚至在我们还没有真正开始行动之前。这种批评可以表现为多种形式：自我怀疑（"我年纪太小了或者太老了"）；托辞（"这个事情太花时间了"）；拖延（"等到时间合适的时候我再做吧"）；恐惧（"如果失败的话，我会显得很愚蠢"）。

正是由于存在内心深处的这个批评家，所以许多有重大突破的想法未能得以实现，许多写了一半的文稿被束之高阁。许多作家之所以止步不前主要是因为它，同时这位批评家也是很多其他障碍产生的原因。

源自于神经语言学的一种方法可以帮助你认识到这个问题的根本。如果你已经做好准备去改变你内心的批评家的话，找个安静舒适的地方坐下来，同时确保至少 20 分钟之内不会被人打扰，然后遵照下面的步骤来着手改变。

认识你内心深处的这位批评家

你内心深处的批评家可能以多种方式存在：你记忆中的某个声音（这个声音可能来自你的父母或是别的权威人士）；关于失败的设想；内心的低落情绪；等等。你心中的批评家是什么样子的呢？如果你不太确定的话，试着回想一次这样的经历，当你准备开始一项和写作有关的工作时，自我怀疑和恐惧是如何让你裹足不前的？你是怎样感受到了这种怀疑和恐惧之情呢？换一个角度来说，思考一下有没有这样一件事情，你很想去做，但是至今都没有勇气开始。当你打算要做这个事情的时候，你内心出现了怎样的恐惧呢？

确定自己的目标

有的人说，他们想完全摒弃内心的这位批评家。但有时候，它也能够胜任一个富有建设性的角色，帮助你去评价事情的进展以及协助你校正自己做事的方法。理想情况下，你内心深处的这位批评家能够帮助你做出最初的决定，并且在你前进的道路上给予你富有建设性的反馈。然而不幸的是，大多数情况下，他会喋喋不休地批评质疑你最初的决定，并且还会为你设想一个灾难性的结局。

请你用一句话来描述你愿意以何种方式和你内心的批评家共处。也许你会乐意把内心的批评家改称为内心的向导，这样便于你换个角

第十二章 驯服你内心深处（以及外界）狂妄的批评家

度来思考问题。譬如，你可以这样说："我希望我内心的向导能够友好地给予我富有建设性的反馈，既要有正面的肯定，又要有负面的评价。"考虑一下，如果你内心的向导真的能够起到这样的作用，你会有何感受？

直面你内心的批评家

你内心的批评家到底身处何处呢？在你的脑海中？你的心里？你的五脏六腑？还是栖息于你的肩膀之上？不管它在哪里，你需要让它从经常待的地方走出来，走到你的面前，使你可以看到它或者意识到它的存在。要想做到这一点，你需要赋予它一个形象——即使通常情况下它只是一种感觉。请与内心的批评家保持合适的距离。如果你觉得彼此相距太近让你感觉不适的话，让它走远一点。如果你们相距太远令你无法感受到彼此之间联系的话，你也可以让它走近一点。它长得什么样子呢？有些人所看到的是某个人的面孔，而有些人看到的则是龙或别的动物形象，还有些人看到的是某种色彩。如果你并没有马上看清楚这个形象的话，深吸一口气，放松，张开你想象的翅膀。不要错过你内心出现的任何形象。

用这种方式去看待你内心的批评家有没有让你的感受有所不同？你是否有了新的认识？有些人说他们有了"绿野仙踪"般的感受。换句话说，他们认识到，他们内心的这位批评家并不像它表面上看起来那般无所不能！

认可内心批评家的善意

通常，内心这位批评家都是善意的（就像那些不支持你写作的朋友一样）。它大多数时候是不想让你遭受批评或失望。毕竟，如果你没有写完小说的话，便没有人能够拒绝将其出版。那么，你内心的批评家究竟想为你做些什么呢？

换个方法

你需要怎样才能以更合适的方式获取这种善意的支持呢？举例来说，你是否能够找到一位值得信赖并且能够帮你提出有益建议的作家朋友？如果有的话，在你把小说投递出去前，可以让他帮你把把关。通常情况下，我们能够找到更有帮助的方式来发挥其作用。

做个尝试吧

当你内心的批评家在表达自己的意见时，你的感受如何？通常我们和它之间的关系就像是一个孩子和一个严厉的成年人之间的那种关系。如果你也有类似的感觉，那么你就要像一个成年人那样有意识地看待并倾听这位内心批评家的意见。这样做对你又有何不同的影响呢？

你也可以尝试变换一下它的形象和声音。如果它的声音很刺耳，你可以让它缓和一下；如果它的语速很快，你可以让它放慢速度；如果它所呈现在你面前的是一团色彩，那么你可以改变它的色调。

改变和实践

尝试之后，现在来决定哪种形式的内心批评家能够最大限度地帮助你，而不会妨碍你前进的步伐。你可以想象一下这样的场景：你正

第十二章　驯服你内心深处（以及外界）狂妄的批评家

在考虑着手一项新的写作计划或者任务，设想一下这位改头换面之后的内心向导会怎么帮助你？它什么时候出现？它的长相、声音和感觉如何？它能够给你传递什么有用信息？

如果它正好符合你的所愿所想，重用它。你大可不必把它逼退。如果它总是围着你转的话，你可以帮它找一个舒服的地方待着。

通过这种方式，多数人都能够获得有益且持久的改善。如果你原来的内心批评家再次出现的话，花上 30 秒钟时间重新改变它。不久，你内心的向导便能够加快你前进的步伐，而不是阻止你前行了。

要点

- 作为一位作家，遭遇退稿是难免的，但是你可以学会很好地面对。
- 退稿只能代表某一个人的观点。
- 你内心的批评家总是最严厉的。通过使用本章所介绍的神经语言学的方法，你可以把它转变为一个有益的内心向导。

练习

- 花时间去认识一下你内心的批评家。如果它有的时候特别严苛，而有的时候又会对你有所帮助的话，思考一下产生这种不同的原因何在。
- 如果你因为退稿而情绪低落的话，想象一下你站在未来反观今天发生的事情。需要多少时间，这次退稿才显得不那么重要？一个星期还是一个月？尽力回忆一下去年的今天又是什么事情让你难过悲伤？如果你记不得的话，那么未来的你还会记起今天的伤痛吗？

补充材料

在 www.yourwritingcoach.com 网站，进入"Chapter Bonuses"栏目，然后点击第 12 章。你将收听到一段有关神经语言学的音频资料。这段资料将对建立你的自信心提供一定的帮助。

写作时间   第十三章

有一种勇敢叫做放慢脚步。在出版界和娱乐界，我看到因为过度地追求效率，一些作品被毁得面目全非，而观众也因此受到欺骗。事实上，好的作品都有其成长周期……最大的挑战便是让作品尽可能的完美和独特。

——哈里特·罗宾

我不知道你对于那些讲授时间管理的书籍以及培训课程的看法是否和我一样。我买了书、表格以及日历，在一周或两周后，便会重蹈覆辙，恢复原来的懒散方式，直到我认识到任何方法都不能奏效，除非我能够先了解清楚一个更重要的问题——那便是有关于我自己使用时间的模式。如果你没有能够很好地利用时间，你的问题可能也要归咎于你的时间使用模式。

本章中，你将学到如何找出那些妨碍你进步的时间使用模式，以及如何创建有益于你实现写作目标的新模式。

首先，以下几个基本要点能够帮助你理解这些方法的来龙去脉：

- **人们都有自己的行为模式。**不足为奇，重复地做同样的事情肯定会带来同样的结果。例如，有的人会不断地和同一类人打交道，而有的人则总会因为滥用信用卡而屡次陷入财务危机。当然，我们也不乏正面的行为模式：譬如有的人总是能够找到好工作，或者总是能够安全驾驶。因此，人们都有自己固定的时间使用模式。举例来说，有的人总是先着手处理自己认为最简单的工作，而有的人则会从自己觉得最难的工作开始做起。

- **更出人意料的是，即使结果不尽如人意，人们还是总会重复旧的模式。**换句话说，人们并不一定会从以往失败的经历中吸取教训。对于他们来说，做出改变可能不算一个好主意（稍后再详述原因）。因此，人们总会数年不变地使用一套效率低下而又产能不足的时间管理模式。

- **人们总是能够意识到他人的时间管理模式，但却看不清楚自己的模式。**只有你了解自己的时间管理模式，你才有可能改变它。一旦你分辨清楚了你的模式，再去改变这些模式就会容易得多，也更容易收到成效。

- **时间管理模式既包含人的感觉和想法，又包含其意向和行为。**譬如，你收到了一封退稿信，接下来你可能会记起以前退稿经历的点点滴滴，父亲曾断言你难成大器的声音也很有可能涌上心头，再接下来你便可能预见自己手头正在写作的项目也难逃厄运，最后你决定出去买醉，以忘掉所有这些悲观的想法和感觉。这是瓦解一个人自信心的模式。而能够给予人力量的做法应该是这样的：收到一封退稿信后，你回想起了过往的那些经历，虽然你的作品最初遭遇退稿，但最后却得以大卖；随后，你取出出版

第十三章 写作时间

商目录，重新开始投递那份被退回的作品。

了解自己的时间管理模式

下面列举几种最常见的不恰当的时间使用模式：

- 从最不重要的工作着手。
- 拖延。
- "灭火式"的方式（先做最紧急而非最重要的工作）。
- 任由内心的批评家主导你的思想。

如何才能了解你的时间使用模式呢？首先你要明白自己为什么要这么做。这样做并不是想让你因为过去的失败而有更多的自责。你之所以这样做的目的，是为了弄清楚自己可以通过何种改变来取得更好的结果。请把这一点铭记于心，然后通过下面六种不同的方式来了解自己的时间管理模式：

- **咨询他人。** 你能够发现别人的错误，所以不言而喻，他们也能够发现你的不足！但是你必须让他们相信，你希望他们如实相告，同时你还需要保证，他们不加掩饰的坦诚不会危及你们之间的关系。如果你所听到的言语让你心情不好的话，记住这只是改变的第一步。现在可能会有所不适，但是这样做可以帮助你继续进步。如果有好几个人对你的时间管理模式看法一致的话，他们可能的确说出了真相。你可以提出如下问题："你是否留意到了我是怎么使用时间的呢？在你看来，我什么时候是在明智地利用时间，什么时候又是在浪费时间呢？"

- **考虑一下你父母使用时间的模式是否得当，评估一下你是否复制了他们的做法。** 也有可能出于对父母的叛逆，你会陷入和你的父母截然相反的模式中。但是这种做法也是不当的（例如，由"怀疑所有的人"转变为"随意相信他人"）。在时间管理方面，你的父母可能习惯于把所有的事情都拖到最后时刻才着手去做，也许因为过于追求完美，他们还没有机会开始做一直以来都很想做的事情。

● **设想一个你能够更好地了解自身行为的场景。**想象一下自己身处这样的情境：大银幕上正在放映你出演的一部电影，而你作为观众来观察自己的行为。这是分离式的状态，此时你是通过大银幕来观察自己的行为，而不是通过内省。如果你真正做到了分离式观察的话，那么你对自己的所见所闻便不会特别在意，不会有内疚、尴尬以及别的感觉。你只是想通过观察来发现，对于这种时间管理模式你能否有所作为。举例来说，如果你着手了几个写作项目而半途而废，认真回想一下到底发生了什么。

● **采取"讲授自己所遇到的问题之解决途径"的办法。**使用这种方法，你需要假装不得不教授他人以你的方式行事。你需要给他们提供明确而又详尽的指导。譬如，你所面临的处境是这样的：即使你总是想在周末继续写作，却总也做不到这一点。那么，你会怎么处理这个问题呢？如果是别人遇到这个问题的话，你可能会教导他们就周末的时间安排对他们的配偶、伙伴或者是孩子们做出承诺；你也可能会告诉他们把不太重要的事情搁到周末再做，尽管它们是本周必须完成的；你还可能会建议他们在周五和周六的晚上坚持熬夜写作，这样他们就可以在周六和周日睡到中午再起。你可以把这些办法全都写下来，也可以用录音设备把它们录下来，或者如果你足够勇敢的话，就找一个人扮作你的学生，让他帮你把这些方法都整理成笔记。

● **详细记录一次你的时间管理模式。**例如，你决定在周六的

第十三章　写作时间

时候到图书馆为你的历史题材小说查些资料。但是，到了周六你却没能成行。请如实记录让你改变主意的过程。譬如，有可能你在起床后忽然发现有一堆脏衣服需要清洗，你马上决定把它们放入洗衣机后再去图书馆。但是等衣服洗完之后，你又觉得应该把家里快速地打扫一下。等这一切做完，你再次打算出门的时候，你最好的朋友打来了电话。她伤心欲绝，需要有人安慰，所以你只好坐下来，听她倾诉了近一个小时的爱情遭遇。之后，你开始给自己做午餐，因为你已经饥肠辘辘了。当这种情况频繁发生的时候，你需要把它们记录下来。因为这么做本身就足以中断这种模式，能让你继续去做你原本打算做的事。通过这样做，你既可以找到症结所在，又能够找到治愈的方法。

不管你使用哪种方法，也许你都不能够详细了解自己的时间管理模式，关于这点请你不要纠结。重要的是你弄清楚自己主要的模式，这样的话就能有所改进。

了解你现在的时间使用模式所能够给予你的东西

神经语言学领域有这样一种假设：任何一种行为都有其积极的目的。这种行为试图给予你某种益处。就拿作家所遭遇到的阻碍来说，通常，这种阻碍是为了保护作家不遭受退稿的伤害。

当你了解了自己的时间管理模式之后，弄清楚这种模式所能够给予你什么变得很重要。通常，它所带给你的会是某种保护，这种保护会让你免于经历改变，因为改变在最初会带来不适甚至偶尔会让人觉得非常恐惧。当然这样的保护也有其消极的副作用，但至少你了解了这个棘手的问题。

我们再来看几个例子：

● 一个人总是拖延时间，不愿意清理自己杂乱的房间，来为自己的写作腾出一定的空间。这有可能是因为他不想丢弃一些能给他以安慰的心爱之物。他认为如果不收拾房间的话，便能够一直从他的心爱之物上得到慰藉（只是知道它们还在，便能够给予他这样的感觉）。

● 一个人一直有意向一家出版社投稿，却从来没有这样做。她可能是因为害怕被嘲笑，就像当年体育课上因为自己太胖而遭到别人笑话一样。同样，如果她不让别的编辑来评价自己的文稿，便不会被嘲弄。当然，即使作品写得不好也不一定就会遭遇嘲笑，不过，我们这里所讨论的是情感而非逻辑问题。

● 一个人一直想在事业上有所改变，但是却从来没有这样做，因为这样就不用面对被拒绝的危险。

还有一些并没有太多益处的简单的时间管理模式，它们可能仅仅是你养成的一些坏习惯而已。这样的坏习惯应该很容易改变。然而，当你所面临的是一系列很难改变的行为的话，那就值得深入了解一下这些行为所能够给予你的东西。请谨记，这样做并不是让你对自己的行为心生厌恶，而是以此作为转变的契机。下面我们来看一下究竟要如何做。

找到能够殊途同归的更好方法

当你认识到自己从旧的时间管理模式中所能得到的好处之后，你便能够找到可以达到相同效果的更有益的方法。当我在帮助那些遭遇写作阻碍的作家时，我会协助他们为自己正在写的文稿建立一种免于遭遇退稿的保护措施。通过这样做，他们总是能够成功地突破所面临的写作障碍。例如，我可能会建议他们就自己手头的写作项目签订一

第十三章 写作时间

个协议,其中的附带条款是他们可以决定是否将它拿给别人来评判。在他们完成了这个写作项目之后,文稿会被送给一个他们认为可靠的人来评阅。当这个人给出反馈之后,他们可以决定是否再把这个作品拿给其他人看。在每一个步骤中,他们都有控制权并且受到保护。最后,当他们把该文稿投递给编辑或经纪人之后,我会让他们马上着手开始一个新的写作项目。这样,他们的情感重心便会放在手头的新项目上,而非那个可能遭遇退稿的作品。

重点在于:仅仅改变旧有的模式是不够的,改变后的新模式也要能像原来的模式一样给予你同样的回报。如果做不到这一点的话,这种新的模式便不可能持久。

那个不愿意清理杂乱房间的人可以有意识地选择几个能给予自己慰藉的心爱之物,然后把其他的丢掉。或者,他也可以借鉴最近一次研讨会上别人提到的策略——把多余的物品装进箱子,放在阁楼上,而不需要把它们丢掉。这样的话,如果他有所需要,这些物品还能找回来。如果在一两年期间,他都不再需要这些物品的话,这时候便完全可以把它们丢掉了。

害怕被编辑嘲笑的人可以把自己的文稿拿给一个支持自己的读者或者是作家团体,以此来提前检验一下自己的作品。

那个想开创新事业,却因为害怕失败而一直没能开始的人,可以通过把这个过程分为几个安全的步骤进行。她可以先通过在压力较小的义工团体工作,检验一下自己的新技能。譬如,一个作家可以尝试为慈善机构写一些简讯,也可以写一些适合儿童读的故事,打印出来之后拿到当地医院的儿童病房,派送给孩子们来看。

关键在于找出哪些做法对你有效,这是一个反复试验的过程。不要期待自己的第一次尝试便会带来最好的结果。一定要怀着一种角色扮演和试验的心情来对待整个事情。你可以把自己想象成一个探究有效方法的社会学家，或者，如果你乐意的话，也可以把自己看成是个人求知道路上的男女主角。

使用那些已经卓有成效的方法

要寻求改变效率低下的时间管理模式的最好的方法之一便是找到自己曾经真正进行了改变的经历。

我曾经帮助过一位"总是"开会迟到的作家。当然，因为这样的行为，不管是编辑还是经纪人，以及别的总要等待她的人，都不怎么喜欢她。但是，在对她进行了进一步的观察之后，我发现还存在重要的例外情况——她在搭乘飞机时从来都没有迟到过。很显然，在需要赶飞机时，她所采用的是不同的时间管理模式。在弄清楚她在赶飞机的时候所表现出来的不同之后，现在当她需要在特定时间抵达某地时，她也能成功地做到了。

这样的方法在下列几种场合中也能起作用：

● 如果你总是拖延的话，那么哪些事情是你从来不会拖延的？

● 如果通常情况下你并不记录自己的想法，但是有一次你却破例了，那么那一次情况有何独特之处？

● 如果你在开始写作之后总会半途而废，但是有一次你却完成了，那么较之过往的经历，区别在哪里呢？

在这些有别于效率低下的时间管理模式的例子中，你能够找到改变的契机。通常，我们可以从一个问题本身找到其解决方法。

注意自己的言辞！

你需要为自己的行为负责，这是以上所有策略的基础。我相信你

第十三章　写作时间

并不是一位会把自己的不幸归咎于他人的人。但是，你的言辞（自说自话，而不是和别人进行交谈时）是不是会暗示你对自己的行为无能为力呢？譬如，有人会这样说："不管我寄出去多少封信，我好像始终都找不到经纪人。"更准确的说法应该是这样："我还没有找到合适的方法，来吸引经纪人关注我的作品。"

你不应该说："我写不好描述性文章。"而应该这样说："尽管我很乐意（想）去写，但是至今我还没能学会怎样写好描述性文章。"

你不应该说："我总是找不到时间来进行写作。"而应该说："到目前为止，我一直都认为其他事情较之写作要更重要一些。"

这样的做法并不仅仅是为了听上去积极向上，此类措辞方式完整地反映了你所拥有的选择。语言不仅能够反映行为，还能影响行为的发生。因此，对你来说，调控自己关于写作的言行以及相关的时间管理将会十分有趣。不妨做一下比较，当你思考那些你认为自己较为擅长的方面时，情况会有何不同。通常，我们都很乐意为自己能够胜任的事情全权负责，但是，对于超出我们现有能力范围之外的事情，便会表现得无能为力。

你有权利说"不"

我们最不需要考虑的一种模式是不管别人让你干什么你都说"好"。约翰·都铎曾经指出："莎士比亚之所以能够写完那么多部戏剧的原因之一，便是他从来都不需要接听电话。"当然，在他创作《哈姆雷特》期间，他的朋友们也不会过来请求他帮忙写一篇简短的演讲稿，以便他们能够在红十字会举办的晚宴上进行宣读，"你知道的，就是一些关于献血的有趣言论。"

友善待人以及乐于助人都是很好的品质。但是你要记住，你在这些事上每花费一分钟就等于你有一分钟不能写作。我并不是说要让你变成一位从不帮助他人的吝啬鬼，我只是希望你能够在珍惜自己时间的同时，有选择性地做一些事情。

当然，我们也需要对自己说"不"，同时寻求能够完成这件事情的更好方式。对于占据了你很多时间的事情，你可以问下面这三个有用的问题：

● **这样做真的有必要吗？** 譬如，把床单熨烫之后再收起来确实很不错，但是如果不熨烫就直接把它们叠起来的话，你的世界会坍塌吗？和朋友保持联系当然很好，但是这难道就意味着你每个周五都要和他们一起去看电影吗？看电视确实能够放松身心，可是难道创作你的著作、文章或者短篇故事不比观看最新一期的"老大哥"节目里的滑稽情节更重要吗？紧跟时代资讯确实很重要，但是你能否每天从看报纸或杂志的时间里拿出来一刻钟进行写作呢？

● **是否有更快捷的做事方法？** 如果你需要为家人做饭的话，每周有一两天使用微波炉来做简餐不失为一个节约时间的好办法。如果你需要为家庭账单支付费用，并且你已经习惯了每周清缴一次账单的话，那么也许你可以把这个频率改变为每两周或每月一次。相关的准备工作（清缴账单时，你需要整理账单以及看哪个孩子拿了计算器等）和这个工作本身一样耗时。但凡可能，请精简你的工作。

● **他人是否能够代劳？** 这是我最爱提的一个问题，因为不管是什么事情，终究都会有人去做，只是那个人不是我而已。有的时候，我们可以用钱来解决问题。譬如，你希望自家的花园干净整洁，但你对园艺并不是特别感兴趣。那么你完全可以雇一个年轻人帮你整理草坪并拔掉杂草。你也可以找人来帮你打扫房间：每

第十三章 写作时间

周雇人花半天时间来帮你打扫房间、除尘以及清洗衣物。如果家里有孩子的话，在你想去看电影的时候，你会习以为常地雇保姆来帮你照看孩子。那么，当你想去图书馆安静地写作时，每周雇人花两三个小时来为你打扫房间又有何不可呢？拿出一些钱花在诸如此类的事情上，就如同花钱来愉悦你以及你的伴侣一样可行。如果他们可以花钱去打高尔夫、买光碟或者办理健身卡，你也有权利来为自己能够静心写作"埋单"。

当然，你可能手头拮据。这种情况下，很有可能你已经为人父母了。那么，从现在开始，让孩子来干活。如果他们已经过了蹒跚学步的年龄，那么是该让他们了解生活的不易了。天下没有免费的午餐。你可以让他们帮忙洗车、打扫房间、清洗衣物以及修整草坪。如果他们已经到了可以拿刀掌勺的年龄，那么你可以每周让他们做一次晚餐。当然，他们做这些工作肯定不如你亲自动手做得那么好，但是重要吗？如果你在前期稍加指导之后再让他们着手做的话，效果可能会更好。很可能在将来的某一天，你的孩子们会因为你教会了他们承担责任而对你心存感激。诚然，也有可能他们不会。但是，谁又在意这些呢？这样的做法并没有要他们的命，而你却写出了不少作品。

一旦了解了自己的时间管理模式，并且开始尝试对其进行改变的话，你便会发现事情突然开始好转。那么这时候在你的工作安排中融入一些新的时间使用工具便会比较容易了。下面的三种相关工具都是我提出的，并经过我的客户和我本人验证，效果颇佳。

时间分离舱

通过使用我所谓的"时间分离舱"策略，你可以在有限的工作时间内显著提高自己的产能。

首先，抽出一个小时去完成一项特定任务。譬如，写一个大纲，构思一个章节，采访一个人物或者其他的事情。一定要确保自己手头拥有需要的所有材料，这样的话，你便不需要在这段时间内花费时间去找某份文件或订书机，或者查找一个电话号码。

写下自己在这段时间内计划完成的工作。例如，"我打算写五页小说"或者"我计划把电子邮箱里的五十封过期邮件整理完"，又或者"我准备上网查找我的这本历史题材小说第二章节所涉及的重要日期"。请你一定要把它们写下来，而不只是想想而已。

接下来，设定期限为一个小时的闹钟或者蜂鸣器。你需要马上开始工作，而当闹钟响起时，你需要立即停下来。在同一页纸上写下你的所感所想，这些对于你能够在下一次更为有效的工作是有帮助的。譬如，你可能意识到了有些必要的东西你并没有提前准备好，但是下一次你肯定能够准备好。如果这一小时的工作特别有效，请写下来背后的原因。

如果你又有一个小时可以工作的话，那么在使用你的下一次"时间分离舱"策略之前，请先休息 15 分钟。你必须确保拿出其中的 5 分钟来做运动。如果你是在办公室写作的话，上下楼梯两次会是一个不错的选择。你还需要拿出至少另一个 5 分钟来调动自己的大脑（例如浏览杂志）。最后，你一定要咕咚咕咚喝一大杯水，因为我们大多数人的身体在多数情况下都处于轻度缺水的状态，而这会影响我们的精力。

通过为每一小时的工作设定明确的目标，同时记录下对你起作用的细节以及还有待提高的方面，你很快就会发现自己拥有了激光般强度的注意力，并且工作效率大为提高。

第十三章　写作时间

准确地做好电话记录

富有创造力的人总是很难记住工作上的一些小事。那么当你打电话给编辑们讨论工作计划、安排采访或者是和经纪人商讨写作项目时，要注意准确地做好电话记录并标注上日期。

随意找张纸并记下所有的内容很符合一个心不在焉的艺术家的作风，但是这种做法却效果不佳。相反，你可以在文具店买一些便笺纸，这些纸不是让你用来记下那些你没有接到的电话的，而是要你在每次接听或者拨打电话时，在纸上记录下人名、时间以及电话的主要内容，其中包括你们已经达成一致的事项。你可以把这些便笺纸按照日期归档，也可以在一天工作结束后把它们按照写作项目进行分类整理。

为写作而"痴狂"

中国有句古话说得好，"千里之行，始于足下。"也就是说，所有的伟大成就都是一点一滴积累起来的。但是，确实有一些时候我们看不到自己的丝毫进步，所以便想要放弃。在这个时候，使用"痴狂"策略便会很有帮助。所谓"痴狂"（MAD），即代表大规模（Massive）行动（Action）日（Day）。顾名思义，在这一天你将会采取大规模行动，心无旁骛地为达到一个目标而奋斗，以借此重新开启自己的进步之旅。接下来我将解释如果准备以及开展"大规模行动日"。

● **一次设定一个目标。**也就是说，每一次你都在为实现一个明确的目标而努力。如果你的很多目标都有可能从"大规模行动日"策略中受益的话，那么请把它们独立细分开来。

● **提前在自己的日程中安排好这一天。**要像对待一次极其重要的约会一样对待这一天的安排，而不能因为发生了别的事情而将其抛之脑后。如果你认为一整天都进行大规模行动会有很大难度的话，那么你可以先从"大规模（Massive）行动（Action）半（Half）日（Day）"策略开始。

● **一定要确保在这一天来临的时候你已经拥有了所需要的材料、工具及日用品等。**你肯定不愿意把这一天的最初一两个小时花费在搜集你所需要的东西上面。

● **将自己隔离以避免打扰。**这就意味着你需要打开留言机而不能接听任何电话。如果有必要的话，你可以在这一天工作结束后拿出十五分钟时间来查看留言，并且回复一些真正重要的电话。把你的计划解释给那些可能打扰你的人听，同时在你的门上或办公桌附近贴上一张"请勿打扰"的提示。对于有些人来说，要想不被打扰，除非让他们到一个完全不同的工作场所（例如图书馆，或者是所有人都已外出的好朋友的家里等）。

● **在这一天最开始的时候，写下所有你想在今天实现的目标。**然后根据你的需求，将其按照重要程度依次排序。在此采用前文描述的"时间隔离舱"策略不失为一个好办法。你需要每过一个或一个半小时稍作休整来保持自己的活力。同时准备好一些健康小点心（水果是不错的选择，请不要准备薯片或者糖果之类的东西），你还需要多喝一些水。

● **到了你设定的结束时间时，停止工作。**花上几分钟来回顾一下你设定的计划，看看你完成了多少。如果今天的工作中你遇到了一些障碍的话，考虑一下在下次这样的活动中怎样才能避免或者突破它们。你还需要搞清楚在制定目标时是否高估或者低估了自己的能力，并将其纳入下次行动的考虑范围。

第十三章　写作时间

● **为成功实现目标犒赏自己。**譬如，花时间去做一些你很乐意去做，但是又许久没有做过的事情：看场电影，做个 SPA，或者是欣赏一张全新的音乐光碟，但凡对你有用的事情你都可以去做。

● **考虑再使用一次"大规模行动日"策略是否会对你有用处。**如果这样做对你有帮助的话，那么挑选一个日期，再重新进行一次。

你会发现"大规模行动日"策略不仅能够加快你的工作进度，一般说来，它还能给予你能量。但是切记不要过度使用这一策略，每周最多使用一次足矣，否则其效果便会大打折扣。

当你已经重新养成了利用时间的习惯，并且开始尝试一些新方法时，你可能会发现：与过去相比，现在的你不仅产能更高，而且更为乐在其中。这时，我们会感到写作不再是"努力奋斗"的差事，而更像是我们所有人都期待的令人愉悦的"下笔如有神"的经历。

要点

● 要想有效利用时间，首当其冲的便是了解自己的时间管理模式。

● 当你了解了自己的消极行为（例如拖延）背后积极的出发点，你便能够找到一种能够达到同样效果的卓有成效的方法，而这种方法不会带来任何不良的后果。

● 你的言语能够影响自己的行为：积极的话语会带来好的影响；反之，消极的话语会带来坏的影响。

● 找到更多时间来进行写作的最简单的方法便是对一些不必要的活动说"不"。

● 利用以下三个能够有效节约时间的方法，即："时间分离舱"，"大规模行动日"以及制订简易计划记录电话内容和相关活动。

练习

● 在本周内，拿出半小时的时间回顾一下自己的时间管理模式，并且仔细想想有没有别的更有效的方法。

● 如果你打算启动一个写作项目，在本周内，进行一次"大规模行动日"或"大规模行动半日"计划。

● 当你再一次和别人就你的写作活动进行讨论时，监控一下自己的语言。如果你所使用的语言有消极的倾向，请有意识地进行改变。

补充材料

在 www.yourwritingcoach.com 网站，进入"Chapter Bonuses"栏目，然后点击第 13 章。你将看到对马克·福斯特的独家专访。作为英国顶尖的时间管理教练，他已经出版了以下专著：《工作与娱乐兼得》、《实现梦想的方法》和《明天再做》。

向前进！向前进！ 第十四章

切不要注意已经做了哪些，而只去考虑还有哪些有待去做。

——居里夫人

对于作家来说，最艰巨的挑战之一便是在创作大项目（如小说或者剧本）的过程中停滞不前。有了一个想法会让我们欣喜若狂，能够把这个想法付诸实施也会让我们中的大多数人心情愉悦，当然最让我们开心的莫过于把想法变成了现实。然而一路走来的坎坷艰辛则是我们要面对的问题。在本章中，我们将着重学习几种能够帮助你克服写作过程中所遇到的困难的有效方法。

问自己几个有关创作的问题

这确实是你在写作伊始就需要做的事。对你来说，此时的作品还是锃光瓦亮、熠熠生辉的。必要的时候，你可以回过头来看一下自己最初的想法，也就是向自己提问以下我称之为"有关创作的问题"。

● **当我的作品的评论者、听众或者读者在阅读我所写内容时，我会希望他们有怎样的感受？** 当你创作小说或剧本时，你可能会希望引起他们情感的起伏。通过一部恐怖电影，你可能希望观影者感受到害怕和恐惧之情。对于一部以被遗弃的孩子为主题的小说，你可能希望读者对主人公心生怜悯。即使是非虚构类的以传递信息为主的纪实文学类作品，你也希望能够让作者有所感触。譬如，你正在写一本如何使用自我催眠术促进个人发展的书，或许你希望让读者相信自己拥有可以创造未来的能力。

● **就我个人而言，这个项目的哪些部分最让我感到兴奋？** 这些因素通常是最古怪也最代表个人看法的。因为其不合常规，所以通常在一开始便被摒弃了。然而，也有可能正是它们才能够帮助你实现突破。在此时把它们记录下来，能够帮助你在写作的整个过程中不会将其忘记。

● **我能够赋予这个写作项目怎样的特性？** 集中考虑你的长处而非你的弱点，想一想通过何种方式才能让这个写作项目彰显你的实力。譬如，小说家埃尔莫尔·伦纳德擅长撰写精彩绝伦的对话以及刻画生动的人物形象，这些长处可以弥补他不善于构思情节的弱点。

● **就这个写作项目来说，我的直觉会将我引向何处？** 要想探究这个问题，不能按照逻辑来思考，而需要花一点时间去了解自己对于这个项目的真实感受。暂时不要在意你理智的看法，你需要倾听的是自己的心声，然后再对照你的理智和情感是否一致。例如，你的理智告诉你现在某个话题炙手可热，你应该写一本有关这个话题的书。但是你的内心却告诉你，你对此类话题兴趣不

第十四章 向前进！向前进！

大，你并不乐于花上几个月的时间来进行相关的写作。只有当你的理智和内心想法一致的时候，你才最有可能完成计划并且乐在其中。

● **我能够成功完成这个项目的十个原因是什么？** 对于一个新的想法，第一反应应该是：想出我们可能会无法完成的十个理由。如果我们自己找不出十个理由，我们那些热心的亲朋好友都会乐于敲边鼓，以此打消我们写作的念头。请有意识地列举你能够胜任这个项目的十个原因。这样做能够帮助你摒弃旧的习惯。

● **批评家们会给予你的作品怎样的评价？** 尽可能地详细一些，甚至于你可以坐下来，自己动笔写一篇评论。而当你真正写这篇评论的时候，你便能够明确定位自己对于作品品质的追求。

用一个笔记本专门记录这个项目的情况不失为一个好办法。你可以把上述几个有关这项创作的问题的答案写在笔记本的前几页。而当你在这个项目的写作过程中丧失勇气时，回顾一下你当初给出的答案。这样做能够帮助你再次充满活力。

独一无二的规划练习

在项目开始阶段你能够做的另外一件事情便是对自己进行一次模拟访谈，如果有必要的话，这样的访谈也可以重复进行。是不是听起来有点疯狂呢？但是要理解，这将是本书中所讲到的最有效的方法之一。去一个没有人打扰你的地方，花几分钟时间让自己尽可能地放松。闭上眼睛，然后想象一下你已经完成了这个项目并且大获成功。你可以享受一会儿这种志得意满的感觉。在这个属于未来的时间里，你将受邀参加一个记者或者是电视、电台节目主持人（选择你最喜欢的一个）的访谈。这个人将会就你所取得的成功提很多问题。主要问题如下：

- 是什么让你想到写这个话题的？
- 你希望达成什么样的目标？
- 你是怎样完成第一步的？
- 你遇到的一个障碍是什么？
- 你是怎么克服这个障碍的？
- 在整个过程中，是谁帮助了你，或者是谁给予了你支持和激励（他可以是真实存在的某个人，也可以是你钦佩的某个作家）？
- 你还遇到了什么样的障碍？你是怎么克服它的？
- 证明你能胜任这个项目的第一个重要的里程碑是什么？
- 在进行这个项目的创作时，让你感到最开心的是什么？
- 什么时候你意识到了自己肯定能够完成这个项目呢？
- 对于其他想进行类似创作的人，你有什么建议想告诉他们呢？

你的理智可能会发出抗议：怎么可能在项目伊始回答出这些问题呢？但是你的潜意识，也就是你的直觉，通常对此了解得更多一些。你可能都会吃惊于自己怎么会这么轻易找到答案。为了让这整个过程简单易行，你可以把这些问题都提前录制下来，并且在每个问题之后都为你的回答预留足够的时间。这样做，你便不用去查看纸质提纲了。你还可以选择从 www.yourwritingcoach.com 网站下载这个练习的 MP3 版本。

你可以使用录音机来录制你的回答，切记在回答时要使用过去时态，因为在此采访中你已经完成了那个项目。这样的话，你便不需要

第十四章　向前进！向前进！

中途停下来去记笔记。访谈过后你可以把该录音抄写下来。这个练习可以为你提供一份具体工作路径，以及面对可能会出现的阻碍时相应的解决策略。

当你感到举步维艰或筋疲力尽时，你可以重复做这个练习。那时，你需要就如何解决正困扰你的难题设计自己的问题。譬如，你想象中的采访者可能会问如下问题："写至一半时，你忽然开始怀疑这部作品的价值并想要放弃，请问你是怎样克服这个困难并坚持完成创作的呢？"

利用打比方来跨越障碍

最近，人们非常关注商界利用讲故事和打比方来成就生意的现象。其实，这些方法在应对个人所面临的挑战时也不失为一种有趣的做法。下面是我自行设计的一个简单的四步法：

1. 选择一种挑战或一个问题。
2. 就你当下处理和看待它的方式打个比方。
3. 就你希望自己能够处理和对待它的方式再打一个比方。
4. 最后决定一下，如果自己想以和新打的比方相匹配的方式来处理问题的话，自己应该怎么做。（然后将其付诸行动！）

譬如，曾经有一次我手头上三个项目都到了截稿期限，其中有一部剧情电影剧本，还有一个电视剧剧本，以及一本书的文稿。这使我面临巨大压力。这时候我脑子里便出现了这样一个视觉隐喻，一个人的背上同时背了三个背包，每个背包代表我手头上的一个项目。即使当我想集中注意力去做其中一个的时候，我仍然能够感受到其他两个项目所带来的压力。于是我重新设想了一个场景——有三个彼此独立的房间，每个房间里都有一个我手头上的项目。当我身处其中一个房间时，其他两个房间便不会出现在我的视线之内。按照这个比方处理这件事情，当我在进行一个项目的创作时，我无论何时都会把和另两个项目相关的材料全都置于我的视线之外。这种做法听起来可能会有些奇怪，但是它确实能够缓解我面临的压力，并且能够让我每次都全身心地只专注于一个项目。

对自己要善言相待

关于我们从优秀运动员身上可以借鉴什么，已经有很多著述。《科学美国人》杂志曾经刊登过一篇相关报道，这是最具启发性的经典研究文章。该研究表明：有资格参加奥运会的运动员与那些稍逊于他们的运动员相比，其焦虑和自我怀疑水平是一样的；他们的不同就在于奥运会运动员更善于不断地自我鼓励。

能够有上佳表现的关键可能就在于此。当你对自己的表现水平有所怀疑时，你会做出怎样的心理暗示？对自己善言相待可能会对你有所帮助，例如通过记住往日的辉煌以及用自己的强项来提醒自己。你还可以看看那些已经取得成功的人，并且告诉自己："如果他们可以，那么你也肯定行！"

利用潜在的遗憾

刊登在《英国健康心理学》杂志上的一项研究表明：当学生们被问及下周计划的运动量时，如果首先问他们要是没有运动他们会有多么遗憾，学生们很有可能都会表现出强烈的运动意愿；而如果先询问他们运动的意愿，再问他们的遗憾程度时，他们则会表现出

第十四章 向前进！向前进！

较低水平的运动意愿。也就是说，至少在意愿水平这个问题上，如果优先考虑不做某事而造成的遗憾时，我们就会产生较强的行动意愿。之后，我们可以决定该怎样做以确保自己免受这样的愧疚之扰。

当你计划一整天的工作安排时，不妨提前想象一下这一天结束时的场景。因为没有完成哪项任务而遗憾？——那就下定决心去做应该做的事情，以便在这一天结束时能够拥有不错的心情。之后请写下你这一天想要达成的目标。

如果你不能坚持自己的意愿，在一周伊始，给自己写封邮件，简要描述一下本周的预期目标。在第一天结束时，打开邮件，删除自己已经完成的任务，并添加上需要完成的新任务，之后再将该邮件发给自己。每天如此重复，一周以后你便有了一份自己计划去做和已经完成的任务记录。把这个记录打印出来。几周之后，你就能够清楚地认识到自己能否坚持计划，如果不能执行，也明白了干扰你完成既定任务的因素。

改变你的身心状态

我敢打赌，有的时候你就是不想写作。在这种情况下，你不应该放弃，或者是坐在那里仰望苍穹。你需要改变一下自己的身体状态。演说家以及作家佩格·凡·佩尔特曾经如此描述这种做法对她的帮助：

> 工作的某些时候，我不得不起身，四处转转，或者是去刷盘子洗碗。但是当我做这些事情的时候，我的脑海里便会产生一些想法。每当这时，我便会再次回到电脑前面完成我已然开始的工作。对于我来说，运动能够让我才思泉涌。

一种特别有效的运动方式便是大脑交叉练习。来自倡导人体运动学基金会的凯伊·麦卡罗尔如是说：

> 我们身体一侧的运动能够刺激相对应一侧的大脑半球活动。通过对两侧脑半球的交替刺激，你能够建立和平衡大脑两侧的神经链接。

下面是一项简单运动。专家们说这项运动以大脑为中心，能够改善你的逻辑思维、注意力以及阅读水平。将你一只手的大拇指和食指摆成"V"字形，放在胸口锁骨的正下方，按摩这一区域三十秒钟，同时将你的另一只手放置于腹部。之后交换双手重复上述动作。

一些特定的气味也能帮助你改变自己的心理状态。已经被认为较为有效的气味是薄荷香味。我手边常备一小瓶薄荷油，当我感觉自己需要刺激一下时便会深吸一口。如果所有别的东西都不起作用的话，请选择咖啡！

应对写作停滞不前的策略

有时你缺乏前进的动力与你的身心状态无关，而是因为你正苦恼于一个棘手的写作问题。应对类似情况，我提出以下六种策略供你使用：

● **原路返回检查原因**。问题可能出在之前已经发生或还未发生的事件中。假如早前发生什么事情可能会让此时此刻更为有趣、更有挑战性、更加悬疑或者是出现你所希望的任何较为强烈的情感的话，有些时候，这意味着你需要对角色重新刻画，而这将不单单是对于前一个动作的改变。如果你的角色分配不当，那么你便要辞退他或者她（就像埃尔莫尔·伦纳德曾经做过的那

第十四章 向前进！向前进！

样），然后重新挑选一个角色。

● **考虑一下什么能让宴会较为有趣**，并思考一下这些因素是否也能够让你所创作的场景变得有趣。选择如下：

引入一个新的角色

引发一种不同的情感（当然这种情感必须是被激发出来的）

介绍一些新的信息（这些信息要有一定的情感内涵）

设计小规模的冲突

与大主题相反的潜在主题

环境的巨变

忠诚的回归

考虑一下上述这些内容是否能让你笔下的场景更为生动。

● **试一下与现有内容"截然相反"的方法。**如果你的故事朝着另外一个方向发展，会怎么样呢？（当然你需要为此作出合理的解释，但是先别担心这个。）你也可以对角色进行这样的变换：如果这个角色是女人而不是男人会怎样？是一个年轻人而非老人呢？是一个外国人而非当地人呢？是一个精神病病人而非一个有行为能力的正常人呢？

● 就问题的本质和解决方法**咨询一下你的内心向导**。

● **就故事接下来的情节询问一下角色们的意见。**设想进入每个角色的内心世界，用一两页纸写下他们的所感所想以及他们对于未来的期待。如果你认为自己对于某个角色的了解程度不像其他角色一样深入，或者是这个角色并没有跃然纸上的话，这样的方法对你来说将大有用处。

● **入睡前，在潜意识里要求自己给出一个问题的解决方案。**第二天早上，回忆自己的梦境，看看答案是否在梦里出现过。如果没有的话，努力再思考一下是否还会有新的方法出现。

我希望本章能够给你提供很多方法，帮助你坚持自己已经开始进行的项目。为了你能够坚持下去并且最终让世人得以分享你的创作成果，一定要时不时地回顾本章的内容，尤其是当你感觉筋疲力尽的时候。最后，我还想援引汤姆·克兰西说的一句话：

> 成功就如一本已然完成的书，厚厚的书页上码满了文字。如果你做到了这一点，那么你已经战胜了自己。而这样的胜利丝毫不亚于只身扬帆环游整个世界。

要点

- 对于你的每个写作项目，都需要用一个笔记本来记录下你对每个有关创作问题的答案，以供当日后对这个项目的热情消失殆尽时再来重温。
- 假想一场你完成一个大项目之后接受的采访，这样做能够帮助你制订完成该项目的计划。
- 换一种方法看待问题或挑战，能够帮助你解决现有问题。
- 改变对自己说话的态度能够改善你的表现。

练习

- 如果你接下来马上要着手一个大的写作项目，或者你刚刚开始了一个项目，请用一个笔记本记录下自己对于有关创作相关问题的答案。
- 你现在所面临的最大挑战是什么？打个比方来描述一下。然后尝试用另外一个让你感觉压力稍小的比喻来对它进行描述，并且注意两者之间的不同。有些时候，你所打的新比方里将有可能包含该问题的解决方法。

第十四章 向前进！向前进！

补充材料

在 www.yourwritingcoach.com 网站，进入"Chapter Bonuses"栏目，然后点击第 14 章。你将看到对爱丽丝·迈尔瑞的独家专访，作为神经语言学的践行者以及人生教练，她会与我们分享她帮助自己的客户时所使用的最成功的激励工具。

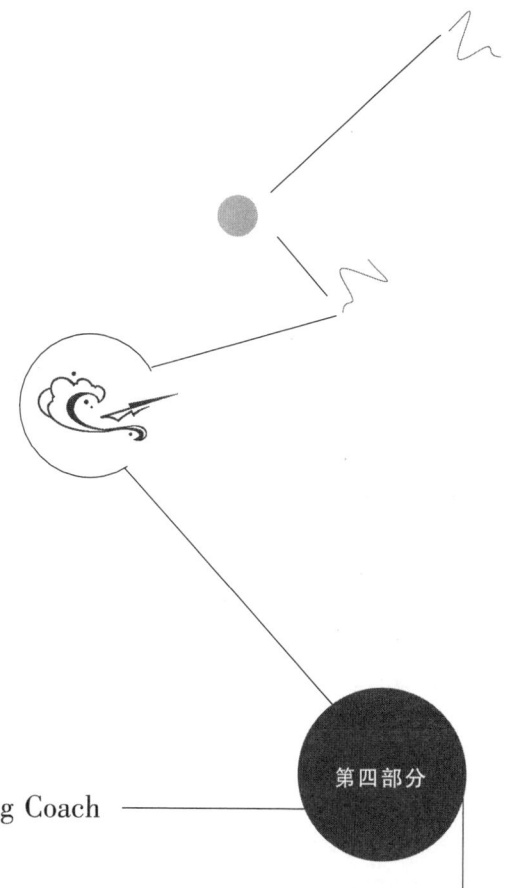

Your Writing Coach

第四部分

推销！

你不仅需要拥有一个想法，而且还要对其深信不疑，这样你才不会轻言放弃。

——特德·霍夫

据说，塞缪尔·约翰逊曾经这样说道："如果不是为了钱，傻瓜才愿意写作。"对此观点我不敢苟同，然而我们都希望自己的努力能得到回报。不管这是不是一个好消息，但是现实的确如此：作家们需要付出越来越多的努力去进行市场营销。通过本部分内容，你将学习到一些依然重要的传统营销策略，诸如写一份言辞恳切的出版建议书或者是问询函。但是仅仅这样做是不够的，这也是为什么你会看到有一整个章节用于介绍一些新颖、有效的营销策略，而你的竞争对手尚鲜有人使用这些策略。你还需要了解市场的运作方式，同时还要认识到当下我们正在经历的一个最为重要的发展变化，即报纸及电视等传统媒体的衰落和互联网、博客以及交互式游戏等新媒体的兴起。本部分将有一个章节会告诉你如何把这一趋势转化为机遇。本部分还将就如何成为一个生命力持久且成功的作家为你提供一些有用的建议。

自我推销 第十五章

具有创新想法的人在其想法实现之前是一个怪人。

——马克·吐温

曾经一度，各类出版物上都不乏对 iPod 播放器的溢美之词（我也有一个），但是大多数报道都侧重于它新颖的款式、便捷的使用方法以及持续出现的资源列表，却忽略了整个理念的核心：史蒂夫·乔布斯如何能够在"下载"被视为"剽窃"和"失控"行为的环境下，说服唱片公司和艺术家们同意通过 iPod 为客户提供相关下载服务。在 iTunes 资源网站上他们最初推出了 200 000 首歌曲，而如今的曲目总量已经超过了 6 000 000 首。我提及这一点是因为有如此多的富有创新意识的人在他们的工作才进行到一半的时候，却错误地认为自己已然完成了这项工作。例如，当他们完成了一本书的创作大纲，或者是他们有了一部影片的灵感时。其实，只有当你的作品到了最终的使用者手中时，就像乔布斯所做的那样，当你克服了怀疑者的疑惑并积极争取到了那些能够帮助你推出自己的作品、并让其发挥应有作用的人们的支持后，你才真正地完成了自己的工作。

我所遇到的大多数作家都不喜欢推销自己以及自己的作品。你也是这样吗？那么，你是如何半途而废的呢？可能是遭遇了几次退稿耽误了你的进度，抑或是某个人的消极言论说服你放弃了自己的想法。我们中途放弃的事情往往是我们最看重的，因为我们害怕经历失败所带来的痛苦。那么现在是否应该重新拾起自己那曾经"疯狂"的想法和项目，并努力让其成真呢？

如果推销自己让你感到恐惧的话，那么我将会告诉你这句话：你一定能够克服。对于作家来说，如今自我营销是一个比以往任何时候都重要的技巧。好消息是，就像别的技巧一样，这个技巧也可以通过学习来获得。事实上，在本章以及下一章节中，你将会学到关于这一过程所有需要了解的知识。之后，你所需要的就是实践。如果这个主题让你心生恐惧的话，那么我将手把手地指导你来进行学习。

这一过程由几个部分组成：包括"推介"的能力，也就是说，关于你的故事或想法，要透露给人们足够的信息，这样他们才能委派你去承担这个项目或者是要求看一下你的书稿。这往往也是最令作家们畏惧的一个方面，因此我们要学会首先清除这个障碍。接下来便是给编辑、出版商或者是制片人写问询函进行书面推介。你会发现，这种做法与口头推介极为类似，只不过是写下来而已。

这样的推介或者问询函足以让他人委派你去写一篇文章，或者是要求读一下你的短篇故事、小说手稿或者电影剧本。然而，如果你想被委派去写一部非虚构类作品的话，出版商会要求你提供一份完整的写作方案，因此我将会解释一下怎么写这个方案。

在营销方面有这样一句老话："你卖的不是牛排，而是煎牛排的

第十五章　自我推销

'嗞嗞'声。"也就是说，要展示给人们这一产品令人激动的方面，而不是告诉他们这个产品到底是什么。当某人购置一台昂贵的红色跑车时，他（通常情况下是他）并不是要购买一台能够将其从甲地载到乙地的交通工具，他所要购买的是一个象征。这里所谓的象征，便是我们前文提到的"嗞嗞"声。现如今，我们作家所面临的是一个竞争日益激烈的行业，因此我们也将不得不售卖"嗞嗞"声——不光是有关我们的作品的，还有我们个人的。因此，我将会告诉你如何展现自己，以争取让他人能够乐于和你一起工作。

本章涵盖了一些推销自己以及自己作品的方法，这些方法已为人们广泛接受，有些虽然传统但依然行之有效。这些方法不可或缺，但有时仅靠这些并不足够。这也是为什么我会在第十六章中进一步介绍一些不同于常规方法的新颖而又有效的新策略，以便让你在市场上真正做到脱颖而出。

你是否需要经纪人？

如果你只是写写文章、诗歌或者短篇故事的话，那么你并不需要经纪人。事实上，大多数的经纪公司并不涉足上述领域。如果你在写书，你并不一定需要经纪人，但是你会发现有一位经纪人还是很有好处的。不过有一类写作是绝对需要经纪人的，那就是剧本写作。很少有工作室或者制作公司会留意或考虑由作者直接呈交上来的稿件。这样做的一部分原因是因为他们认为经纪人只接纳有一定技术水平的作家，这样工作室或制作公司就不用读那么多不合适的作品了。这样做也是出于法律保护，因为经纪人将会关注材料何时提交给谁，这些信息可以有效避免一些患有妄想症的作者认为自己的作品被人剽窃而引发无聊的诉讼。

经纪人究竟都做些什么工作呢？

很多作家都认为，对于一位经纪人来说，最重要的事情便是为你的作品争取到一个不错的价钱，同时确保你拿到应得的版税。这当然是他们的一项职能，然而更为重要的是他们知道有谁在寻找什么样的作品。他们花费大量的时间和买家打交道，关注商业出版机构并进行电话联络。你需要谨记一件重要的事：他们并不会给你动力，不会借给你钱，帮你编辑作品或者是和你交朋友。有些经纪人确实会从编辑的角度给你提一些建议，但这样做也是为了能够让你的作品更好卖一些。这是一种职业的关系，而经纪人们也是在寻找能够这样做的客户。

经纪人们收费几何？

大多数经纪人会收取你所得版税的10%～15%的佣金。如果是跨国销售的话，他们可能收取的比例会更高一些，因为在那种情形下，他们可能需要和另一个国家的其他经纪人来分成。他们也有可能向你收取替你投递作品直接产生的相关费用，诸如邮递费、复印和打印费等。享有声誉的经纪人是不会向你收取审阅费用的，因此我强烈建议你不要和那些要你支付编辑服务费用的经纪人打交道，或者是那些提出如果你不使用他们同时所提供的编辑服务，就不会为你代理作品的经纪人。

你如何寻找经纪人以及要不要签合同？

或许和经纪人取得联系的最好方式便是亲自出马。许多写作研讨

第十五章　自我推销

会都会邀请经纪公司出席，并且让与会者简要宣传一下自己的写作项目。即使你并不和经纪人进行交谈，但是观察以及听闻他们的谈话或者参加小组讨论都将有助于你了解他们是否适合你。另一种方法便是找出哪家经纪公司为你崇拜的作家做过代理。通常，作者们都会在著作的致谢部分或者是进行访谈时提及他们的经纪人。你可以咨询那些你已经与之建立起工作关系的写作同行、写作指导或编辑们。

在很多书籍和黄页里你都能找到经纪人名录列表。在英国，此类书籍包括《作家和艺术家年鉴》以及《作家手册》。（这两本书每年都有出版，因此一定要确保自己手头的是最新版本。）在美国，经纪人都会在《文学市场》里列出，这本书在多数稍大规模的图书馆都可以找到，以及每年出版的《作家市场》，在该书的订阅网站 Writers-market.com 上可以找到。在 www.aar-online.org 网站上也能找到这样有用的列表。通常，黄页的查询条目都会为你提供这些经纪人代理的作家类型，该经纪公司的规模大小、发展史以及网址。浏览经纪公司的网站以获取最新的信息是很值得的。因为这将事关消息的准确性，你应该也不想把你的作品呈递给一个已经不在那里工作的经纪人。

经纪人可能会想和你签一个合同，可能只是针对你拿给他们的那本书或是那个写作项目，也有可能会要求和你签订为期一年的合同，涵盖你在这一年里进行的所有创作。一定要仔细阅读那些难懂的条文，如果有任何疑惑的话，马上提出。如果有些条文对你不甚公平或者你并不同意，你有权利要求把它们从合同中删去。这样做有可能会达不成交易，当然，你也肯定不想受制于一个不能保护自己利益的合同吧。当然，如果你已经和经纪人签订了合同，那么在合同约定的时间里，你将不能够再让其他人代理你的作品。

一稿多投的做法是否恰当？

从经纪人那里收到回音可能需要等上很久。因此，我认为让期盼佳音的你无所事事地苦等6个月，最后却惨遭拒绝并不合乎情理。在我看来，同时给几个经纪人寄出问询函或者书稿方案的做法是可以接受的。如果作品是一部小说或者一个剧本，并且已有经纪人提出想看一下整部作品并保证在合理的时间内（4~6周）给予回复的话，那么你就不要再给其他经纪人邮寄相关材料了，接下来便是等待他的回音。如果你很幸运地得到若干个经纪人的青睐的话，恭喜你！和每个人都聊聊，问问他们打算怎么推销你的作品，给自己挑个最好的经纪人。要是其他人不太乐意，他们自己会克服的。

如果你没有经纪人怎么办？

也有相当多的出版商会考虑作者本人提交的书稿和写作方案。在我前文提及的年鉴中也列举了出版商以及他们的兴趣所在，还有投稿指南等信息。请登录出版商的网站以确保信息的时效性。

如果你在进行短篇故事、诗歌或文章的创作，你可以和采用这类稿件的刊物取得联系。同样，前文的年鉴中也有大量这类刊物的信息，此类杂志有《写作杂志》、《作家消息》（英国版）、《作者文摘》和《作家》（美国版）。毋庸置疑，你需要浏览若干期以确保自己所提供的文稿符合他们的需求。

不管你是否有自己的经纪人，大多数的工作还是需要你来承担。因此，你所需要具备的重要技巧之一便是会"推介"，或者说，口头展示自己的作品。

第十五章　自我推销

推介的力量

和我一起来幻想一下。你走进电梯，准备上到 35 层。在电梯门将要关上的一刹那，有一个人走了进来和你站在一起，他看了一眼楼层按钮，然后点了点头——他也是要到 35 层。你看了这人一眼后倒吸了口气——他就是那个重要人物，就是那个你想向其要投递自己作品的编辑或者是制片人（因此我们称其为"重要人物"）。你愿意不惜一切代价让这个人买下你的书稿或者指导一下你的文稿。这个重要人物看上去很郁闷，于是你便鼓足勇气去问他怎么了。

这个重要人物说道："唉！我怎么就是找不到一个值得我去花费时间的作品呢？我很着急——你手上不会有我想要买的作品吧！"

你千万别晕过去，接下来你便说事实上你确实有一个文稿——这个重要人物是否愿意一读？

这个重要人物说道："先告诉我大致内容，然后我才能决定是否去读。你要在我们到达 35 层前讲完。"

哇哦！你便这样开始讲了："这部作品是关于这样一个人的。他生活的很多方面都挺不错的——婚姻幸福，两个孩子都很可爱，工作优越，你知道的，在城市里他生活得很不错，当然他的身体也很健康。"这时，你们已经上到了 10 层，可是这个重要人物却有点目光游移。"但是他有这样一个问题。哦，对了，他的名字叫鲍勃·费因斯特，他有 30 多岁，或者是快 40 岁了，也有可能他已经 40 多岁了，他的具体年龄将取决于演员的挑选。因为在电影版本中，年龄对于一个明星来说是很重要的因素。我起初考虑的人选是布鲁斯·威利斯，但是他现在的年龄可能有些老了……罗素·克劳是个不错的人选，但是我听说他的性情变幻莫测。不管怎么说，鲍勃有这样一个问题……"已经到了 20 层了，这个重要人物显得比刚才还要郁闷。

我不会让你们就这样一直上到 35 层的，我相信意思大家已经看懂了。制片人史蒂芬·坎内尔在我几年前对他进行的一次访谈中，对此进行了很好的表述："一个好的点子，如果展示得不好，听起来也会像是个糟糕的点子。"

你可能在想自己不大可能会很快在电梯里偶遇这样一个重要人物，你是对的。然而，你可能还是需要竭尽全力让大家阅读你的作品或者聆听你的想法，你也将会遇到经纪人、编辑或者是制片人。任何一种情况下，在他们真正阅读你写的东西之前，他们都会想听一下大概内容，不管是简短的口头推介还是把这个推介内容用信函的形式写下来。如果这个推介不够引人入胜的话，那么你便无路可走了。

那么有效推介的秘诀是什么呢？以下是八条重要的指南：

- **让他们了解你所讲述的故事类型**。如果我这样来告诉你：我的故事是关于一个男人的，他所遭遇到的中年危机促使他去做了很多年轻时从来没有做过的事情。这有可能是一个喜剧故事，但也有可能是一出危及了他的婚姻和事业的闹剧。如果你在一开始的时候便告诉他人这个故事的属性，那么如果是喜剧的话，他们会尽力去倾听故事的笑点；如果是恐怖故事的话，他们则会去关注那些令我们毛骨悚然的情节。

- **在讲故事背景之前先勾起他们的兴趣**。在刚才那个发生在电梯里的案例中，如果你能直接切入主题可能会好很多："故事的主角，鲍勃·费因斯特，已过而立之年的他在生活中只有一个遗憾。"这样的说法会让故事的倾听者对这个遗憾产生兴趣。现在你便可以简单地介绍一下他所拥有的生活——"他有令人羡慕的妻子和孩子，收入不菲的工作，身体健康"——接下来你便可以说出鲍勃的遗憾，以满足那个重要人物的好奇心。

第十五章 自我推销

下面我来告诉你一个我自己的亲身经历。不久前，我试图向一档美国电视栏目推介自己的一个想法。这个想法是关于伍德罗·威尔逊总统的第二任妻子的。在第一次做推介的时候，我是这样开始的：

故事发生在1915年的白宫。伍德罗·威尔逊总统待在他的办公室里，当时他的妻子刚刚离世……

没过多久那个正在听我讲述的人便没了兴趣（在好莱坞，人们的注意力集中时间大都很短暂）。接着我修正了自己的推介内容：

如今，女总统的概念不再是一个能与不能的问题，而只是时间早晚的问题而已。这个人有可能会是希拉里·克林顿，也有可能是莎拉·佩林，或者也可能是我们从来没有听说过的某位女性。然而，事实上，我们已经拥有过一位实际意义上的女总统。她在国会任职数月后便当选了。这位女性任命了内阁成员。当英国女王来访美国时，这位女性拒绝行屈膝礼，因为她觉得自己与女王地位对等，因此引起公愤。她曾掌管国会好几个月并大获全胜。她就是伍德罗·威尔逊总统的第二任妻子。我所要讲述的便是她的故事。

这样的开头足以激发听者的兴趣；然后我便可以回过头再从开头讲述这个故事的始末。这样的推介用时有点长；如果我只能在乘电梯那么短的时间来做推介的话，我的话题引入部分可能会变成这样的版本："您是否知道美国历史上曾经有过一任女总统？"当然，我需要稍加证明自己的说法，但是这样的设问确实很能吸引他人的注意力。也许你会对此感到好奇，不过我至今还没有把这个策划方案卖出去呢。因为我把它压到了箱底，打算等到哪一天某位女性首次被提名为总统候选人时再拿出来。

- **让你的角色个性鲜明。**你并没有足够的时间去描述笔下的主要角色，因此必须简洁而又生动地为他们塑造一个形象。在我最近写的作品里,有一个名叫布鲁姆的骗子。我把他的形象描述成矮小体胖、爱出汗的样子。你没有时间对作品中所有人物形象进行详述,只挑出两三个主要角色描述足矣,其他人便可以用他们在作品中的职能来代替——女房东、出租车司机以及独居的邻居等。不用给他们每一个都起名字,因为那样做一方面会花很长时间,而另一方面,读者很难记住他们谁是谁。

● **尽快进入故事的主题。** 人们会很容易花大量时间来描述人物关系或者是历险前奏,也就是故事的开端(在剧本中我们称之为三幕架构中的第一幕)。通常,第一幕都会比较有趣,然而之后位于中间的第二幕才是与故事的主题有关的部分——也就是在这里,大部分的手稿、剧本和想法会一塌糊涂。一个简短的推介(或者信函)不足以让你说明故事所有的情节发展,但是你需要描述将故事情节逐渐推向高潮的那么三四个情节。这其中,你肯定会提及第二幕结束时"真相大白的那一刻",即冲突的最高潮。(如果上述提及的内容你不太理解的话,你可能还没有阅读本书有关故事结构的第九章。我建议你最好现在去看一下第九章的内容,然后再来继续阅读。)

● **别遗漏了第三幕,也就是故事的结尾。** 有些人会认为把悬念留给读者的做法很酷,他们是这样想的:如果读者想知道故事的结尾,他们将不得不购买这部故事的手稿或者剧本。大错特错!有太多故事的结尾不合逻辑或者虎头蛇尾,因此,你面前的这位读者会很想确认你的故事不会出现这样的情况。

● **将主题融入故事。** 如果你的故事有一定的主题或寓意的话,尽量把它们巧妙地融入故事中而不要在故事结束后单独对其进行陈述。我已经拿《窈窕淑男》这部电影给大家举过例子了。在这部电影里,达斯汀·霍夫曼饰演了一位不成功的男演员。为

第十五章 自我推销

了能够得到工作机会,他男扮女装。如果要做推介的话,你可以作如下陈述:"极具讽刺意味的是,男人只有在经历了女人所要经历的生活后,才会知道怎样去做一个好男人。现在他想向自己的工作搭档表白心声,但是如果他表明了自己的真实身份的话,便会失去他在演艺生涯中刚刚获得的成就。"以上第一句话有关故事的主题,而第二句话则将主题与情节结合。

● **一定要热情洋溢地讲述自己的故事。**当我在为《好莱坞剧作家》杂志写通讯的时候,我问了包括经纪公司、制片人、故事编辑、工作室和网站的行政主管很多人这样的一个问题:"对于一个好的推介活动来说,最重要的因素是什么?"无一例外,他们的回答都是"热情"。如果你说话的语气让别人觉得你对自己的故事并没有多大信心的话,他们又怎么会有信心呢?如果像大多数作家一样,你也是一个内向的人的话,那就去找一种既能展示你的热情,又会让你觉得舒适自然的方式。最简单的做法便是在你的声音中再注入多一点的活力或热情。

● **熟能生巧**!如果在写作班上,或者是在你的配偶或伴侣面前,又或者是面对你的宠物狗或一面镜子,你没有能够很好地推介自己的作品,这不会有什么严重的后果。在你真正地向一位能够帮助(或阻碍)你的事业的人物做推介之前,你大可多犯一些错误。因此一定要尽可能多地进行练习。

一旦你意识到做推介只是你乐意做的"讲故事活动"的另外一种方式,你便再也不会感到恐惧了。

问询函

问询函其实只是口头推介的书面形式而已,它的优点是你有足够的时间去精雕细琢，直到它足以完成激发阅读者的兴趣这一重大而又明确的任务为止。如果你所要推介的是一篇文章，那么这封信函的读者便会是某个杂志社的编辑；如果你在寻求代理的话，那么这位读者便会是一位经纪人；如果你正在尽力推销一个剧本的话，那么读者便将是一位制片人或者是网站的主管。下面我来举一个类似的例子：

尊敬的经纪人（当然这里肯定是某个具体经纪人的名字）：

我很期待能有机会寄给您一本我刚刚完成的惊悚小说《魔鬼的抉择》。

这个故事发生在1945年。在菲律宾的丛林深处，有一栋坐落在泥泞不堪的路面上的小木屋。屋子的一角躺着一个快要被日本的审讯官蹂躏致死的囚犯。他的名字叫唐纳德·特伦特，隶属于一个由12名美国士兵组成的特种部队。他们因为在执行一次夜间空降任务时出现严重失误，被日本人俘获。当俘虏了他的日本人意识到特伦特知道有关美国政府正在研发的秘密武器的信息后，他们迫使他做出一个艰难的抉择：要么告诉他们他所知道的一切，要么会让潜伏在美国的日本特工杀了他的全部家人。

特伦特孤注一掷，在告诉了日本人他所知道的一切后，便带领他的同伴们大胆越狱，开始追捕携带核弹秘密给东京日本天皇送信的信使。

故事的结局发生在东京。特伦特牺牲了自己的生命，但是却消除了他的家人们所遭受的威胁，并且确保了核弹秘密没有外泄。

尽管这是一部小说，但是很多细节都取材于史料。我在日本花了半年的时间，对这段时期的历史以及"二战"时期日本的间谍活动进行了研究。

如果您乐意读一下《魔鬼的抉择》这部小说的话，请将我随

第十五章 自我推销

信附上的已经贴了邮票并且写好地址的邮政卡片寄回给我本人，或者通过电话或电邮的方式联系我。期待您的回信。

你真挚的××

我们来看一下这封信的内容。第一段作者介绍了小说的题材和名称。第二段中作者在读者的内心营造了一个让人印象深刻的场景，同时介绍了故事的主人公，并且交代了核心的冲突。第三段总结了故事发展过程中的主要情节。当然，短短一段不可能涵盖作者在书中所设计的所有惊心动魄、险象环生的情节，但是这些已经足够激发起读者的兴趣了。接下来的段落交代了故事的结局，其中包括主人公舍生取义的情节。再之后的段落里所介绍的内容增加了作者的可信度，也就是说，作者本人围绕这个故事做了大量的研究。最后一段总结收尾，并且说明随信附有一张贴了邮票并且写好自己地址的邮政卡片。

这是一个简洁而又有效的问询函模板，当你完成了一部作品并且想让他人阅读时，你都可以参照这个模板来写问询函。

接下来，你将看到的是我曾为本书写的一封问询函：

尊敬的（出版商）：

如果每次当有人对您这样说："如果有时间，我一定会写本书的！"同时为此支付您一个便士的话，我猜想您恐怕早就成为一个大富翁了。我的书正是给这些人看的，随信附上该书的写作方案，书名是《你的写作教练》。事实上，这本书不但会吸引未来的作家，也会吸引正在进行创作的作家们。您会发现，本书涵盖了写作的动机、写作的捷径，以及最为重要的，有关写作的心理分析。此外，本书还为作家们提供了明确的时间管理方案。

我是《成功的剧本创作》的合著人，这本书由作家文摘出版社发行，目前的销售量已达 65 000 册。我最新的作品《做点不一样的尝试》由维珍出版社再版发行，并且已经被翻译成中文、西班牙文、韩文以及保加利亚文，同时在特许会计师协会曾经一次性卖出8 000册。我在剧本创作方面也有一定的造诣，曾经参与过《爱之船，夺宝女英豪》以及另外一些系列剧和电视电影等的剧本创作。

　　我希望您能够有兴趣读一下我的文稿。随信我还附上了贴好邮票、写明我的地址的信封，热切盼复！

您真挚的
于尔根·沃尔夫

　　在这种情况下，因为随信附上了本书完整的写作方案，所以信函可以写得短一些。我希望信函开头提出的问题能够引起读者的注意。我也相信身处出版界的人士每天至少都会听到一次："如果有时间，我一定会写本书的！"因此我认定这样的开头很不错。接下来我便对该书的内容做了简单的介绍，因为我想这足以引导读这封信的人去读该书的完整方案。

　　在这封信中我几乎用了一半的篇幅来介绍我自己的出版生涯和作家经历。因为对于非虚构类作品来说，很重要的一点便是你需要有相关的经验。如果你的书曾经卖得不错的话，提及这一点非常重要，因为这样可以让人们相信你会重新创造辉煌。

文章的问询函的写法

　　如果你打算向一家杂志社投稿，你也需要写一封类似的信函。首段即需要起到"诱饵"的作用——你所写的话需要马上引起读者的兴趣。例如，对于一篇有关戒烟新方法的文章，信函的开头可以这样写："如果使用催眠术去帮助他人戒烟的话，成功率平均为63%；然而富兰克林·阿巴斯诺特博士所采用的戒烟新方法，经过测试，成功率高达95％。"接下来，这一段内容便可以概括一下他的新方法，同时说明这位博士很乐意接受你的采访，介绍一下他的戒烟新法。你还可以说你打算邀请两位医学专家对这种方法进行评估，同时你还计划提供一些正在接受这种方法治疗的客户的照片。在第二段中，你可以介绍一下自己的基本情况，其中包括有哪些刊物曾经刊登过你的文章。不妨再随信附上两篇以往作品的剪报，以帮助编辑来了解你的写作风格。

问询函的注意事项

当你在写此类信函时，切记自己所提到的经历都要和手头的项目相关。我曾经看到过一些作家写的问询函，他们在其中列举了很多不相关的学术成就，以及他们的技能甚至个人爱好等内容。这样的做法不仅浪费了宝贵的篇幅，同时还分散了别人的注意力。

很重要的一点是，信函一定是写给某个有名有姓的人，而不是写给任意一个"编辑"的，同时人名一定要拼写准确。如果有任何疑问，一定要先核实一下。大多数的出版商、经纪公司以及制片公司都有自己的网站，网站上会有公司的主要员工名录，或者至少公布一个联系电话。请一定要毫不犹豫地致电该公司询问："我打算给某某先生寄一个包裹，所以我想确认一下他的名字的拼写。"

信函长度尽量不要超过一页。编辑们都很忙，如果你能够以简洁而又准确的方式为他们提供大量信息的话，他们一定乐于见到。

一本书的写作方案里应该写哪些内容？

如果你推销的是一个短篇故事、一部小说或者是一个剧本的话，它们的潜在购买者都会期待你能在真正完成作品之后再和他们联系。对于虚构类的作品来说，其价值主要取决于作品的完成情况，而非笼统的构想。所以他们大都希望能够看到完整的作品，才好对其进行评价。一旦你在小说创作方面有了一定的成就，你便可以改变这种方式，比如通过做推介或者写问询函的方式得到订金后再继续你的创作。

然而，对于非虚构类作品来说，规范的步骤是要先提交一份写作方案，其主要内容包括：

- 上文提到的问询函。
- **标题页。**写上书名、你的名字以及个人的具体联系方式等。
- **写作方案的目录。**
- **作品简介。**这一部分主要是对你所写作品进行一个简单概括。其中包括写这本书的必要性、该书的大致篇幅、你目前的进度、这本书的创作周期以及主要特色等内容。
- **本书的销售市场。**你的购买对象以及他们喜欢这本书的原因。
- **市场推广。**你将会怎样协助推广这本书。这一点显得日益重要。出版商的市场推广预算吃紧，坦白地说，这些预算大多会青睐那些已经小有成就的作家们。如果你能表明自己已经为该书制定了具体的推广方案，出版商们便会特别欣喜。在这种情况下，你可能就会遇到"推广平台"或者是"作家推广平台"之类的术语。该术语指的是你可以将信息推广给已经熟悉你的人群的能力。如果你拥有一个很受欢迎的个人网页、通信渠道或者播客账户，又或者你每年都有对大规模团体进行演讲的机会的话，那么你便拥有了推广平台。如果你还没有这样一个平台，那么在你的策划方案中，需要说明自己正准备建立这样的一个平台。这并不意味着声名远播，而仅仅是指在你的作品所涉及的领域有一定的人气。如果这是一本有关园艺的书，那么你便需要展示自己的渠道，如何为热衷园艺的人群所熟悉。

● **同类竞争以及互为补充的图书。**简要地回顾一下市场上已有的类似图书以及它们所取得的成就，然后阐明你的作品的不同之处。顺便说一下，你可能会认为，如果市场上没有同类主题的图书，那么你的作品肯定会卖得很好。事实却恰恰相反。出版商们往往会认为如果市场上从来没有关于这个主题的图书，那么很有可能是因为这类图书根本没有市场需求。如果有很多人都在购买和这个主题相关的图书，便说明其具有强大的市场需求。而你所需要做的便是换个角度来吸引这个人群的注意力。最好的例证便是烹饪类图书：市场上这类产品的种类已经不胜枚举，然而每年还会有很多新书出版。

● **作者简介。**你的相关背景和经历，你以前的作品以及你目前的居住地等。

● **章节列表以及每章的内容概述**（用一至两段来概括每一章节）。

● **两个章节样本。**这两个章节样本并不一定非得是该书的开头两章。它们可以是书中任意两个章节。当然，你肯定愿意选取其中最吸引人的两章。因此，如果你书中有新颖或者是特别的内容的话，你可以选取最能体现这个特点的两章。如果图表或者别的展示材料对于这一章来说很重要的话，你也可以把它们选入。这两个样章也需要和其他材料一起打印出来。

写作方案的篇幅取决于样章的长短。一本书的写作方案通常有20～50页的长度，每页内容均为双倍行距排列。在www.yourwritingcoach.com 网站上，我为你提供了一份完整的写作方案样本。

本章内容涵盖了作家们所使用过的传统推销策略。在下一章中我将介绍一些更为新颖、也更具创造性的推销技巧。这些技巧不仅能够对传统的策略起到补充、强化作用，同时还有助于你从广大的作家群体中脱颖而出。

要点

- 作家们要承担推销自己作品的主要责任。
- 你必须有能力做"电梯间的推介"：在很短的时间内对自己的作品进行生动扼要地总结。
- 问询函是书面形式的推介。
- 如果要推销自己的小说处女作，你必须首先将其完成；而如果是推销一部非虚构类作品，你需要先写一份写作方案。

练习

- 如果做推介让你感到紧张的话，你可以练习推介一下你最近看过的一部电影或是读过的一本书。这是因为如果所要推介的作品并不属于你本人，这个过程便不会那么让人胆怯。
- 尝试对不同的人做推介，同时对他们的反应做出判断。譬如，你可以尝试以不同的叙述方式进行推介，然后看看哪种方式最能够让人们产生兴趣。
- 在你写完一封问询函之后，大声朗读。这种方式也许能够帮助你找到该信函的不足之处，以供你修改。

补充材料

在 www.yourwritingcoach 网站，进入"Chapter Bonuses"栏目，

第十五章　自我推销

然后点击第 15 章。你将看到一段对朱利安·弗里德曼的视频采访，他是英国顶级文学经纪人，隶属于布雷克·弗里德曼文学经纪公司。在视频中，他向人们揭示了经纪人会基于哪些因素来考虑是否为客户做代理的相关信息。

作家的游击战 第十六章

一定要敢于大胆创新，敢于与众不同，敢于异想天开，敢于做任何能够坚持正义立场并且发挥无限想象力的事情，而绝不能谨言慎行，绝不能甘于陈腐，也绝不能屈于平庸。

——塞西尔·比顿

在前一章中，我们了解了推销自己以及个人作品的传统方法。这些方法都很不错，但是在竞争激烈的市场上却仍显不足。如今，我们需要把自己看成是一个品牌，然后再计划去做这个品牌的推广。首当其冲的任务便是仔细考虑一下自己与其他作家相比的独特之处。

找到自己的战略重点

在你准备成为作家之初，合理的做法是先找到自己合适的位置然

第十六章 作家的游击战

后坚持下去。譬如，如果你总是在小说、电影剧本和诗歌创作之间转换，那么你便会把你的精力和努力一分为三。如果你只是把写作当成是一种爱好，这样的做法无可厚非。但是如果你要以写作为生的话，那么这样做便意味着你对于每种体裁的创作只付出了33%的精力。然而，想要在任何一个写作领域立足，都需要付出辛勤的劳动。因此，最好的办法便是从中挑选出一个，并为之不遗余力地努力。如果你感觉放弃其他体裁的创作会扼杀你的创造力的话，那么你可以在业余时间进行这类创作。当然，你可能在阅读完本书的第二章之后便已经确立了自己的方向了！

你的独特卖点是什么？

对于你选择的写作类型而言，你有什么独特的卖点呢？卖点主要指一个产品或某项服务（或是服务的提供者）不同于竞争对手的特点。刊登在《国际艺术家杂志》上的一篇文章表明，在艺术领域，独特卖点也同样重要。艺术顾问格雷姆·史密斯这样写道：

> 当经营自己的画廊的时候，我会尽力为自己所代理的每一位艺术家定位他们各自的卖点……越是在客户心中强化这些卖点，他们便越容易记住每位艺术家以及他们的作品。

就如何定位自己的卖点，史密斯提出如下建议：

1. 写下你个人或是你作品的所有特色。
2. 浏览你的特色列表，划去你和其他艺术家（或同领域的人）相同的特点。
3. 剩下的便是你自己的独特卖点。如果不幸你所有的特点都被划掉了的话，你便需要考虑一下自己希望拥有什么样的卖点并且为之努力。"不要转移目标,你需要的是持之以恒……因为如果没有自己的卖点,你将会被淹没,甚至都不曾被人留意过。"

如果你正在写犯罪小说,那么你的小说有何不同?如果你所写的是烹饪类书籍,那么你所写的和市面上已有的同类书籍有何差异?你的短篇小说如何能够让人过目不忘?你是否已经有了自己的卖点?一个有益的做法便是咨询熟悉你作品的人,问一下他们觉得你的卖点是什么,看一下他们眼中的你是否如你所愿。

讨人喜爱的因素

作品好坏是决定其能否成功的最重要的因素,但是你为人处世的方式也至关重要。马尔科姆·格拉德威尔在他的《眨眼之间》一书中曾经指出:人们从来都不会起诉他们喜欢的医生。也就是说,医生的热心、对病人的关心以及他们与病人的谈话时长等因素,和他们是否会因为措施不当而被起诉之间有一定的内在联系。凯文·霍根所著的《影响力的科学》也表明,在房产经纪人之间也有类似现象。买家是否会从一个经纪人手上买房子,霍根认为最重要的因素之一是这位经纪人是否对买家表现出了兴趣。霍根的建议是:首先要说服客户来接受你这个人。

在写作生涯中,你将会和经纪人、出版商、制片人、宣传公关人员以及公众打交道。如果你和他们打交道的方式让他们乐于和你共事的话,那么你成功的机会便会倍增。有些人生来便充满热情、平易近人,而有些人却因为天生的羞怯而被误认为冷漠甚至傲慢。怎样才能给人留下一个好印象呢?下面是霍根所建议的一些策略和方法:

● 正面回答问题,并且解释该信息如何能够帮助他人解决问题。

第十六章 作家的游击战

换一种说法就是：总要着眼于他人的需求，而非你个人的需要。

● 如果可简可繁的话，请你一定要简短作答。让他人看到你的灵活变通，并且让他们一直都感到舒服自在。

● 总能够给予他人一些有价值的东西，如果有可能的话，再亲切一点。这并不是说让你去拿不相干的东西去讨好别人。以我个人为例，这可能是指赠送一本我自己的书。

想要在这方面做好并不难。如果你能够以礼待人，并且像关心自己一样给予他人关注，尊重对方的时间，对他们给予你的帮助表示感谢，那么你做到的便已经远远超出了大多数人。

新的座右铭：做点不一样的尝试

我的《做点不一样的尝试》一书中包含了 100 个有关创造性地推销自己和个人作品的案例研究，这些人中有作家，也有其他行业的人士。所有这些故事背后的原则便是：如果你的做法和别人相同，那么你所得到的结果也和他人无异。对于作家来说，那便意味着被退稿。如果你的做法能够和大多数人不同的话，那么你及你的作品便能够胜出。如果你受到关注的几率更大，那么成功的可能性也会更大。我建议你把这个短句"做点不一样的尝试"写在一张卡片上，然后把它贴在书桌旁边的墙壁上，时刻以此来鞭策自己。

下面所列举的是一些作家和其他富有创造力的人是如何应用这个方法的。

不要把他人的拒绝作为最终的结果

M.J. 罗斯刚完成了自己的第一本小说《唇唇欲动》，但是出版商们却因为其故事题材含混而拒绝出版。他们认为这部小说既有惊悚又类似爱情故事，同时还有一点点色情，因此不知道该如何将其推向市场。罗斯于是决定自己着手推销这本书。她建了一个网站，开始售卖这本书的电子版本。然后她又自助出版了 3 000 册书，并且花费大量时间浏览网页，寻找合适的网站寄出自己的小说并请求他们给出评价。经过三个月的努力之后，她卖出了 1 500 册，在亚马逊网站的小批量印刷小说排行榜上高居榜首。文学协会后来将其评选为"精选的替代选择图书"，这是该协会首次给予自助出版的小说以如此殊荣。传统的出版商们也留意到了这本书，经过激烈的竞标，口袋图书赢得了该书的精装本和平装本的版权。

如果不去考虑是否有传统出版商愿意出版你的书，你应该怎样利用互联网自行寻找读者呢？

塑造自己的个性

吉尔·康纳·布朗是一位住在密西西比的单亲妈妈。她是一位健身教练，同时还为两家地方报纸撰写幽默专栏。她为自己塑造了一个自以为是而又蛮横、总是为女性打抱不平的"甘薯皇后"形象。在现身一档电台节目之后，她便接到了撰写两本有关图书、共计 25 000 美元的预付款。结果名为《甘薯皇后的情书》一书被重印高达 18 次，而《上帝拯救甘薯皇后》一书在面市之后的头 4 个月里便售出了 150 000 册。

塑造自己的个性是很好的营销手段。如果杰米·奥利弗最初没有以"光身厨师"的身份开始自己事业的话，他是否会像现在一样有名？你的个性不一定非得桀骜不驯，你可以是"一个擅长园艺的老奶奶"，也可以是"巴兹尔登的鸟类学家"，只要能够吸引住公众的眼球即可。

第十六章　作家的游击战

找到自己的听众

托尼·费尔韦瑟为《声音》报纸经营一家读书俱乐部时，从主流出版商那里听到过这样的言论：他们并没有将黑人作为读者对象，因为"他们不读书"。于是他对此发起了挑战。他开始组织以黑人作家参与为主的诗歌、音乐和喜剧表演活动，每次活动时间长达3个小时，并且销售了数以百计的图书。他的公司"写作的事"就此起步，该公司专做活动推广。他们着力推出名作家并获得巨大成功：在艾丽丝·沃克做嘉宾的当晚，售出过多达1 000册精装本书籍。但是他也会选择推荐不那么有名的作家。"作家们都是明日之星，"在接受伦敦《标准晚报》采访时托尼曾经说道，"我们以人们能够认同的方式来对他们进行包装。"

他的励志故事是否可以成为你的范本呢？例如，取消传统的（少有人关注的）签售活动，而是通过和诗人或其他演艺人员一起举办活动来售卖图书。

制造噱头

首次进行写作的作家阿列斯泰·米契尔以笔名P.R.莫雷顿写了一部奇幻小说《怪诞历史》，该书惨遭来自7家出版商和36位文学经纪人的拒绝。因为急切地想做一些与众不同的事情，他雇了一位模型制作师，为自己做了一个看起来像是一只幼龙的模型：它长着翅膀、利爪，还有一条尾巴。他将这个模型放进一个箱子中，并告诉当地记者说，这条幼龙是他的一个朋友（据称是他爷爷，一位自然历史博物馆的搬运工）在某个车库里发现的。这个故事被在全国范围内发行的报纸上转载，之后传遍了全世界。直到这时，米契尔才对水石书店的采购经理坦白说，所有这一切都是一个恶作剧。不过，来自水石书店的买家还是采购了 10 000 册《怪诞历史》。由于这本书卖得很好，后来米契尔的第二本书也出版了。

恶作剧能够有效地为你的书引来关注，只要它与你的作品主题相关，并且不危害他人就好。当然，在如今这个人人都会过度焦虑的时代，切记别做任何吓唬人的事情。譬如，给记者邮寄看起来很可疑的包裹之类的做法是很不可取的。

教顾客来购买你的书

作家塔尼娅·沙逊希望能向出版商们证明，她特别制作的"男朋友训练套装"拥有一定的市场。这个套装的外包装是一个棕色的信封，里面装了一本有关训练规则的书，还有一个小册子用来记录男朋友们的不轨行为，还有一套黄色标签作为警告卡片等。这个训练套装是她艺术学位课程的部分作品。她一共制作了 70 份，然后拿到伦敦的 ICA 书店（该书店以出售标新立异的物品而出名）出售。该书店收下了她的这些作品，并且在几周之内销售一空，而这也大大引起了布鲁姆斯伯里出版公司的注意——正是该公司出版了"哈利·波特"系列书籍——他们随即购买了该套装在全世界的发行权。

如果你需要证明自己的书或者别的产品有吸引力，一定要考虑在哪里最有可能找到乐于接受它的客户。如果初步的市场测试取得成功的话，你可以把一些事实、数据以及更进一步的证据总结成文档以便于辅助你向别的经销商做出证明。

利用幽默来赢得关注

刚从大学毕业的保罗·盖伊和史蒂夫·里夫斯渴望能够在伦敦的

第十六章 作家的游击战

大型广告代理公司找到一份工作,至少找到实习的职位。然而,当时低迷的经济对广告界产生了很大的影响。盖伊和里夫斯给伦敦的每一位创意总监(均为男性)都写了一模一样的信——所有的创意总监收到的信都是用粉色并且带有香味的信纸写的。信的开头这样写道:"亲爱的(总监的名字),很有可能你已经不记得我的名字了……"然后便会间接提到 23 年前在汽车公园里共度的那个充满激情的夜晚。而那晚的结晶便是一对双胞胎:史蒂夫和保罗。信的结尾是这样的:"他们都很想进入广告界,而我也听说你对这个领域比较了解。"信中还附上了这两个年轻人的 Lomo 照片。

只有一位总监没有对此作出回应,其他所有人都对他们的做法表示了赞赏,其中几位还想见见这两位年轻的应聘者。托尼·考克斯,其中的一位总监,为两人提供了一份工作,并且一直将那封信陈列在他的办公室进行展示。

这样的努力之所以取得成功,并不单单是因为有趣,还因为它展示了在广告这个领域尤为重要的创造力。如果你想运用某个噱头或者计谋的话,务必要让它符合你正在推广宣传的书或者作品的主题。

以数量优势取胜

七位犯罪小说作家组建了口号为"为犯罪小说献身"的"谋杀队",以期为他们的作品赢得关注。这个组合在一家 Borders 连锁书店的开业典礼上首次公开亮相。此外,他们还印刷了介绍其所提供服务的全彩页小册子,其中包括读书会、专题讨论会以及在书店、图书馆和各类文学节开设的讲座等。他们获得了一定的公众关注度,并且受邀参加了各种活动,并在活动中推销自己的作品。

我们很自然地会把其他所有的作家都看做是竞争对手,然而也可以考虑彼此之间是否能够以某种方式合作，实现共赢。

给他们点甜头

巨蟒剧团仍然在世的成员起初不愿意让埃瑞克·艾都使用他们的故事来进行大受欢迎的音乐剧《火腿骑士》的创作——直到他为他们进行了一段预演。埃瑞克是这样告诉伦敦《泰晤士报》的记者的：

> 这件事是最难搞定的——要想说服他们相信这个表演的前景肯定不错。我们为他们演唱了《这样的一首歌》之后，他们哈哈大笑起来。这就是事情成功的秘密所在。

这个音乐剧在百老汇大受追捧，之后在伦敦也进行了演出。

出版商有的时候也会采取类似的手段，即为读者提供一本书的电子版样章。你也可以做类似的事情。

读书小组

读书小组，又称阅读小组，在过去十年中风生水起。这有可能是受到了美国的"奥普拉脱口秀"和英国的"理查德和朱迪读书俱乐部"这两个电视节目的推动。虽然这两个节目现在都已经停播了，但是读书小组的数量却仍在持续增长。

一般来说，小组的所有成员都会去阅读同一本书，然后在下次聚会时进行讨论。他们通常会选那些知名作家的作品以及当前的畅销书，然而，一些不怎么知名但却很聪明的作家也总能想出新颖的办法，让自己的作品入选。

方法之一便是在他们聚会时，利用 Skype 或其他的网络视频软件

第十六章　作家的游击战

和该小组进行连线，聊聊这本书并且回答他们所提的问题。即使你并不那么有名，但对读书小组的成员来说，也足以让他们受宠若惊了。

如果这种虚拟方式的会面可能性不大或者不太方便的话，你还可以采取以电子邮件回答小组所提问题的方式加入进来。小组成员会提前将问题发给你，而等到他们聚会时，便可以把你回复的答案念出来给大家听。

还有另外一种选择：为读书小组提供视频录音材料或书面文章，主要讲述这本书的由来、你的个人背景以及该书中一系列值得讨论的观点。这种做法不会消耗太多的时间，因为你可以把相同的材料发给所有提出类似请求的读书俱乐部。

除了专门的网站外，在脸谱和雅虎网站上也有一些网上读书小组。你可以把上文提到的材料也给他们提供一份。

这样做看起来好像是为自己找了很多麻烦，因为这只能销售很少量的书。但是这些读书小组中的成员都是那种能够影响其他读者的人物。举例来说，他们中的很多人都建有自己的博客，在上面他们会讨论自己所读的书。与一位作家进行虚拟连线这样的事情他们肯定会在其博客上提到的。而这种影响力所带来的效应，非常值得你投入时间。

如果你想和读书小组取得联系，最大的挑战便是找到他们的联系方式。像往常一样，互联网又可以来为你救急。如果使用谷歌或其他搜索引擎来查找"读书小组列表"的话，你将会找到很多。由于这些网站确实变化频繁，我在这里就不提供了。你可以先从 www.yourwritingcoach.com 网站上列出的一系列读书小组开始进行尝试。

考虑一下名字的内涵

布伦达·库珀在克服退稿挫折方面经验丰富。在《金融时报》所刊登的一篇文章中，她这样写道：

> 当我最初涉足音乐领域时，我和我的作品被拒绝的原因大多可以预见：太年轻，也太没经验了。这么多年来，我已经听尽了我的作品之所以不适合某个项目的所有原因……不断地被拒绝磨炼了我的自信心和灵魂。

她之所以坚持不懈地进行创作，完全是因为创作过程本身所带给她的满足感。之后她便做了一件与众不同的事情：

> 我并不喜欢别人叫我布伦达（对于一位作曲家来说，这个名字一点都不酷），但是直到我把名字改了之后，我才意识到这会带来多大的不同。纽约的一位制作人让我产生了这样的想法。他从我的名片上挑出了我名字的首字母并且念道：'B. B. 库珀，这个名字对于一位作曲家来说相当不错。'我马上采用了这个名字，根本不敢相信日后人们对我的态度会有如此大的改变。

自此以后，她为《丛林奇谈》的舞台版作了曲，成立了自己的唱片公司，并且发行了三张 CD 唱片。

在大多数情况下，使用自己的名字便可以了。然而如果你的名字和你正在撰写的作品很不搭调的话，便可以考虑使用一个笔名。例如鲍伯·弗瑟里顿这样一个名字，对于一位写感性浪漫小说的作家来说便很不合适。并且我已经留意到了，大多数撰写动作惊悚故事的作家们都拥有一个言简意赅的名字。

篇幅长短有时也很重要

卡尔·福勒出版巨型图书——这些书有两平方英尺大小，850 页的厚度，重量高达 90 磅（即 32 公斤），当然其价格也同样重磅：

第十六章　作家的游击战

4 000美元起。这些都是运动方面的书籍，其中一本讲述的是超级碗的历史，另外一本则是有关法拉利的故事，还有一本讲述的是迭戈·马拉多纳的人生。这些书都有明确的读者对象：福勒曾经指出法拉利在全球有 50 000 多名较为活跃的会员，而超级碗有 600 万左右的持卡会员。一些书中还包含有签名和纪念品。这些书均不在书店出售，而只有在诸如哈罗斯百货商店和萨克斯第五大道精品百货店之类的豪华百货商店才能买到。

如果你正在论述的主题较为特别的话，不妨考虑看看是否有与之相匹配的模式可以帮助你的作品脱颖而出。

该表扬时就表扬

凯文·史密斯采用了一个不同寻常的策略来推广他的电影《疯狂店员Ⅱ》——前 10 000 名将该电影的 Myspace.com 任意网页添加入其个人好友列表的人的姓名，都会以水平滚动方式出现在该片的演职人员名单中。

这就如同你在下一章中将会看到的那位用自己的创造力为其作品拉赞助的年轻作曲家的故事一样，你是否也可以这样做呢？

有时候免费也是很好的办法

我相信即使你不是特别喜欢玩数独游戏，你也肯定知道人们对它的狂热。看起来好似师出无门，但是这种猜谜游戏却席卷了全球。它是在 20 世纪 70 年代由美国印第安纳波利斯的一位名叫霍华德·格昂斯的建筑师发明的。最后，这种游戏传至日本，并且被起名为数独。再之后，这种游戏被新西兰的一位名叫韦恩·古尔德的猜谜爱好者发现。他写了一个可以解数独谜题的电脑程序，并且为其划分了难易程度。作家们对下面这部分会比较感兴趣，《时代周刊》这样报道：

> 他还采用了一种违背常理的营销手段：将谜题免费赠送。全世界有 400 余家报纸都在使用由他提供的免费数独谜题，而作为回报，这些报纸都会推销古尔德的电脑程序和图书。其收益肯定是丰厚的，因为单单他的图书的销售额就已经超过了 400 万。

你是否也可以通过某种方式将你的作品赠予他人，借此来推销你的另一部作品呢？

将你用于写作的创造力稍加发挥，你肯定可以像我在本书中提到的那些创意营销者一样，取得同样的成就。

上电台和电视节目

你能为自己的作品找得到的最佳的宣传方式，便是上电台和电视节目。媒体往往都是胃口超大的怪物，有着数小时的时间需要被填满。因此如果你有一些新奇而又有趣的东西的话，很有可能利用 15 分钟的时间让自己声名远扬。譬如你目前正在写一本有关自救的书，那么总会有一些栏目想邀请你来上几分钟节目，而前提是你必须从一个新的视角来探讨这个话题。

诀窍在于你需要找到一个诱饵，即用一句足以让人为之振奋的话来概述自己所要讲述的内容。以你写了一本有关园艺乐趣的书为例。首先让我们来看一条不能称之为诱饵的概述：

> 接下来我们将要采访一下弗雷德·布洛格斯，让他来为我们讲述一下园艺所能够带给我们的乐趣。

现在，我们来看一个能起到诱饵作用的叙述：

第十六章　作家的游击战

　　接下来我们将要采访的是弗雷德·布洛格斯，而正是他所做过的一项调查表明：如果在做园艺和与他们的丈夫做爱之间来选择的话，有56％的女人会更愿意选择前者。

　　很有可能这项调查一点都不科学，因为它所代表的仅仅是来自某个园艺兴趣小组的25位女士的观点。但是没有关系，这足以激发人们的好奇心。这个诱饵并不一定非要涉及性，任何能够让人们产生好奇的东西都可以。（可惜不管是好是坏，性看起来好像是最能激发人们兴趣的事物了。）

　　一定要谨记电台和电视节目均为剪辑播出。你不可能有半个小时的时间来赞扬玫瑰所能够给人带来的乐趣，你只有3～6分钟的时间，所以这段时间最好得到有效利用。这意味着你需要不断练习，直到能够迅速地传递一些有趣信息，并且不失时机地在这段时间内提及自己的书名两到三次。譬如，我不会说："我写这本书的原因是……"相反，我的说法可能会是这样的："我写《你的写作教练》这本书的原因是……"

　　一旦你确定了可能会对你感兴趣的电台和电视栏目之后，打电话去询问负责预约嘉宾的那位制作人的名字。之后，你便可以给他或她寄去一封问询信，而这封信需要包括诱饵和一两个原话片段——你在节目中确实会说到的事情。如果他们感兴趣的话，会和你取得联系，并且会通过电话和你谈一谈。不管这个谈话听起来是多么的不正式，但这确实是一次试镜的机会。他们想看看你的口才有多好，说话是否言简意赅，又具备着怎样的娱乐精神。你必须为此做好准备，在这样的初期阶段必须全力以赴。

　　毫无疑问，参与媒体节目可以塑造人的性格。几年前，我作为嘉宾出席一档名为"约翰·大卫森秀"的节目，这档节目在美国全境播出。大卫森是一位优秀的歌手和演员，在一位身材高大的女士展示完卡津人食谱之后和约翰的个人独唱之前，我有 3 分钟的出场时间，随后他将会用柔和的颤声演唱《哦！我的爸爸》。起初发生的事情是约翰把我和他的制作人一起精心设计的问题完全搞乱了，而这个问题的作用就是合乎逻辑地引出接下来的整个访谈节目。虽然我成功地让我们的谈话按照原计划顺利进行，但是在这短短的几分钟里，我总感觉约翰有点心不在焉——可能他一直都在努力记《哦！我的爸爸》这首歌的第二段歌词。

我还参加过另一档旧金山当地的脱口秀节目，这档节目的女主持人在节目开始之前待人和风细雨。她向我保证她喜欢我的书，并且她认为我很聪明。（这点原本应该会引起我的怀疑，但是作家呀，你的名字叫虚荣！）她拍了拍我的手让我放松，还说就当是朋友之间的一次交谈好了。然而，当摄像机的红灯亮起时，她转向我，并且问了我这样一个问题："我们为什么还会需要有关这个主题的另一本书呢？"此外她的语气也让我感觉自己有如置身纽伦堡的国际军事法庭。在接下来的 6 分钟时间里所发生的事情，是自以酷刑闻名的西班牙宗教裁判所之后，人们再也没有机会看到过的。但是，在摄像机关闭之后的一刹那，所有的一切又都恢复了之前的甜蜜和光明。我勇敢地笑了笑，为这样一次极为刺激的经历向她表达了谢意——毕竟，你很难预知自己什么时候又会需要推介另外一本书。

我之所以举这两个例子，主要是为了说明这样一个道理：当你在和媒体打交道的时候，一定要做好全方位的准备。无论发生什么样的事情，都要记住那些能够让你的书看起来像是必读本的原话片段。

我希望你能够感觉这些故事和个人经历读起来颇为有趣，但是这些有趣的故事背后却暗含了这样一个严肃的道理：如果你的书想要取得成功，你自己便是要承担主要任务的那个人。

第十六章　作家的游击战

要点

- 作家必须把自己看成一个品牌，然后去推广这个品牌。
- 你需要找到自己独特的销售主张，即俗称的卖点。
- 如果你的做法和别人相同，那么你所得到的结果也和他人无异。想要胜出，你需要做些与众不同的事情。
- 向其他行业的人借鉴那些惠而不费的创造性营销术，稍加调整用于推销你自己和自己的作品。
- 读书小组能够为你提供别的方法来提高书的销量，尤其是当你愿意和他们通过电子邮件或者 Skype 之类的网络软件进行交流的时候。

练习

- 尽可能言简意赅地总结一下自己的卖点。你所做的每一件事情都于这个卖点有益吗？如果不是的话，你可以考虑去掉那些任务或目标。
- 对于本章中所列出的每一个案例，努力思考一下，他们所使用的方法通过怎样的调整才能够为你所想要写的材料使用。

补充材料

在 www.yourwritingcoach.com 网站，进入"Chapter Bonuses"栏目，然后点击第 16 章。你将能够听到对来自"谋杀队"的一位悬疑小说作家的专访，了解他们是如何利用这个身份，以及其他组织可以通过什么样的方式来做类似的事情的。

新媒体，新机遇 第十七章

我们现在正面临着一生中前所未有的不确定性，而这种不确定性让我们不得不抛弃对一些事物所固有的情结。我们会拥有更多的机会去灵活地做事情，关注自我的目标并为之努力……我们自身的创造力越强，就越能驾驭好自己的人生。

——皮特·罗素

我们消费媒体的方式正在被颠覆。以前我们是被动消费者，而如今我们却占据着主动地位；以前我们必须依照电视台设置的时间表来观看节目，而如今我们可以将节目录制或者下载后想什么时候看就什么时候看；以前我们只是媒介产物的接受方，而如今我们自己来参与制作也变得越来越容易；以前媒体给我们的选择寥寥无几，而如今的选择却数不胜数；以前我们向媒体制片人或内容提供商反馈自己的观点很难，而如今这样的反馈则变得简单而快捷。

第十七章　新媒体，新机遇

想要与时俱进，跟上媒体的发展将会是一个挑战，而对于作家们而言，这也不失为一个机遇。在为《剧本》杂志写的一篇社论中，身为主编的雪莉·梅洛特对这一点进行了很好的总结：

> 有着商业头脑的编剧们关注到了新媒介（体）的发展以及这些发展所带来的机遇。例如，现在的视频游戏越来越有故事性，以至于作家在游戏产业中也十分走俏。而发行视频光盘时总是需要刻画出作品中其他配角人物的特征，而这些人物特征也都需要有剧本可依。大受欢迎的电视节目在发行合集时也要求对配角人物进行描写。手机研发过程中也会雇用编剧来为他们编写原始内容，网络、虚拟现实以及互动式电视节目等都需要一定的素材。所有这些新途径都为作家们创造了机会——他们能够通过编写素材来满足当今消费者的新需求。

你还可以通过其他途径来制作以及发行你的作品，包括网站、博客、播客、电子书以及按需印刷等。通过互联网，你完全有可能让全世界的人们都成为你的读者。尽管你还面临着以下两大挑战：一是让他们知道你的作品；二是找到让他们愿意花钱来购买你的作品的办法。

新媒体持续以令人惊喜的速度发展着，而有的时候其速度也不免让我们担忧。因此，在本章中，我将全面介绍一下最为重要的一些策略，同时还将指导你使用 www.yourwritingcoach.com 网站。在这个网站上你能找到定期更新的最新的进展和机遇。

新媒体市场：电影和电视

好莱坞的电影制作公司最感兴趣的是那些能够有巨大票房号召

力、需要花费一亿美元甚至是更多的制作和发行成本的影片。这些电影由为数不多的几个顶尖编剧进行创作，而其中很多电影都是原作的续集或者前传。小成本的独立电影能够为新的作家提供机遇，然而目前为止这类电影的市场还较为有限。很多这样的电影只能在大城市的艺术院线播映，因此它们票房创造力是极小的。

所有的这些都在经历着巨大的变化。视频光盘的问世和诸如奈飞公司这样的在线视频租赁公司的出现，让人们更容易观赏到在家门口的电影院看不到的电影。

另外一个更为重要的变化是我们从网上下载电影越来越便捷了。这种方式让把电影售卖或出借给分布在世界各地的另外十万影迷成为可能。如果他们每个人支付 10 美元来观看这部电影的话，那么电影制片商便能够挣得 100 万美元。尽管通过数字录像机来拍摄和剪辑电影的成本急剧下降，但是对于一个独立的电影制片商而言，要想制作一部好的电影，其预算也是很难承受的。实力雄厚的电影制作公司会继续发行有巨大票房号召力的电影，然而有针对性地吸引特定人群的小制作电影，也将会有越来越大的市场空间——所有的这些电影都需要有人把它们创作出来。

对于微电影和系列剧来说，情形也是一样的。人们可以在 YouTube 和谷歌视频网站上为他们的微作品找到现成的观众。有的网站会为业余的视频发布者提供一份其视频所获得收益的分成。就像斯科特·伍利在《福布斯》杂志上所写的那样："当今，新型的视频网络将彻底改变诸多现状，如我们所能观赏到什么样的视频，谁能够制作视频以及谁能够从视频发布中获得收益。"他引用了 YouTube 网站的联合创始人之一查德·赫尔利的话："好莱坞总是能够给我们带来伟大的作品，但是业余爱好者也能够制作出同样有趣的视频——只需要花两分钟。"

第十七章　新媒体，新机遇

有很多电视剧是专门为了在网络上发行而创作的。《折翼圣使》（www.brokensaints.com）便是率先在网络上发行的电视剧之一。该电视剧根据一部漫画小说改编，剧集长短不一，共24集。它讲述了4个陌生人在接收到神秘讯息后，开始承担拯救世界这一重大使命的故事。该剧为这个同名网站吸引了5 000万次的访问量，之后还发行了这部电视剧的光碟。该光碟首期便售出了1万张，接下来又发行了一个4张光碟的套装版本。

《例汤》（www.zabberbox.com）是另外一个例子。该剧是一部34集的浪漫喜剧，单个剧集的长度为3~8分钟。大约有600万人观看过这部电视剧的前19集，之后该剧也发行了视频光盘。

还有一部类似的电视剧《游民》，它讲述了3个合住在一起的年轻女孩的故事，她们一边在纽约的一家广告公司做临时工，一边期待着有朝一日在演艺圈名利双收。这部电视剧每天播放一段时长为5分钟的片段，周末集中播放。第一季共有15集。该剧由Phoebeworks Productions出品，他们雇了4位作家来进行创作。

艾美奖现在为新媒体节目专设了一个奖项（《游民》最先获此荣誉），这让此领域的创作名正言顺。记者克里斯蒂·泰勒这样写道：

> 自从有线电视问世，作家们都将有机会获得该产业中最负声望的领导者们的认可；同时他们也能为构建跨媒体叙述故事的方式贡献力量。

《陌生人的冒险》（www.strangeradventures.com）也是该领域的一个竞争者。它是由Riddle Productions发行的一个有故事情节的互动式游戏。在作家商店网站上，Riddle公司的发展总监里奇·所罗门透露，他们公司既聘用了有经验的作家，也雇用新手作家。他还说：

> 互联网节目并没有传统的故事片或电视节目中所有的准入门

槛。新手作家有更大机会在这个领域闯出一片天地，他们可以完全依靠自己的天赋而非在这个行业中的人脉关系。

联合经纪公司成立了一个网络部门，专门负责寻找能进行互联网节目创作的新秀，因此成为首家注意到该领域的主要经纪公司（其他几家经纪公司也纷纷照做）。布兰特·温斯坦，联合经纪公司网络部门的主管，在接受《纽约时报》采访时曾经说道："这个领域的准入门槛很低，以至于现在每个人都有可能成为艺术家。"

利用手机和平板电脑

另外一个竞争较为激烈的领域便是人们可以通过应用程序在他们的手机和诸如 iPad 的平板电脑上阅读的材料。到目前为止，应用程序领域最大的赢家是游戏、新闻、信息和社交媒体客户端，然而戏剧和搞笑视频也很有可能突出重围。人们在电脑上和移动设备上所能看到的内容已经没有什么差别了，同时网络内容越来越多地在电视上播映则进一步模糊了它们之间的界限。许多专家都认为，移动设备的普及和在电视上收看网络视频将会是未来十年中对信息传播形式影响最为重要的因素。

即使你很乐意为传统的电视节目进行创作，你也不得不考虑一下所有现存媒体的影响。罗伯特·考克安，全球热播电视剧《反恐 24 小时》的联合创作者之一，说道：

> 你绝对不能让他人感到厌倦，所以最好加快故事情节的发展，同时还要利用情节的转折起伏来吸引住观众。制片人不会这样告诉自己："手机和 iPod 上面有大量的两分钟短剧，我们必须和它们竞争。"但是这种想法却以一种不易察觉的方式改变了我们的做事方式。

第十七章　新媒体，新机遇

新媒体对出版业的影响

数量众多的消费者已经从平面媒体转向了新媒体。1982年，伦敦市共有14种晚报类报纸，而如今却只剩下一家。1960年，80%的美国人都会浏览日报，而如今这个比例大概只剩50%，并且还在急剧下降。消费者手中的钱去向何方自然由他们自己决定，而通过手机、笔记本电脑登录互联网正成为他们的选择。目前，许多网络上的内容还都是来源于纸质出版物，而人们不论是对于文本还是多媒体形式的原创作品的需求却变得越来越强烈了。

许多杂志也因广告商和读者的流失受到重创，然而通过iPad和其他数码产品来发行这些刊物的数字版本正在弥补它们的销售不足。

所有这些变化的原则便是：那些能够以不同方式为多种媒介创作故事的作家将会成为最后的赢家。不管媒体未来发展如何，内容为王是不变的，但是作家必须能够灵活变通。

自费出版的选择

自费出版已经存在了很长一段时间，然而在过去的十年中它却经历了翻天覆地的变化。过去，它也曾被称为"虚荣出版"，名声不佳。通常来说，"虚荣出版"指的是找不到出版商来出版自己的作品，于是作家付钱给一家出版商，让其为自己印刷1 000册的作品，然后将这些作品自购回家贮藏于自家的车库里。偶尔他会从中拿出几本送给亲朋好友，也会卖掉几本，但其余的作品便会一直堆在车库里，直到某一天他妻子命令他将它们统统丢掉为止。然而，即使在自费出版还在声名狼藉的阶段，也有一些人通过这种方式取得了令人惊喜的成功。例如，《塞莱斯廷预言》最初是由詹姆斯·雷德菲尔德自费出版的，由罗伯特·T·清崎和莎伦·L·莱希特两人合著的《富爸爸，穷爸爸》也是由他们自费出版的，这样的例子还有最早版本的《心灵鸡汤》。这些作品后来都被正规的出版商购买，获得了举世瞩目的成就。

当然，你也可以走虚荣出版的老套路。如果你善于推销，那么先印上几千本，自己卖掉也是不错的选择。尤其是当你可以直接和图书印刷商打交道，而不是和总想向你收取各种费用的虚荣出版商打交道的时候。比如说虚荣出版商会让你支付图文设计费，结果封面却设计得很糟糕；或者让你为图书的宣传买单，而到头来他们所做的却只是发了几份没有人会看的新闻通稿。

数字印刷和自动装订技术的问世让我们又多了一种选择：按需印刷。提供这项服务最有名的一家网站是 lulu.com，该网站由鲍伯·杨创办，而他也是布鲁克奖的设立者。你可以把你的书稿上传至这个网站，哪怕只有一份订单，lulu 网站也会将其印刷后将图书派发出去。这个网站将依据书稿的长度、尺寸以及是否需要彩印来设定一个最低价格，你可以自行决定愿意以高出这个成本价多少的价格来出售——差别将主要体现在你的收益上。亚马逊集团公司旗下的 Createspace 的运作模式与此相似（具体可见网站 createspace.com）。能提供这种服务的还有安东尼·罗出版公司。约翰·霍华德所著的儿童小说《奇塔克的钥匙》正是通过该出版机构自费出版的。在决定自费出版之前，他共收到了大约三十封来自文学经纪人和传统出版社的退稿信。他带着自己的书走访了 40 家学校，来自老师和孩子们的热情让他相信自己的书肯定是有卖点的。他将该书自费出版后，最终 W. H. 史密斯以及水石书店都决定把这本书上架销售。顺便说一下，安东尼·罗出版公司有一份非常有用的按需印刷指南，你可以从 www.uk.cpibooks.com 这个网站免费下载。

第十七章 新媒体，新机遇

提供按需出版服务的出版商通常会提供额外的服务，例如编辑、封面设计以及协助销售等。在你为以上这些服务埋单之前，最好先仔细地看一下这家出版社已经出版的图书，你也可以联系几个使用过这些服务的作家，看他们是否觉得物有所值。你也可以使用谷歌或者是别的搜索引擎来了解一下有关你正在考虑的这家出版商的使用者评价和使用报告等。

在出版界的自费出版领域，还有一种被称为"津贴出版"的方式，也就是出版商将和你分担图书的出版、营销以及市场推广等费用，并且将和你分享所获收益，不管该书是批量印刷也好，或者是按需印刷也罢。很不幸的是，大多数情况下，津贴出版事实上只是改头换面的虚荣出版而已。在整个过程中，他们所做的贡献是寥寥无几的。所以，我想再次提醒大家，在签下任何合同之前，先做一番调查研究。

通常，以按需印刷方式来出版的图书，其利润空间不会像批量印刷的书籍那样大；然而，与此同时，你也不必害怕来自伴侣的威胁：如果你再不把车库里那些已经发霉却还没有卖掉的书清理掉的话，她便一把火把车库给烧掉。

如果你想出版精装本（而非电子书），我建议你先去找能够提供按需出版服务的出版商，看一看你的书会得到何种评价。一定要确保在合同条文中约定你所出版的书籍的版权和出版所需的所有文档都归你所有。要是该书畅销的话，你要么去找一个哪怕是曾经拒绝过你的传统出版商将其出版，要么一次性印刷几千本，然后继续由自己来售卖。

对于自费出版的作家来说，他们所面临的最大挑战便是为自己的书找到读者。大多数的连锁书店都不会上架销售自费出版的图书，同时大多数的出版机构也不会对这些书做出评价（尽管就像你在前文中所看到的，也有例外：你可以把自费出版的书放在亚马逊网站上销售）。此外，博德斯集团（美国第二大连锁书店，编者注）的破产也让我们看到连锁书店的生存困难。尽管对于独立书店来说，可能还有那么一丝丝令人振奋的能够存活下来的希望。这也就意味着，你必须在常规的销售渠道之外找到其他有效的营销策略。你可以再看一下本书中有关推销自己作品的那两个章节来找一找灵感。

考虑电子书

在过去的 50 年里，出版界最让人惊奇和有纪念意义的发展便是电子书的快速崛起。在亚马逊网站上，电子书以较快的速度相继超越了精装书和平装书的销量。随着越来越多的人购买了 iPad 以及类似的平板电脑，这种趋势将更加势不可挡。

我相信你肯定知道，在有人把电子书下载在电脑上阅读或是打印出来之前，它是以数字文档的形式存储的。你可以使用如微软的文本编辑程序来写书，然后再以 PDF 文件格式将其存储下来。在其中插入表格和图片非常容易，文档也可以是任意长度。如果你是在自己的网站上直接售卖电子书的话，你可以使用贝宝或信用卡等方式向人们收取下载的费用，而这个定价完全由你说了算。有些电子书可以卖到几百英镑或是几百美元，尽管很多电子书与传统的纸质书相比都要短一些。当然，亚马逊以及巴诺（美国最大的实体书店，编者注）还有其他一些网站也都出售已经出版了的图书的电子版本。如今，当你和一家传统的出版商签订合同时，合同文本中都会有条款规定出版商有权利出版该书的电子版本，而有关你对于该书的电子版本的版税问题也会有明文规定。很重要的一点便是要弄清楚以这种形式出版的电子书和你个人自费出版的电子书之间的区别。

正是 iPad 和其他平板电脑的风行才让以 Kindle 和别的阅读格式

的电子书取得了真正的成功。如今，图书购买者很少会把他们购置的电子书打印出来，顶多就是在自己的平板电脑或手机上阅读。那些已经不再印刷的图书也能够以电子书的形式继续存在，而图书的数字化也使我们很容易就可以对其内容进入更新或修订。

而对于电子书的购买者来说，好处便是：他们只需要在你的个人网站或是图书销售商的网站上点击"购买"键，几乎同时便能够得到这本书。对作家来说的好处便是：如果你直接将图书出售给读者的话，你的收入几乎是纯利。除了必需的网站维护费用，以及在网站上创建购物车和向贝宝或其他支付服务商交纳一定的手续费之外，你便再也没有任何其他花销了。对比传统的出版方式，那时你只能得到封底印刷定价的10%~15%来作为你的分成；而对于你自己直接出售的电子书来说，你能净赚90%左右。此外，如果电子书由出版商来销售的话，目前就其定价及佣金水平等，业界还没有一定的标准。就目前来看，13~15美元这个定价区间大概会成为一个标准。另外，目前作家从出版商处所能得到的电子版版税比例也还没有统一，尽管多数出版商都会按照25%的比例来支付。

如果你通过Smashwords出版了一部原创图书的话，你将能够得到该网站（www.smashwords.com），或者是苹果、巴诺、索尼以及科博等网站所售出该书的销售额的85%作为你的收益。Smashwords提供免费的出版服务，并且操作简单——该网站拥有逾万名作家以及两万本原创图书。如果你打算通过已有的销售渠道而不是通过自己的网站来出版、销售电子书的话，这里将是一个不错的选择。

价格困境

约翰·洛克是首位在Kindle上销售了上百万册小说的非知名作

家。他之所以能取得这样的成就，是因为他的小说在最初时的定价仅为99美分，并且他还花费了很大的力气在推特、脸谱以及其他社交网站上大力推销。他的想法是这样的：大多数人都会愿意尝试花99美分去购买一个他们从未听说过的作家的作品，而那些喜欢他第一本书的人，也都会愿意去买他的第二本（他的策略的一部分便是在开始出售自己的首部小说之前，事先准备几个书名，这样他便能够很快吸引粉丝们的注意）。

很多作家都在模仿洛克的模式，但是该做法也引发了这样的疑问：我们这样做，是不是会让读者们有固定的期待，即所有的小说都应该这样廉价——或者至少，新作家所写的小说都应该如此。

如果真想体验电子书的话，最好的办法便是买上几本。你可以通过亚马逊、巴诺以及很多别的图书销售商来购买它们。我在www.timetowrite.com网站上也提供了《适合作家和其他富有创造力人群的时间管理模式》的PDF格式的电子书。当然，一旦人们下载了你转换成PDF格式的电子书，他们便能够很容易地和朋友们分享下载信息或者是该文档本身。你可以把下载期限限定为一天或是一周，这样在到期后该下载链接便会失效。你也可以设置一个PDF文档的密码，通过这种方式，当有人想打开这本书时，他都不得不输入密码，这样一来，如果人们想要分享文档的话，他们便得多动动手指头才行。但是，我所持的态度是这样的：大多数人都是讲诚信的，而对于不讲诚信的人来说，他们总能找到方法来入侵你的系统。

如果你的材料不够写成一本书的话，你也可以制作电子小册子或者是音频和视频材料。在我的个人网站上，我以较低的价格提供了一些简短的报告。电子书和音频材料的价格就稍高一点了，而诸如CD和DVD等多媒体节目的价格更高一些。所有这些都是摆在作家面前的新选择，而这些选择拓宽了我们的能力范围，让我们在向他人提供

第十七章 新媒体，新机遇

信息和娱乐的时候，享有了较之以前更多的控制力。

游戏领域的机遇

"开心农场"是大型的多玩家网络游戏中较为成功的一个范例。该游戏中包括有很多小的分支，如角色扮演、真人模拟射击、实时战略、管理游戏等。这些不同的游戏所要求的故事量也有所不同（就故事发展而非编码角度而言）。苹果手机和使用安卓系统的手机的流行也让这类游戏开始风靡。为了让你对它们的风靡程度有个概念，我来列举几个数字：在 2010 年，"开心农场"游戏拥有 12 800 万活跃玩家，而每天在线的玩家数量高达 2 300 万。另外一个非常受欢迎的游戏是"魔兽世界"，每月大概有 1 100 万人注册来玩这个游戏。

游戏世界也开始拓展至新的领域，对于作家而言，这代表着新的市场机会。美国科学家联盟已经呼吁政府来资助研究，将游戏应用于教育。娱乐软件协会会长道格·洛温斯坦曾经说过："如果我们不想办法开发互动式游戏对我们的孩子进行教育的话，我们肯定是疯了。"洛温斯坦列举了这样的事实：美国年龄介于 10～13 岁人群的数量将很快达到 7 500 万人，这个群体是伴随着电子游戏成长起来的，如果我们的游戏能够在提倡娱乐的同时，又教授他们知识的话，受益的将是一个庞大的群体。

"大脑训练"游戏便是这样一个以学习为目的的游戏，该游戏是任天堂游戏制作公司为突破传统市场而开发的新游戏之一。"大脑训练"游戏以川岛隆太博士所著的《训练你的大脑》一书为基础，同时该游戏也代表了任天堂致力于开发非高端画质的游戏的努力。据《商业周刊在线》报道，索尼公司也正在"不辞辛劳地游说开发商们，让他们相信即使不依靠大量的投入，他们也能够从游戏发展战略中赢利。"

这也就是说，即使是对于没有一定技术天赋的作家来说，游戏领域也很可能会有不错的前景。在任何情况下，千万不要让技术把你给吓跑了。你并不需要在理解所有这些媒介的技术层面后才能够为其提供内容，就像你并不需要理解汽车引擎的工作原理后才能学习驾驶一样。是的，有一定的基础肯定会对你有所帮助，但是你并不一定非要在成为"技术通"之后才为新媒体进行写作。由此，我们从以上所有得出的结论便是：对于那些有强大吸引力的作品来说，传统的销售方式依然存在，然而新媒体却首次为作家们提供了能够接触到特定人群的便捷方式。并且，这不一定就意味着依赖新媒体来阅读的读者所给予我们的回报会很少，下面的故事将就这一点进行阐述。

跨媒体的兴起

我们已经研究了许多独立的材料传播渠道，但是"跨媒体"却是当下无法回避的热门领域。跨媒体指的是故事或节目等通过多种媒体渠道来传播，以给消费者带来不同的感受。

从最基本的来说，一档电视剧集通常都会有属于自己的网站。观众可以在这个网站上找到更多相关角色的信息。每个角色也都有他们自己的脸谱或推特社交网页。这个网站也可能会设立一个论坛，以供粉丝们来讨论最新的剧情发展。更进一步的做法是给这些观众提供一些特供网络的迷你短片，通过这些短片，观众们可以了解到本季片子的最初筹备工作以及在每季之间的过渡期都发生了哪些事情。

跨媒体还可以做到让观众以某种方式积极参与集中。例如，让他们来投票决定剧情是否有可能发生某个转折，或者某个角色在下一季的剧情中是否应该承担更有意义的故事线。有时观众还可以自己拍摄视频，然后把它们上传至这个网站以供点播。网站也可以为观众提供一些他们能够参与其中的游戏，甚至可以现场直播。

我刚刚是以电视剧为例做了一定的介绍，当然，电影、戏剧、游戏或者是别的产品，如图书等都可以使用这种方法来进行推广。跨媒体的组合只有你想象不到的，没有实现不了的。例如，电影制作人齐克·齐尔克通过在批发商店售卖特制的T恤衫来宣传自己的影片。他所售卖的T恤衫上都带有一个标签，上面绘制了他所拍电影的链接。购买了T恤衫的顾客可以通过这个链接免费在网上观看他的影片。据他称，他售卖T恤衫所获得的收益要高于他的影片下载所得。

加强版电子书

跨媒体是以"加强版电子书"的形式进入到出版界的。这种电子书里面包含音频视频材料、网站链接，还有可能会提供给读者与图书作者或是书中主角进行交流互动的链接。

对于某些非虚构作品而言，这种做法颇为可行。以烹饪类图书为例，观看有关如何做某道菜的一个视频短片，肯定会对实际操作有所帮助。有一本有关太阳系的加强版电子书在几周之内便收回了其制作成本。我现在正在写一部有关剧本创作的加强版电子书。这本书将包含一些电影片段，以及对一些编剧、制片商和经纪人的专访视频。相关的网站将会给读者们提供一定的机会，让他们来分享自己一直以来最喜欢的影片对白。同时网站还会为读者自己拍摄的微电影提供平台，并让他们参加现场直播的远程讨论会和视频制作等。

另外一部大获成功的加强版电子书便是T.S.艾略特的诗歌《荒原》。这部电子书包含了以下内容：女演员菲奥娜·肖朗诵这首诗歌的视频（该视频是专门为了这部电子书而摄制的，同时音频和文本材料完全同步）；艾略特自己以及亚力克·基尼斯和泰德·休斯等朗诵该诗歌的音频材料；35位专家接受视频采访来探讨该诗歌的影响；诗歌原稿的一些镜头，从中我们可以感受到埃兹拉·庞德的影响。

截至作者撰写本书，还没有一部虚构类的加强版电子书获得类似的成功。我们能够轻易地做出这样的设想：一部加强版虚构类电子书能够让我们重新审视一部经典著作，同时它还对作品创作的年代进行了大量的描述，此外，对于作者生平的介绍也能够很好地吸引读者。当然，如何能把这种方法应用到新的创作上仍然是一个很大的挑战。

跨媒体是未来的发展趋势吗？

很多问题有待解决：

● 究竟有多大比例的消费者不满足于单一的观赏或阅读，而愿意参与其中？

● 即使他们有参与的意愿，他们又有多少时间能够参与到作品当中去呢？

● 对于作家和制片商而言，他们又愿意从多大程度上交出自己的控制权呢？

● 你因此多赢得的读者或观众能否弥补成本？

如果能够在未来的几年内找到这些问题的答案将会令人非常欣喜。请登录www.yourwritingcoach.com网站去看一看该领域的最新发展。

机遇就在前方：来自动画界的灵感

发生在艺术领域的一个故事告诉我们：如果没有互联网的出现，

第十七章　新媒体，新机遇

一个人取得目前的伟大成就是多么的不可能。你将会发现，这样的成功需要富有创造力的激情与技巧，再加上好运的宠幸。

故事发生在2000年，英国艺术家贾奎依·劳森制作了一张精美的动画贺卡，然后发送给几个朋友，之后她便去澳大利亚度了三周假。等她回到英国后，她的收件箱里一共收到了1 600封电子邮件。因为她的朋友们把她送的贺卡转发给了别的朋友，而这些朋友们出于喜爱，又把贺卡转发给了其他朋友……由于贺卡上留有贾奎依·劳森的电子邮件地址，所以现在这些人都想知道她是否还有别的贺卡。于是她决定用这个点子来做生意。现在，你只要每年支付12美元（在英国的定价为7.25英镑）便可以任意发送她所设计的所有贺卡，其总量现在有165张。我能够查到的最新数据是，根据《纽约时报》2006年的报道，她拥有五十多万的注册会员。你计算了吗？对于一个只有5个人规模的公司来说，它每年的收益大约为600万美元。她的贺卡总量的70%会不断更新，同时她也为自己不用在网站上发布广告而自豪。如果你想看一看这些贺卡什么样，可以登录她的网站www.jacquielawson.com。如果你知道她是一位已过退休年龄的老妇人，并且从来没有过任何互联网从业经验的话，你一定能够明白这个道理：每个人都拥有机遇。

教育领域

两位来自伦敦的教师率先想到通过设立播客复习课程的方法，来帮助学生们准备商科考试。据伦敦《标准晚报》报道，这两位教师是在看到很多学生都购买了iPod或各式MP3播放器之后，才想到了这个主意。他们撰写教材，找人朗读，由他们自己录制并完成剪辑。之后，他们便将这套教师用光盘和20张学生用光盘卖给学校或者直接出售给学生。他们最初从商务课程起步，后来又增加了一些别的科目。这是很明智的想法——也许对于作家们来说这将是一个全新的市场。

旧爱回归

短篇故事似乎是一门几近消失的艺术形式，但是手机的广告应用很有可能会让它起死回生。一位名叫吉的日本青年作家，在东京的地铁站外面向过往的年轻女孩发放了近 2 000 份传单，借此来宣传自己的故事《深爱》。这个故事原本刊登在他自己创办的一个手机网站上，他设定了这样的模式——阅读文章是否付费全凭自愿。面临手机网站的文本承载量仅 1 600 字的限制，他用生动形象而又浅显易懂的语言描述了一个充满色情和暴力的故事。读者群面向那些通常不会花时间来看书的人。经过了三年的时间，他的网站点击量累计高达 2 000 万次，之后他所写的故事得以以传统形式出版，并且销售了 260 万册。吉继续他的写作生涯，后来又亲自执导了根据这篇故事而拍摄的电影，还据此继续制作了一档电视节目和日式的喜剧图书。然而他最初花在其所派发的传单和个人网站上的投资又有多少呢？1 000 美元。

出价最高者拍得物品

有抱负的英国词作者乔纳森·哈兹尔登想到了一个新颖而卓富成效的赚钱办法，他在 eBay 网站花了四个月的时间来销售自己的歌词。他把自己所写的歌曲中的歌词卖给个人或者公司，而他们也能够从中获得一定的版税分成。从他这里购买过歌词的公司包括 TGI 星期五餐厅、泰勒吉他、杜莎集团以及捷克百威啤酒等。一位来自美国的买家

第十七章 新媒体，新机遇

花 21 700 美元购得了这句歌词："当你迷路时，我将再次找到你。"

作品的内容依旧是王道

有些时候，新技术很容易让我们眼花缭乱，进而让我们忽略了最根本的事实：技术改变了内容的发布方式，然而如果没有内容，我们将没有任何东西可以发布。杰夫·伯格，顶尖经纪公司 ICM 的主席，在沃顿商学院本科生的媒体娱乐俱乐部的一次会议上曾经这样说："这些都将是我们需要进军的新兴市场。"同时他还指出，如今的消费者每周大约会有 35～40 个小时沉溺于各种媒体，包括电视、音乐以及游戏等等。新媒体的出现也给陈旧的内容赋予了新的价值，因为它们可以借此重新进入市场。例如，我发现一家网站正在重播名为《恐怖时刻》的广播剧，而这个剧集是我早在 30 年前刚刚出道的时候编写的（很遗憾当时的合同没有涉及日后的版税问题）。

有关人们是否应该从新媒体上赚钱以及如何赚钱的争论有很多：按观看次数收费、通过广告植入、会员注册，等等。显然，盗版不管是对于音乐还是电影行业都已经造成了严重的影响，而对于图书行业来说，盗版行为也呈现增长的趋势，这是一个亟待解决的问题。从 iTunes 的成功我们可以做出这样的判断：如果你的定价机制比较合理，同时又能方便人们购买的话，看起来很多人都会愿意为之付费。我承认当我表明这样的观点时，我的一些同行们肯定会认为我对于人的本性的理解有点盲目乐观。即使我对于人们会愿意付钱购买便捷产品的论断有失偏颇，我仍然有信心去相信，聪明的作家足够灵活变通，他们总能找到进军新市场的方式，同时也能开发出切实带来收益的新模式。

如果你想加入进来，请行动！

如果你想加入进来，共享这些创作机遇，你必须了解这些新媒体是什么、它们的运作方式以及应用范围。这就意味着你需要全身心地投入其中。例如，如果你打算为一家游戏平台编写游戏（如网络游戏、索尼旗下的 Playstation、X-Box 游戏或者是智能手机或平板电脑的应用程序，等等），你需要自己去玩这些游戏，去读相关领域的商业期刊，如果有可能的话，你还应该去参加有关游戏行业的会议。通过这样的方式，你将会发现哪些公司最为活跃，了解他们雇用自由作家或者是有编制的作家的相关政策，你还能够掌握正确的游戏编写格式，以及所有其他你所需要进军这个领域的特定信息。

如果你打算为网站写东西的话，你就得对互联网进行相关的研究。你需要找出哪些网站或服务机构会为内容付费，然后你还需要了解什么样的写作风格能够在网络上走俏。一定要警惕那些需要你支付"注册费用"的网站，他们往往会做出这样的承诺：如果你为他们写作，将来肯定能够赚大钱。有几家这样的诈骗网站已经被曝光，但可能还有一些通过某种方式继续运作。如果你找到了一家你愿意与之合作的网站的话，和网站的所有人取得联系，看看他们是否对你有意。在这个领域，目前并没有很多正规的应聘或者获得工作机会的渠道，所以一定要大胆。

要留意那些出版跨媒体作品的公司，以及出版加强版电子书的出版商。和他们进行沟通，看看他们是否愿意接受新的观点。考虑到事物变化快，你不能只是坐下来，然后静候天上掉馅饼的好事。你需要走出去，去寻找机遇或是创造机会。

第十七章　新媒体，新机遇

你有自己的网站吗？

几年前的一项调查表明：近60％的作家都拥有自己的网站。现在这个比例可能会更高，然而，该比例本该高达100％——当今社会拥有一个自己的网站犹如拥有一张名片。

值得一提的是资深作家和主播克莱夫·詹姆士的网站。几年前，他创建了www.clivejames.com网站，他称其为"宇宙空间站和大学校园之间"。在这个网站上，你能够找到以文本、音频和视频形式来呈现的他的作品、照片以及由詹姆士和其他人撰写的诗歌。正如他所说，这个网站仅仅是他工作内容的一部分整合，尽管现在他已经较少现身主流广播电视节目。当他同意为通过卫星和有线电视播放的星空艺术频道主持系列采访节目时，他保留了可以把这些采访内容同步在网站上的权利。在接受《卫报》采访时，他说道：

> 我从他们那里挣到了一笔钱——数额并不大，我还可以通过转卖的方式赚钱，譬如卖给一家名为Ovation的澳大利亚电视频道。之后我还可以将其卖给《华盛顿邮报》旗下的电子杂志Slate，它也想使用这些材料。

有些作家拥有不止一个网站。我有一个和本书配套的网站，还有一个特别关注创造力人群的时间管理模式的网站www.timetowrite.com以及另外一个地址为www.ScreenWritingSuccess.com的网站，这个网站的关注重点恰如其名。当然，这些网站能够起到彼此促进的作用。如果你的写作种类多样，或者你所组织的写作相关活动也呈多样化的话，那么为你的每一个奋斗目标都建立一个网站的做法是可行的。

如果你已经通过传统的方式出版过图书的话，你可以通过自己的网站直接销售这些书，或者你也可以提供链接，直接转入亚马逊和其他在线图书销售商的销售网页。如果你参与了这些图书销售商的会员计划，那么每次有人通过你的个人网站提供的链接转至亚马逊或是其他图书销售商的网站上购买了图书的话，你还可以得到一小笔佣金（在应得版税之外）。如果你有电子书，你也可以在自己的网站上提供这些书的下载服务。在网站上设立一个电子账户以方便访问者为其所购的物品付款。以贝宝为例，设立账户相当简单，你可以登录www.paypal.com 查阅相关信息。

个人网站并不一定要走时髦路线。如果你想自己建网站的话，你会发现大多数的托管网站都为你提供了简单易操作的模板。这些模板可以加载你作品的范本、一段简短的个人介绍等，更重要的是，可以为那些想和你取得联系的人提供联络信息。如果你想在自己的网站上出售东西的话，那么在你的网站上添加一个购物车和支付工具也不难操作。

最简单易用的模板便是 Wordpress，它有两种版本：一种版本是由 Wordpress 提供托管服务，另一种版本则是由你指定的托管网站负责运营维护。如果你想了解更多的信息，并对这两者进行比较的话，请分别登录 www.wordpress.com 和 www.wordpress.org 这两个网站进行查看。我个人推荐后一种，因为这个版本赋予了你较多的灵活性。但是前者却更容易建立，尤其是对于那些没有什么技术基础的人来说，不至于特别难上手。两种版本都是免费的（然而如果你使用 Wordpress.org 的话，你需要为自己指定的托管网站付费），同时这两种版本都是以博客的模式创建的。由于提供了种类繁多的主题和插件，其完全可以被当作配置完备的网站使用。

第十七章 新媒体，新机遇

你在写博客吗？

目前来看，似乎每个人都拥有自己的博客，其实博客就是网络日志。据说，每一秒钟都会有一个新的博客建立。这可能有点言过其实了，因为该数字所指的是多少人创建了自己的博客，而不是有多少人活跃于此。尽管如此，博客的现有数量仍然是相当庞大的（我的博客地址是 www.timetowrite.blogs.com 和 www.ScreenWritingSuccess.com）。建立和维护自己的博客很简单，并且很多博客都是免费的。问题是，博客对于职业作家真的有用吗？答案是，有的时候会有用。

每两年评选一次的布鲁克奖便是专门奖励那些以博客文章为来源的作品的。2006 年，32 岁的纽约人朱莉·鲍威尔赢得了布鲁克奖。她用自己的博客记录了自己尝试做由名厨朱莉娅·查尔德在 1961 年编写的《掌握烹饪法国菜的艺术》一书中的所有 524 道菜式的经历。鲍威尔在博客中分享了自己关于烹饪、爱情和生活的思考。之后她将自己的博客集结成书，书名为《朱莉和朱莉娅：365 天，524 道菜和一间狭小厨房的公寓》。这本书由企鹅图书公司出版，销量逾十万册。在接受《卫报》采访时，鲍威尔评价道，是博客开启了她的写作事业：

> 在我开始用博客进行记录之前，我完全不知道其为何物。但是这种媒体让我得到了真正的解放，并且激励我坚持自己的工作，而不需要纠结于一些细节。

博客可以让它的读者做出评论并且提出建议，而这些都很有用。鲍威尔说道：

> 博客的群体性以及与他人的交流让我一直都能以诚待人，让

我能够坚持写作，摆脱习惯性的自我厌倦行为。

设立了布鲁克奖的美国企业家鲍伯·杨做出了这样的评论："布鲁克（源自于博客的作品）是新式的图书——它是前沿文学和尖端技术的混合产物。"在最近一年里，百余位博主都达成了图书出版的交易。

在 FastCompany.com 网站上，莱斯丽·泰勒写道："博客具有革命性的意义——它能够将你引上新的事业道路，为你达成一本书的出版交易，或者是让你快速进入自己梦寐以求的境地。"她还引用了一个名为"蜂鸣器"的媒体新闻博客的博主杰夫·贾维斯的一段话：

> 我放弃了自己在企业中的工作，投身到咨询、讨论和报道中来。所有这些都是我通过博客积累起来的声誉所带来的……人们完全可以通过这种方式去发现有天赋的人才。有人曾经这样对我说过：如果不看一下作家们的博客，他们肯定不会向（某位作家）抛出橄榄枝。

拥有一个受欢迎的博客不仅有助于你引导人们去登录你的个人网站，像之前提到过的，你也可以借此销售自己的图书或别的产品。在我的博客上，我提供了一些写作技巧，并且转发了一些我在阅读过程中看到的和写作相关的趣闻，同时我还添加了一些东西以供销售。我也会简短地介绍一些有关动画电影的相关信息，同时也会提供登记表格，人们可以注册申请得到我每月免费提供的有关创造力和专注力的电子期刊。

当你创建自己的博客时，谨记有这样两个因素能影响人们对你的关注度：一是你所提供的内容是否会让他们觉得有用；二是你的个性。千万要避免犯这样的错误：认为你的博客应该保持中立、具有权威性或者公平性。你只是一个个体，就让你的博客如你本人一样闪烁

第十七章　新媒体，新机遇

着独特光芒吧！

博客条目可以是任意长度的，但是明智的做法是把它们分割成较小的文本框，理想的长度是每个文本框均不超过 500 字。在电脑屏幕上阅读材料是很费劲的事情，因此人们会倾向于欣赏段落小巧的文章。如果你发布的几篇博客都是有关同一主题的话，你可以给它们加上这样的标题"第一部分"、"第二部分"，等等。

如果你引用了文章或是材料，一定要注明出处。版权问题概莫能外。你可以引用文章或书中的某一小段文字，用来对其原文或原著进行说明。但是如果你想大段引用的话，一定要首先获得作者的许可。在很多时候，如果你能够注明出处并且为其个人网站提供链接的话，作家们都会很高兴自己的文章被引用的。

你可以允许或禁止他人对你所发布的博客进行评论。一般说来，允许他人评价将会是个不错的选择。因为，这样的方式会让你的博客更有趣味性，并且能够让读者感到他们不只是在阅读，还可以参与其中。

很多博客网站都可以让你在几分钟之内建立一个属于自己的博客。我使用的网站是 Wordpress.org 和 typepad.com，大多数人都强烈推荐使用前一个网站。

播客的力量

播客就像是小型的电台，你在录制一个片段之后可以将其上传至互联网。你所需要的设备仅仅是一个麦克风、一套录音软件（该软件可以从 audacity.com 网站上免费下载）和一台电脑而已。之后你便可以把自己录制的内容上传至一个托管网站，以供人们收听。如果他们进行过登记注册，以后每当你有内容更新时，他们便会得到通知。最好的托管网站之一便是 iTunes，该网站由苹果公司运营，但是它也可以托管由微软软件制作而成的播客材料。

想要了解博客资源有多丰富，你可以登录 iTunes.com 网站，然后点击播客这一类别。你将能看到不计其数的主题分类和播客样本，应有尽有。大部分播客资源是免费的，但是也有为数不多的资源是需要付费使用的。在这个网站上，你可以找到由我提供的"你的写作教练"这一播客资源。你可以收听已有的播客内容，注册会员后，如果我有更新，你便可以收到更新后的播客资源。

播客可以涉及任何话题、涵盖任何内容，除了有版权归属问题的材料之外。播客可以是任意长度，也可以以任何你喜欢的频率出现。大多数播客的长度为 15 分钟至 1 小时，更新的频率为每周一次或每月一次。人们通过 iPod 或其他 MP3 播放器、iPad 或其他平板电脑，抑或是在自己的电脑上或是借助于车载音响系统来收听这些内容。

如果你拥有一台苹果 Mac 电脑，你可以轻易地使用 GarageBand（价格便宜的 iLife 套装软件中的数码音乐创作软件）来制作自己的播客。这个软件可以调整成播客的模式，并且能够让你很容易地录制下自己的声音，为之添加片花以及背景音乐（这些音乐包含在软件中，没有版权费用），同时你还可以对你所录制的材料进行编辑。

很多人之所以犹豫不决要不要建立自己的播客，是因为他们觉得自己的嗓音不够好，不适合录制电台节目。让自己听起来像是一位完美的电台主播并不十分必要，人们真正关注的是播客的内容和播音者的个性是否得到了完美地体现，就像是他们在浏览博客时一样。如果这两种因素都具备了的话，人们便不会在乎声音不够完美和制作的稍显粗糙。事实上，在我看来，如果你听起来不像那些训练有素的电台主播的话，将会对自己有利。

为了让人们兴趣不减，你可以把播客内容分割成小段的音频文

第十七章 新媒体，新机遇

件，就像是把大段的文本内容进行切割一样。对于音频文件来说，你可以通过添加声音效果或者小段的音乐来制造多样性。你可以制作对他人进行采访的播客，也可以让朋友或者同事读一小段材料。有的播客讲述的是一份测试题，而有的则具有互动性特点，人们可以通过用电子邮件发送答案来赢得奖品，或者得到在下一期的播客节目中被提及名字的机会。这不失为让人们持续关注下一期节目的有效办法。就像博客一样，一定要确保你的播客尽显个性。

除了作为一种创造性的表达方式以外，制作播客还有别的用途吗？有些人会在相关的网站上发布广告，但是对于大多数人来说，这并不是他们收入的主要来源。播客所带来的好处类似于博客：你可以接触到更多的人，在你自己的领域获得信任，同时从自己的听众那里得到反馈。因为制作播客需要更多地投身其中，所以播客资源的数量要少于博客。这样的话，你所面临的竞争便会小一些，当然播客的使用人群也较之博客要少一些。

你还可以制作视频博客（有时称 vlogs），这是播客的视频版本。苹果的 iLife 套装软件又可以派上用场，因为其包含一个叫做 iMovie 的视频编辑软件。这个软件方便易用，性价比较高。你可以制作一些短片，然后将其免费上传至谷歌或 YouTube 视频网站。我已经向这些网站上传了几个动画视频，不过由于每周都会有成千上万段视频被上传至此，所以你所制作的视频在这样的网站上很容易淹没其中。另一方面，这些网站有着如此庞大的观众群体，一旦你的视频流行了起来，那么你将能接触到数量众多的人群。此外，你还可以在你上传至谷歌或者 YouTube 的视频中加入个人网站或是博客的链接，这样的话，人们就可以直接访问你的空间。通过这样的方式，你便不需要在你所使用的服务器上存储这段视频，也不需要为很多人来观看你所制作的视频所产生的费用埋单。

社交媒体

自从本书的第一版问世至今，媒体领域所发生的最大变化便是社交媒体开始占据主导，尤其是从 Myspace 手里接过了接力棒的脸谱网站，以及推特的成长和 Google+ 的出现。如同博客、播客以及其他的新媒体一样，进入社交网站的目的也是为了让人们对你所写的东西产生兴趣。在脸谱网站上，除了可以让他人了解你的个人生活之外，你还可以为自己的每一本书创建一个粉丝网页。一些小说家甚至为书中的每个主角都创建了脸谱网页。

推特能够很好地记录下你的书籍的进展，也可以记录你在研究过程中的一些趣事，还可以对你的作品进行广泛报道，或是记录下实时发生的相关事件等。你也可以在自己的书籍发行前几周或之后通过推特发布一些选自该书的引文或者节选。

我得补充一句：当你使用社交媒体时，千万不要过度推销。这里的联系是一种人与人之间的交流，而不是销售人员和客户之间的关系。另外一个建议便是请你一定要关注社交媒体的新趋势，并且尽早投身其中——因为先下手才能获得最大的利益。

满足人们的贪欲

不管是博客、播客还是社交媒体，它们的最大缺点便是耗时耗力。为了能够让自己的网站有存在的意义，你得经常对上面的内容进行更新，这在前几周让人感到趣味盎然之后将演变成严苛的日常工作。也许有那么几天或者是几周，你根本想不到有什么话要说，然而如果你没有添加新内容的话，你的读者便会转而去关注那些持续更新内容的作家们。在大多数的博客网站上，你都可以先写好文章，然后设置一个未来的时间点来发布，我建议你提前写好几篇文章。这样的话，即使有那么一周左右的时间你确实需要休整，你也能够保证网站上有新内容源源不断地出现。

另外一个选择便是和一个或者是多个志趣相投的人共建一个博客、播客或者是网站，然后排好轮流班次。举例来说，你们每个人可以每周轮流负责更新。如果采取这种方式，每个帖子都要标明作者是谁，这样才不至于让读者混淆。你们之间并不需要对于每件事情都持一致的观点，事实上，轻微的不和谐会令一个博客或者是播客更有趣。就像是对于某部影片来说，一位评论家认为其堪称佳作，而另一位则认为是烂片，这样的争议才会让影评更加有趣。

同样，你可以将自己的博客或者播客设置为允许他人评论的模式，这样做能够在你和你的粉丝之间建立起一定的联系，但是你也要准备好面对这样的情况：很多人在网络上表现得要比其本人恶劣。如果你遭受了恶毒评论的话，深吸一口气，然后有礼貌地对其进行回应。如果那些评论冒犯了你，那么你也可以将它们统统删除掉。

你的新媒体使用策略

从本章中我们清楚地看到：新媒体是真实存在的，并且将继续存在下去。你必须得做个决断，是开怀接纳、激流勇进呢，还是让他人成为领头人？作为你的写作教练，我强烈地建议你要成为前者。

那么在实践的过程中，成为前者意味着什么呢？

第一，通过阅读报纸（大多数的报纸都有每周科技之类的版块）、杂志（包括《连线》、《高成长公司》和《福布斯》）上有关新趋势及其给媒体带来的影响的文章对自己进行有关新媒体的持续教育。要经常性地查看新闻、媒体和科技网站。

第二，要掌握创建博客、播客、个人网站以及社交媒体的基本技能。如果你觉得对这些技术层面的问题没有兴趣，或是不能让你将自己的时间发挥最大作用，那就委派给他人去做，然后创建一个属于你自己的、多方面契合你正在写的这类作品的网络空间。一个简单的个人网站就足以让你进入网络空间，博客也很方便操作，以音频或视频播客或者让人们通过社交媒体来了解你，也都是很好的办法。请谨记所有这些都只有在被人看到的情况下才能产生效果，所以，请使用本书中所介绍的游击营销策略来为你的网站吸引读者和听众吧！

第三，如果你想为某种媒体进行写作，那么你需要首先成为这种媒介的积极消费者。买一些电子书，购置一台游戏机（或者是找一位乐于教你如何使用他或她的游戏机的孩子）。如果不算太破费的话，请添置一台平板电脑；学会使用你智能手机上的所有功能，同时还需要了解新的网络应用程序等。从这一点来看，上网变成了做研究（你可以把这句话告诉你的伴侣或者是你的配偶）。

第四，当你在创作一个新项目时，需要首先考虑好哪种媒体对其来说最为合适。例如，如果你要写一本书的话，那么这本书是否对传统出版商的胃口？或者是否特别适合自费出版？如果是后者的话，想想哪个是最合适的做法：批量印刷精装本？按需印刷？还是将其制作成一部电子书？

同时在一开始，你也要考虑自己是否可以将一些材料用作他途。譬如，当我在为写某本书做前期采访时，我意识到将其中的某些音频片段发布在我的播客上或许有用，于是我便有意识使用了高品质的数字录音机进行了录制。而对于我所做的视频采访，现在可以有这样的选择：将视频发布在我的个人网站上；将音频上传至我的播客；在我的博客中收录一些脚本片段。再举个例子来说：几年前，我开始撰写一本有关剧本创作的通讯,名为《好莱坞编剧》(此刊至今尚存,只是所有人更换了)。在每一期中,我都对所做的深度采访进行了介绍。之后,在我与克里·考克斯合著《高度机密:剧本创作》一书时,我得以再次使用了其中的大量资料。

最后,不管任何时候,只要你发现了可能有益于你写作的新渠道,一定要主动去接触。正如前文所提到的,新媒体的准入门槛很低,并且规则尚在形成之中。就如那位把自己的歌词拿来按单句售卖的年轻作者,或者像来自日本的那位短篇故事作家一般,你必须发挥想象力并大胆地付诸实施,才有可能得到自己意想不到的成就。

要点

- 电影、电视、报纸和杂志的内容正在以新的形式不断更新,为作家们提供了全新的机遇。
- 图书作家有若干种不同的方式可以将其作品公之于众,包括:自费出版、按需印刷和制成电子书。后两种方式因为投资较低,所以风险也较小。
- 新媒体的准入规则并不完善,因此你需要想象力丰富,大胆敢干并且能够主动出击。
- 你需要在互联网上占有一席之地,至少是拥有一个个人网站,最好拥有一个博客,或许还有音频视频播客,还要学会使用社交媒体等。
- 要想使用好新媒体,你必须和它们保持互动。

练习

- 走进一家大型电子商场,去了解一下最新的电子设备。如果你心有恐惧但是却仍然想从中受益的话,找年轻人帮你普及一下。

- 认真思考一下：本章中列举的四个案例所涉及的哪些经验和教训可以为你和你的写作所用。

- 如果你还没有个人网站的话，那么上网浏览一下别的作家的网站。记下那些你认为吸引人并且效果不错的点，然后想想你可以通过何种方式，或者是对哪些优点加以改造之后用在自己的网站上。

- 订阅来自技术和新媒体等信息网站的免费消息。

补充材料

在 www.yourwritingcoach.com 网站，进入"Chapter Bonuses"栏目，然后点击第 17 章，你将看到一个网页。这个网页综合概述了一些时事新闻，讲述如何瞄准新媒体环境下作家们面临的机遇。

写作生涯 第十八章

> 人的一生只有两个目标：其一，追求你想要的；其二，享受你所追求到的。然而只有最明智的人才能实现第二个目标。
>
> ——罗根·皮索·史密斯

如果你已经和我一起学习完了前面的所有章节，那么现在你已经知道自己想写什么、怎么去写以及如何推销了。在这部分的最后这一章中，我将与你分享一些策略，告诉你该如何建立并且维持一份成功的写作事业。

坚持制定和实现目标

励志学权威布莱恩·特雷西讲述了改变其人生的一次经历：有一次，他正在和朋友一起穿越撒哈拉沙漠的旅途中，突然他们的路虎越野车抛锚了。他们所剩的水已经不多，所以如果不能修好这辆车，他们将会在此丧命。特雷西说：

> 正是在那个时候我萌生了一些想法。我意识到我应该为自己的人生负责。我停止抱怨自己的父母、老师以及其他人。我知道除非我自己做出改变，否则我的人生将不会发生任何变化；在人的一生中，必须积极主动出击，而非只是对外界做出回应。

下面是特雷西所介绍的有关如何有效地积极主动出击的方法：

> 你必须清楚自己所制定的目标，在实现目标的过程中要能够灵活变通，然后继续以各种可能的方式学习你能学到的一切。

能够让自己持续为实现目标而努力的最好办法便是每个月对自己所制定的目标进行回顾。如果你现在为实现目标所做的事情不起效果，考虑一下自己需要作何改变，之后再决定在接下来的一个月里学习哪些东西才能有助于你实现目标。

保持灵活变通

尽管我特别相信制定目标的重要性，然而，能注意到意料之外的机遇也很重要。有些时候，人们太过坚守一个明确的目标，以至于他们对于其他能够给自己带来同样多财富和满足感的事情视而不见。

传统的有关制定和实现目标的方法教导我们应该全心全意地关注自己的目标，对其他所有的可能性不予关注。但是在如此喧嚣和不可预知的环境中，这种策略很可能是错误的。保持灵活变通的一种方法是：当你在总结自己为实现目标而取得的进展时，也问一下对于你自己来说，这个目标是否依然重要。否则，你可能会发现面临这样一个结局，正如一位企业高管曾经说过的那样："我花费了数年来攀爬梯子,最终爬到了顶端……结果却发现我把梯子搭错了墙。"此外,当一个与目标相冲突的新机遇出现时,即使会拖累甚至令你摒弃当前的目标,你也要认真地审视一下,看看这个新机遇是否值得自己去把握。

对困难有心理准备

有些作家会认为,一旦他们有所突破之后,譬如出版了一部小说,困扰他们的麻烦事便会就此终结。我特别喜欢一个禅学故事,说的就是人与麻烦的问题。一个农夫来到佛祖面前向他抱怨自己所遭遇的种种麻烦:天气要么很热,他的庄稼都因干旱而死,要么总是下雨,导致洪水暴发;他的妻子不理解他,他的儿子又不懂感恩,并且特别叛逆。佛祖说他对此无能为力,因为每个人都会有八十三难。有些会得到解决,但是很快新的麻烦便会接踵而至。所以我们一直都会有这八十三难。

农夫很是愤怒,问道:"那么你的那些教诲还有什么用呢?"

佛祖说:"我的教诲无助于你解决这八十三难,但是却有可能帮助你消除第八十四个麻烦。"

农夫问道:"那是什么呢?"

佛祖说:"这第八十四个麻烦就是我们谁都不希望遭遇任何麻烦。"

我们所面临的是这样一个现实:每个人的写作事业,就像其他任何别的事业一样,都会有盛衰沉浮。你可以大获成功,然后某件事情的突然发生又让你坠入深渊。也许喜欢你作品的编辑或者是制片人被炒了鱿鱼、退了休或者是离开了人世;也有可能是想把你的作品拍摄成电影的制片公司倒闭了；还有可能是一家杂志社还没有向你支付报酬便已经关张了（所有这些遭遇我都经历过）。当然，你必须采取合理的预防措施，但是很多事情仍然超出你的控制范围。如果你能够接受这些事实的话，那么你会发现，这些挫折其实也很容易应对。

做自己的行为模范

当你所遭遇的阻碍让你不知道该如何继续下去的话，你可以考虑做自己的行为模范。"模范作用"是管理学和自我发展领域比较流行的概念，也就是说，通过观察专家们的做事方法，自己模仿着来做同样的事情。当然，以自己为模范的方式更为容易。做法如下：

将一张纸分成两列。在其中的一列中，写下自己所有擅长做的事情（并不只局限于你的工作，还包括你生活中的方方面面）；在另一列中，列举出自己所面临的问题和阻碍。现在，审视一下自己所擅长的那些做事方法，然后考虑一下是否可以把这种方法应用到处理第二列所列举的情境中去。譬如，如果你很擅长将自己的办公室打理得井井有条，却不太会写问询函，那么你如何将前一件事的经验运用到第二件事上呢？将选项两两搭配成不同的组合，直到发现可能会起到作用的模式为止，不妨尝试一下看看。

有时成功者也会放弃

你是否听说过这样一句名言："成功者永远不会放弃，而选择放弃的人则永远不会成功。"一般说来，毅力和决心对于作家们来说都是很好的品质。然而，知道何时该选择放弃也是很宝贵的财富。

第十八章　写作生涯

不久前我刚经历过一次类似的痛苦遭遇。我为一家德国公司写了一部电视剧，然而在制片人的支持下，该片的导演对我的作品大动了手脚，结果使其面目全非。我的内心告诉自己应该放弃这个项目，并且把我自己的名字从编剧栏中去掉，但是我的理智却不甘心放手。结果可想而知：该片遭遇惨败……而我的名字还留在上面。这件事告诉我：相信自己的眼光，并且要忠于自己。在特定的环境下，当你已经不能再遵循这样的标准的时候，请脱身。

关于这一点，导演蒂姆·伯顿在最近接受的一次采访中也进行过阐述：

> 我在人生的那个特定的时间点实现了突破。当时我在加利福尼亚艺术学院，因为想去迎合迪士尼特定的绘画风格，我感到自己越来越恼火，几近崩溃。然后，我坐在那里，对自己说："承认吧，我根本画不成那个样子。我就要按照自己的方式来画，就是这样。"就在那一刻，我的绘画发生了改变。很快，我的绘画风格和方式有了翻天覆地的变化。就像上瘾后的疯狂——实际上，是我的想法得到了拓展。

将困难转化为财富

伦敦《泰晤士报》上曾经刊登过一篇文章，讲述的是一位名叫克莱尔·艾伦的作家利用写作来治疗其精神疾病的故事。她说："写作有助于我康复。你的人生需要有一个目标，而对于我来说，这点确实至关重要。"写作也同样改变了她在困难时期所持的生活态度："这可能是人生的最低谷，而你隐约地有这样的想法，'嗯，这将会是一个很不错的故事。'"

艾伦的首部小说名为《波佩·莎士比亚》，该故事以她自己的部分个人经历为原型，即使写出来的东西最终不能发表，也可以很好地宣泄自己的情绪。不管是以日记还是以改编后的小说形式记录下自己的经历，都将有助于你从情绪中健康地抽离。

忠于自己

在其他章节中，我已经发出过这样的警告：不要为了迎合一时的流行趋势去写作，而是要按照自己内心的想法去写。当然，你需要关注市场动向，然而真正能够取得突破的往往是那些能够给人带来新鲜感和不同想法的作品。下面这个故事讲述的就是一个以自己的方式创作的人及他遇到的匪夷所思的事情。

年轻的艺术家爱琳·科洛发现美国联邦储备委员会的前任主席艾伦·格林斯潘的长相很有趣，因此在两年之内，她参照照片为他画了各种各样的肖像。当她准备筹钱去上研究生的时候，她决定卖掉其中的一些画作。她有朋友在纽约开了一间画廊，同意为她举办一场格林斯潘肖像展。根据《艺术家杂志》的报道：

> 接下来的事情出乎所有人的预料。消费者新闻与商业频道就科洛的画展进行了报道，之后这个刚开始只算是小有影响的画展忽然在短短几个小时内大获成功，所展览的作品一售而空。银行家们、对冲基金经理以及华尔街的其他各界人士都来排队购买科洛所画的这一著名金融界人物的油画作品。

如果你对自己正在做的事情充满信心，有些时候，忠于自己内心的冲动确实能够得到回报，即使它是全新的事物或者是会让人感到难以理解的做法。

第十八章　写作生涯

要大胆敢为

和忠于自己的想法有关的还有一点，那便是要大胆敢为。最近，我参加了一个人体素描课程。这个课程的指导教师较为推崇的观点之一便是：我们需要画得很大。即使摆在我们面前的是很大的一张纸，我们中的很多人在刚开始作画时却仍旧只勾勒很小的轮廓，有可能是因为我们已经习惯于在较小的纸上作画的缘故。在经历了最初的胆怯之后，使用一整张纸来作画确实很令人精神振奋。

对于我们作家来说，这件事情也蕴含了一定的道理：我们是否总是习惯性地写"很小的事物"？我们又有多少次会后退一步去审视那张大大的画布，然后决定要画出更大而且更为大胆的符号呢？这对应着去着手写一个较之你通常去写的更为宏大的主题，或者是更为生动形象的笔法，又或者是塑造一个能够完全反映出你内心阴暗面的角色。

谨记什么才是最为重要的东西

尽管我希望你能靠自己的作品赚大钱，然而很有可能在某些年度你的收入并不如意。有时候，你可能会想自己是否应该去做虽然不喜欢但是却能多挣钱的正经工作。下面是署名为 Psy 的作者发表在《开拓季刊》杂志上的一段发人深省的文字：

想象一下：假如你有一位有钱的亲戚留给你了一笔遗产。如果你能够节省开支的话，你这一辈子便再也不需要工作了。譬如：你可以和别人合租一套公寓，乘坐巴士而非自己买车，自己在家做饭等。在这种情况下，你将会如何打发自己的时间？你会去工作吗？还是去学习弹钢琴？……又或是会做一个全职父母？那么，你的激情何在？为什么你现在没有追随这些激情生活呢？你为什么不去过那样的生活呢？你的人生道路难道不比那种让自己的人生变得糊里糊涂的生活方式重要吗？你是否能够改变一下自己的生活方式，来遵循自己的激情重塑自己的人生？

如果写作对你来说真的很重要的话，那么做出一定的牺牲，让自己能够继续写作将是值得的。

就像决定要怎么花钱一样，明白自己怎么消耗时间也至关重要。虽然我已经在其他章节讨论过这个问题了，但是它是如此重要，以至于我想在此重新强调一下。因为每当我们遇到其他和时间有关的压力时，我们便会将其忘记。

高级管理人士南丹·科勒科尼（印孚瑟斯公司的 CEO）在接受《财富》杂志采访时，谈论了自己对时间的看法："我相信这样一句格言——对于我的金钱我很慷慨，然而我却很吝啬我的时间。因为在我看来，时间是我所拥有的最为重要的财富。"

通常，我们会数自己所拥有的每一分钱，但却会浪费我们所拥有的分分秒秒（甚至是数个小时的时间）。如果你的写作进度落后了的话，那么问一下自己可以停止做哪些事情，或者你可以花钱请别人去做那些事情，多腾下点时间来写作。

要点

- 制定和追求目标的能力必须要与抓住机遇的灵活变通能力达成平衡。

- 写作道路上的阻碍是再普通不过的一件事情了，但是，要克服它的方法之一，便是借助自己在生活的其他领域所取得的成功来作为

"行为模范"。

- 有时放弃也是个很好的主意。
- 要大胆敢为。

练习

- 目标只有在写下来之后才不会轻易消失，制定一个可衡量的计划表。画一个表格，标注上自己的三个重要目标，你期待什么时间可以实现这些目标，还有你打算如何去衡量自己的进度。
- 当你看一份报纸或一本杂志的时候，请时刻问自己："今天我能够从这份材料中找到什么机遇呢？"记录下自己的想法，然后践行其中最好的。

补充材料

在 www.yourwritingcoach.com 网站，进入"Chapter Bonuses"栏目，然后点击第 18 章，你将会看到对于我本人所做的一个专访视频。在这个视频中，我将就如何将你打造成一位生命力持久的作家展开讨论。

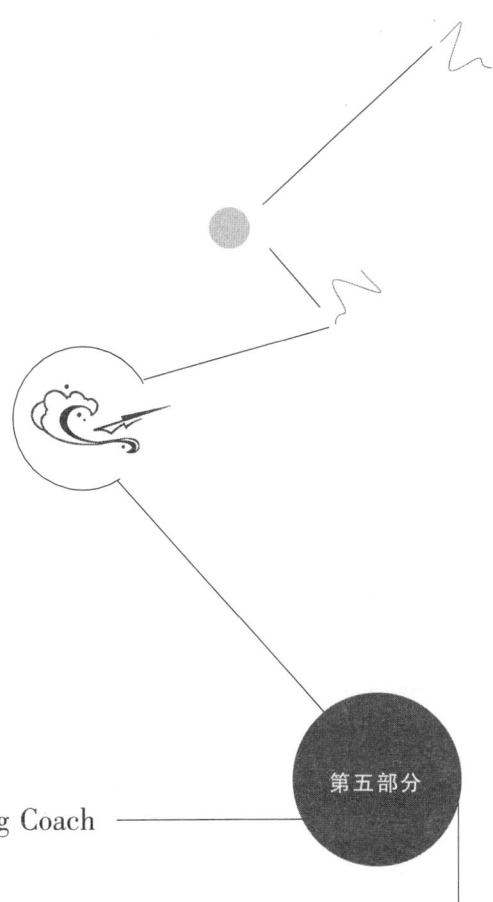

Your Writing Coach

第五部分

起步向导

自从本书的第一版问世以来，我已经收到了很多读者发来的电子邮件。当我得知你们中的很多人因为看了本书而开始或者继续自己的写作事业时，我感到特别开心。

同时我也收到了一些来自读者的请求，他们要求我介绍一些如何写三种特定类型作品的信息，包括：短篇故事、剧本以及自传和回忆录。作为对这些请求的回应，在本书的新版中我增加了以下几个补充章节，同时，我也在 www.yourwritingcoach.com 网站上增补了一些新的材料。

短篇故事写作的起步方法　第十九章

本章中的问题和回答将有助于你开始进行短篇故事创作。这种体裁的作品曾经在各种杂志上风靡一时，如今它仍然是文学类杂志的宠儿，并且在网络上也正在经历某种程度的复兴。

我应该写些什么内容？

短篇故事的主要特点之一便是可以写任何内容。有些套路能总结出独有的特点和结构，例如"故事转折"模式，其中会包括出现在结尾的某种意外发现等。举例来说，故事有可能向我们暗示其中的一位和善的老妇人是一场犯罪的无辜旁观者，但是在故事的结尾，我们却发现她正是那个罪犯。在这种体裁的写作中，一定要避免诸如"所有的这些都是一场梦"之类的老掉牙的结局。

对于短篇的浪漫爱情故事来说，人们都会期望一个大团圆的结局。此外，还有一些别的子类型。创作自己喜欢看的故事类型不失为一个很好的办法。

短篇故事应该有多长的篇幅？

短篇故事的长短不定，从通常仅有 1 000 字左右的微型小说，到近万字篇幅的故事都有。如果你正计划为某个特定的刊物创作短篇故事的话，这个刊物的网站上可能会提供有关出版商所要求篇幅长短的指南。如果一个故事的篇幅在 1 万～3 万字之间，那么它将被归类为中篇小说。

短篇故事和小说之间有何不同？

除了篇幅长短不同之外，短篇故事通常只关注一个重要的事件，或者一个主要人物，抑或是某个较短的时间片段。一般情况下，短篇故事不会讲述随着时间的推移发生在人物身上的主要变化——尽管有时会因某个重大变故而带来变化。有些短篇故事遵循传统的模式，包括：清晰的开端（某个问题或事件）、故事的发展（矛盾加剧）和结尾（矛盾得以解决），但是也有许多其他更加具有实验性的故事结构。

我是如何构思故事情节的？

与小说一样，短篇故事可以以任何方式开始。通常情况下，问这样一个问题"假使……将会怎么样？"是很好的开始创作故事的方法。你可以借用发生在自己身上或出现在新闻里的某件事来作为故事的开端，之后便可以通过问"假使……将会怎么样？"这样的问题来推进

第十九章　短篇故事写作的起步方法

故事的发展。

不过，我想警告一句：不光是生活会比小说更奇特，而且人们可能在现实生活中能够接受的一些事情，如果写进小说里，便会招来他们的嘲笑。如果你信誓旦旦地告诉你的朋友们，你有个拿高尔夫球当早餐的厄尼叔叔——通常来说你是一个可信赖的人，他们会相信你的说法。然而，如果你在故事中塑造了一个拿高尔夫球当早餐的人物，读者们很有可能不买账。

我应该以第几人称来写故事？

你怎样决定自己是以第一人称（故事读起来将会是："我那天起床晚了，忽然意识到有些事不对劲。"），还是以第三人称（"珍娜那天起床晚了，忽然她意识到有些事不对劲。"）来编写故事呢？从第一人称的角度来写故事有这样的优点：非常亲切，可以让读者马上与故事的讲述者产生交流。很多新手认为这样的方式较为容易，因为他们正是以这种方式来记叙生活中的事情的，譬如在写信或博客时。缺点是如果整篇故事都以第一人称来讲述的话，想要写下主角没有亲身经历的事情会很难。举例来说，如果故事讲述的是一位妇女，她认为自己的丈夫有了外遇，那么我们将会很难了解到这位丈夫究竟做了什么，因为我们被局限在了这位妇女的叙事视角之中。一般说来，较之小说，这样的局限性对于短篇故事来说并不是太大的问题。

如果决定以第三人称来写的话，你仍旧需要做出一定的选择：是揭示所有人物的想法和感情呢，还是只进入某个人物的内心世界？这两种做法都行得通，你只需要选择一种最适合你所写故事的方式即可。

271

我是否必须先写出故事的提纲？

对于小说或剧本这样较长的写作项目来说，提纲确实很有用。你可能会发现，就短篇故事而言，在开始写作时只需要有一个大概的想法便足够了。试试看下面哪种方式比较适合你：是只有一个概念或一段对话便开始着手写作呢？还是首先写出故事的提纲，等你了解到故事的发展方向后再细化更好呢？

短篇故事文稿的正确格式是什么？

通常来说，短篇故事文稿应该采用双倍行距的格式，在首页的右上角写上你的名字和联系方式。不要使用有色字体或者艺术字体。

经纪人是否代理短篇故事？

答案通常是否定的。因为对于经纪人来说，他们从短篇故事中赚不到什么钱。也会有这样的例外：如果某位作家的小说正在为这位经纪人创造大笔的财富，那么该经纪人可能会为其代理短篇故事或者是短篇故事集，其目的只是为了取悦这位作家而已。

我应该怎样为自己的短篇故事找到销路呢？

就短篇故事而言，其最大的市场便是文学类杂志。然而，很多文学类杂志因为赚不到多少钱，所以他们只会寄给你几本样刊作为报酬或支付较低的稿酬——在有些情况下，他们根本不赚钱，其存在完全

第十九章　短篇故事写作的起步方法

依赖于某个基金会的资助或只是出于爱好。一些商业类的杂志也会刊登短篇小说，他们通常对于自己所要找的故事类型和篇幅长短比较挑剔。

在美国，你可以查阅由作家文摘出版社每年出版的《作家市场》；如果你确定了一家可能有意的出版商，可以登录其网站查找更多的有关如何投稿的信息。在英国，你可以查阅由 A&C 布兰克公司每年出版的《作家和艺术家年鉴》。

剧本写作的起步方法 第二十章

剧本写作是最吸引人且最赚钱的写作类型。尽管住在洛杉矶、纽约或伦敦会有助于你的事业发展，然而在世界各地都有成功的编剧。跨入剧本创作的门槛并不容易，但是，如果它是你的爱好所在，并且你能够持之以恒的话，你肯定可以找到一条出路。

我应该写哪种类型的剧本？

写自己喜欢看的类型：悬疑片、浪漫爱情片或动作片。如果你特别喜欢动作电影，你肯定了解这种类型电影所包含的内容、故事框架，以及什么因素会造就一部好电影而什么内容又会让一部电影索然无味。

不要去追赶潮流，如果现在受追捧的是吸血鬼题材的电影，不要再费神去写这样的故事了，即使你并不欣赏那些已有的作品。通常情

第二十章　剧本写作的起步方法

况是这样的：如果你不是真的喜欢某种题材的话，写出来的作品肯定不会特别好。此外，当这个潮流已经显而易见的时候，想要分得一杯羹已经为时太晚。

我是如何构思故事情节的？

一个故事情节可以以任何一种方式开始。如短篇故事一样，通过问"假使……将会怎么样？"这样的问题开始是一个不错的方法。比如我要写这样的一个故事：一位被学生激怒了的教师最终用杠铃痛打了这个孩子，教师将会受到惩罚，但是法官认为其并非蓄意谋杀，并保证不会让其遭受牢狱之灾。以此作为故事的开端，下面有三种能够借助"假使……将会怎么样？"这个问题来写成剧本的故事情节。

● 假使学生的家人决定实施报复，这位精神脆弱的教师再次被逼得几近崩溃，将会怎么样？则该故事会成为一部很好的惊悚或悬疑故事。

● 假使这位教师决定弥补自己的过错，之后他和这位学生成了很好的朋友，并且两人都从这个经历中领悟了一些道理的话，将会怎么样？则该故事会成为一部鼓舞人心的剧本，不管有没有宗教因素包含其中。

● 假使陪审团认为这位教师有罪，而该教师则成了要采取报复行为的人。但是，当他刑满出狱的时候却发现，那位学生已经变了，他已长大成人并且当了爸爸，将会怎么样？在这个版本中，我会将其罪行较为清晰地写成一个自卫的案例。然而陪审团却不相信该教师所说的话，并且对其进行了不公正的审判。这样写便会让教师实施报复的行为、动机更加令人同情。

哪些因素会让我认为某个特定的故事会畅销？

如果想要知道一个剧本故事是否会畅销，需要问以下几个主要问题（当然我们要假设这个剧本写得很好）：

● 这个想法是否很吸引人？（看看自己是否能够用一两句话概述故事的中心思想。）

● 如果这个想法和新近出品的电影比较相似，你能否设计一个故事变化让其大为不同？可能的做法包括：主人公的性别变化、场景迁移、年代或者是他们的根本动机发生了改变。

● 主人公是否具有很强的目的性？这个目的又是什么？

● 主人公遭到了谁的反对或者是遇到了什么样的阻碍？原因是什么？这个冲突是否激烈而且很难解决？

● 主人公和其对手是否实力相当？如果主人公处于劣势的话，什么样的力量能够让他和对手相匹敌？

● 故事的结尾是否明晰？它是个圆满结局吗？如果对你的故事来说，圆满的结局将会有悖逻辑的话，不要勉强，尽管那样的结局消费者比较喜欢。

● 你是否为故事中的一两个主角想到了合适的演员呢？如果没有的话，将故事中的几个配角调整一下是否合理？

● 该故事具备什么样独特的欣赏价值，让其有别于一部舞台剧或者一部电视电影？

● 观众会从多大程度上与该主角人物感同身受？

● 你是否可以陈述一下是哪些原因让你相信这个故事很值得一讲，并且能够让人们买票来看呢？

第二十章　剧本写作的起步方法

如果我创作的故事灵感来自于真人真事，那么他们是否会因为我对他们的行为曝光而起诉我呢？

对于这一点，你一定要小心谨慎。如果你的故事有部分取材于真人真事的话，你一定要对其中的许多因素做出修改，直到很明显你并不是在写他们的故事。如果在你的故事中，那些人犯了法或是做了不道德的事情，你尤其应该这样考虑。你可以通过改变其性别、年龄、居住地或是故事真实部分的一些细节来避免麻烦。

如果你确实很想讲一个真实的故事，并且使用他们真实的名字或叙述真实发生的事情的话，你需要征得故事中原型人物的许可。通常情况下，他们会就此索取一大笔钱。所以，坚持写虚构的故事对你来说可能会更好一些，至少在起步阶段，除非你已经认识并且得到了真实生活中的人物的许可。然而这样的事情也有例外，譬如当你在写有关公众人物的故事，并且用的是很容易便能得到的信息的时候。

我是否必须首先写出提纲？

最好是从一个非常简单的，包括了开端、中间和结局的结构开始写起，之后再有血有肉地将其充实为一个更加具体的提纲。一些作家确实会说，在开始写作之初，他们根本不清楚故事接下来会怎么发展。然而这些作家通常是写过很多作品的行家，他们可以本能地构建出故事的梗概。为数众多的、非常有经验的作家们还是会坚持在他们提笔创作剧本之前，先写好一份完整的提纲。

较之小说，剧本的结构更为明晰。例如一部小说的长度不定，字数可以在5～15万之间不等。然而剧本通常会有100～120页的内容

（一般说来，一页内容就相当于荧幕上的一分钟）。鉴于此，在写作剧本之初做好规划，能够帮助你在后面节省很多修订和重写的时间。

对于一个剧本来说，怎样的开头才能称之为好？

一般说来，你的电影中都会有一个主角或是主人公，而这个主角会想要得到或者需要某件东西。那么故事开始发生的事情，要能够让这个人意识到他想要得到或者需要这个东西。有些时候，在故事的开头先讲述一下他们的正常生活是不错的选择，但是不要等太久才展开情节，否则观众会觉得很没有意思。

不过，故事开头的节奏要视你所写的电影类型而定。动作电影通常是以一场打斗拉开序幕的。而詹姆士·邦德的电影则常常是以前一集中的动人心魄的追捕镜头开始的，这是为了让观众能够热血沸腾起来，之后他们便会放慢速度，开始介绍这部电影剩余部分所要讲述的新案件。

对于一部伦理剧来说，观众们并不会期待很快的节奏。而对于一部喜剧来说，在一开始便需要有一些搞笑的事情发生。

所有这些的共同之处在于：故事的开始场景应该能够很好地向观众传递电影其他部分的节奏和风格。你的剧本也应该如此。

下面所列举的另外一些例子将告诉你，某件事情会以什么样的方式引发某种欲望或需要，进而开启故事情节：

- 一个女人偶遇自己的前男友，并且意识到自己仍然爱着他，而这份爱甚至超过了她对即将要嫁的那个男人的爱。
- 一个男人在中了彩票之后，决定不告诉任何人，包括他的妻子。
- 一个医生收到了一封恐吓信，然后他便雇了一个侦探去调

第二十章　剧本写作的起步方法

查是谁寄的这封信。

当你已经挑选好了主角，并且找出了那个促使他去追求自己想要或者需要的某个东西的驱动因素时，那么你便已经具备了优秀剧本开头所需要的所有要素。

什么是三幕架构？

简而言之，三幕架构指的是剧本的开端、中间和结局。大体上说，第一幕指的是故事的开端，大约占 20～25 页的篇幅；第二幕指的是故事的发展，大约有 50～60 页；第三幕大概有 20～30 页。在你的剧本中，你并不真的需要标明什么时候新的一幕开始，这只是在考虑故事结构时便于使用的一种方法而已。就故事的发展而言，结构可能类似这样：

- 第一幕：我们认识了主人公，此时发生的某件事情引发了他强烈的欲望和需求，然后他决定要采取行动去得到这个东西。
- 第二幕：他想要得到这个东西，但是某个人或某件事却给他带来了阻碍，他开始抗争。他在其中越陷越深。在第二幕的中间部分（通常也是剧本或电影的中间部分），会有某种意外的出现或者是剧情的逆转。主人公从中全身而退，并且继续坚持抗争。第二幕的最后部分为最终的一决胜负做好了铺垫。
- 第三幕：最后摊牌以及故事的结局。如果主人公得到了他需要的东西——这个东西通常并不是他在一开始想要得到的——这便是一个圆满的结局。例如，在一部爱情喜剧中，故事的主人公和他最好的朋友大干一架之后，决定通过诱惑他的女朋友来破坏他的爱情，尽管他本人并不喜欢那个女孩。他只是想利用她进行一场报复罢了。但是在第二幕的发展过程中，他却真的爱上了那个女孩。在第二幕的结尾，女孩发现了他与自己交往的初衷，因此和他分手。在第三幕中，他又得到了一次赢得她芳心的机会，而这次他拥有正当的理由。如果他成功的话，我们便有了一个圆满的结局（当然，如果我们能够为那个惨遭抛弃的好朋友也创造一个不错的结局的话）。像大多数的爱情喜剧一样，这类故事情节是可以预料的，因此我们需要为其设计一些意外转折，让故事显得不那么一成不变。

"英雄之旅"类型的故事有什么样的结构？

这个类型大多数是以神话故事的基本结构为基础的。在这样的故事中，主人公要么是为了证明自己，要么是为了寻找宝藏而开始了一场远征。最初他感到特别恐惧，然后他遇见了一位能够给予他帮助的智慧长者，之后他历经了一系列的冒险之旅，这个冒险旅程一般会有12~15个步骤。如果想要了解约瑟夫·坎贝尔对此所做的原创研究，你可以看一下他所著的《千面英雄》一书。如果想要知道如何将其运用到电影中，你可以参阅一下克里斯托弗·沃格勒所著的《作家之旅》。如果你想欣赏一部严格遵循了这种结构的电影，不妨去看《星球大战》。

然而，千万不要让任何模式限制了你的故事结构。相反，你应该首先想一个好故事，然后让故事本身去决定哪种结构最为合适。

我是如何完成漫长的剧情发展这一部分的？

剧情的发展——第二幕——通常是最具挑战性的部分。一般说来，不管是开端还是结局都会比较有趣，所以比较容易编写。

那么故事的中间都发生了什么事情呢？一种方法是简单对比一下故事的开端和结局各发生了什么事情，然后再去思考这样的开端如何才能一步步走向那样的一个结局。明智的做法是在决定故事中间剧情发展之前，多问几个"假使……将会怎么样？"这样的问题，就像你在思考最初的想法的时候一样。

故事的结局是否应该交代清楚所有的事情，或者我可以留下一些事情让观众去想象？

主流电影大都会在把所有的问题解决完之后，呈现给大家一个圆满的结局。然而，独立电影的故事结局各异。

什么样的模板适合剧本？

喜剧故事的剧本通常有 95～115 页的长度，而侧重剧情的剧本则会有 105～125 页的篇幅。页码通常标注在右上角。

剧本内容包括对话与动作描述。

如果你有条件看到早期剧本的话，你可能会留意到上面还注明了摄像机的机位以及镜头的移动轨迹。现在的剧本通常不会过多地关注这些事情，而只是去描述事情本身，有关拍摄的事情则留待导演去决定。譬如，他或她究竟是想用远景还是中景来拍摄某个场景。

故事片的剧本通常是以一系列的场景来组织的。每当有地点或时间变化时，便会开始一个新的场景。例如，如果一对夫妇正在厨房聊天，之后他们去了客厅，后一个动作便显示了一个新场景的开始。同样，如果我们看到一对夫妇早上在厨房聊天，到了晚上他们还在厨房聊天，则后一个动作也同样表明了一个新的场景。如果你参看以前的剧本，你可能会发现作者会在一个场景向另一个场景转换的地方写下"场景切换至："的字样。但是，大家现在一般不再这么做了。通常，在最初阶段，剧本上并不标注场景的序号，只有在电影马上就要付诸拍摄，也就是在准备"拍摄脚本"的时候，我们才会添加上场景序号。

如果你还没有习惯于此的话，剧本的模板看起来确实很奇怪，所以很多刚刚起步的作家都会因此感到恐惧。事实上，这是最容易学习的东西。www.simplyscripts.com 是一个很好的免费电影剧本资源网站。一定要看那些真正意义上的剧本（而非字幕整理稿），并且拿一些较新的剧本来作为自己的参考。

我是否需要剧本模板软件？

我一定会推荐你使用剧本模板软件，因为这样的软件能够让你写得更惬意一些。Final Draft 是这类工作最主要的商业应用程序。www.celtx.com 网站也免费为我们提供了一个很好的软件。新的软件总是层出不穷，如果你想了解其他的软件的话，你可以上网搜索一下"剧本模板软件"，参看一下所有的选择。

我的剧本需要改多少稿呢？

大多数职业编剧会把剧本改三遍，还有一些人则会改更多次。重要的是在把作品投入市场之前，一定要确保自己已经尽了最大努力。

当你完成剧本第一稿的时候，将其搁置一段时间，沉淀一下。你也可以听取来自别的作家的反馈。尽量不要为自己辩护，同时如果自己不是特别确定，不要做出修改。一旦你决定自己需要做出修改的时候，先从大处着手。确实，你会发现，通常你对剧本某一部分所做的一个很小的更改都会引发其他部分的变动。

我是否需要一位经纪人，以及我如何才能找到一位经纪人？

我不能说没有经纪人的帮助，你的剧本就不可能卖出去——只是卖出去的可能性几乎为零。在图书出版界，可能还有一些出版商会接收不是由经纪人投递的文稿。然而在电视电影领域，几乎所有的公司和广播网络都会拒绝去看不是由经纪人投递过来的剧本。也有很少一部分公司会看由律师转呈过来的材料，前提是你首先签了许可合同的话。但是这样的许可合同听起来就像是这些公司在要求你个人同意被他们敲竹杠一般，大多数情况下，这些公司都会有这样的担心：如果他们碰巧已经有了类似作品的话，尽管这种雷同纯属巧合，你也可能会起诉他们。一般说来，如果签署这样的许可合同意味着你的作品会被考虑，那么这种做法也是值得的。然而，如果你有任何的疑惑，你都可以找一位律师先把把关。

对你来说，最好的办法便是找一位经纪人为你代理。你必须至少有一个很好的剧本来充门面，如果有两到三个则更为理想。如果有朋友、同事、老师或者其他人能把你介绍给一位经纪人，那么你已经占了先机。否则，你便需要从美国西部作家协会找来一份经纪人列表，之后投递问询函。这份经纪人列表的链接为 http：//www.wag.org/agency/agencylist.asp。在英国，由 A&C 布兰克公司每年出版的《作家和艺术家年鉴》中也会提供经纪人列表。

如果有人想就你的一个剧本与你签订期权契约的话，意味着什么？

拥有一个剧本的期权，便意味着在约定的时间内独家享有该剧本的市场经营权。假如我是一位制片人，很想把你的剧本拍摄成电影，但是我确定不了自己到时候能否筹到足够的钱来拍摄，为此，我会向你提供一份为期一年的期权契约，如果约定购买价格为 10 万美元的话，我会先向你支付 1 万美元。也就是说，在此期间你不能把这个剧本再提供给他人。在这一年期限即将结束的时候，或者是在此之前，我可以选择再向你支付 9 万美元购买你的剧本，也可以选择把所有的权利归还给你，同时你还可以保留我预先支付的那 1 万美元。（这些数字我只是拿来举例子而已。有时，我会免费给予某人为期较短的剧本期权，而有的时候，我从一个剧本的期权契约中得到的预付金要多于 1 万美元。）一般来说，那个想得到这个剧本期权的人，会想以尽可能低的价格购得尽可能长的期限。然而，你却不会想让自己的作品脱离市场太久，因此你和你的经纪人会将其讨价还价至一个较短期限。通常，你们会各让一步。

尽管能够将剧本卖掉很是不错，然而几年时间的剧本期权交易也能为你赚得一笔数目可观的财富。我的剧本《真正的霍华德·施皮茨》在拍摄成电影之前，经历了差不多 6 次左右的期权交易，为我带来了至少 5 万美元的收入。

作家们在独立电影制作领域是否有机遇？

答案是肯定的。我相信在未来的十年里，对于编剧们来说，这个

第二十章 剧本写作的起步方法

领域拥有令人振奋的前景。随着越来越多的人能够将故事片快速下载，然后在电视、电脑以及平板电脑上欣赏，电影市场将会迎来一次快速增长。好莱坞还会继续制作耗资数亿美元具有轰动效应的电影，但是独立的电影制作也会继续扩张，从而满足那些不喜欢爆炸和外星人等趣味的观众的需求。能够很好地了解这方面发展趋势的网站是www.FilmMakingStuff.com，该网站是由我的朋友杰森·布鲁贝克运营的。

我不会假惺惺地说，进军编剧市场是一件易事。然而我却相信，我们目前正处在新的电影黄金时代的起始阶段——任何为这样的前景而感到兴奋的作家都应该马上开始进行他们的剧本创作。

传记或回忆录写作的起步方法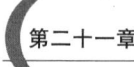

写下你的个人传记或回忆录，无论是作为遗产留给子孙，还是将其出版向公众售卖，都是你所能够担当的最有成就感的写作任务之一。如果你的故事着实有趣，有可能会得到更广泛的传播。

传记和回忆录有何区别？

一些人会替换使用这两个术语，但是在我看来，传记是有关你整个一生经历的故事，从出生到现在，而回忆录则可能重点讲述你人生的某一个方面，或者是一系列事件的节选。

真的会有人愿意看我的人生故事或回忆录吗？

在写这类故事的时候，我们会有两个出发点。其一，写下你自己的故事只是为了留给家人、朋友以及子孙后代来看。我确实很希望我的祖父母曾经写下他们的人生经历。他们虽然身为普通人，但是我很乐于了解他们的人生，譬如：他们在孩提时代所玩的游戏、他们曾经的梦想、他们彼此相遇的浪漫故事、他们对那个时代所发生的新闻大事件的看法、他们引以为豪的事情、他们会想要重来的事情，以及基于自己的人生，他们会给予我们怎样的建议，如此等等。

其二，你写下自己的人生故事，是想将其出版或自费出版之后再向公众售卖。很显然，如果你有意于此的话，你的故事需要与众不同或者足够有趣才能使你有别于芸芸众生。但这也并不是说你必须是位名人或得过大奖，只要你的人生包含有人们乐于去读的东西就好。

传记或回忆录应该有多长的篇幅？

如果你是在为家人朋友写下自己的传记或回忆录的话，多长都行。你也可能只想重点讲述你人生的某个方面，那么只要有50～70页就好。然而，对于你想拿来给出版商出版的传记或回忆录，较为传统的长度为5万字左右，如果按照双倍行距来排版的话，大概在175页左右。

我是否必须从生命的起点开始，按时间顺序来讲述自己的故事？

答案是否定的。尤其当你是以出版为目的来撰写自己故事的时候，好的做法应该是：在故事一开始，你需要用一个事件立刻吸引住读者的注意力。这个事件可以是有关你的人生转折点的。譬如，我的人生转折点之一便是：当我在伦敦观看我写的一个戏剧的首场演出时，忽然接到了远在洛杉矶的一个朋友的电话（当时我定居在洛杉矶)。他告诉我说我的房子刚刚被烧掉了。在回程的飞机上,我的腿部出现了一个血块,之后便入院接受治疗,医生说我的生命可能有危险。而这件事也促使我做出了人生的几个重大决定。诸如此类的事情可以成为很好的开篇章节。

你的传记开篇故事并不一定要事关生死,只要有趣,能够让人们想继续读下去足矣。

如果有很多事情需要讲述,那么我该如何着手?

列出你想在书中讲述的所有事件,不失为一个开始着手的好办法。发生在你身上的哪些事情最为有趣且最为重要呢?你想在书中提及哪些人呢?例如:你的祖父母、你的父母、你学生时代的朋友们、你的老师、你的伴侣、你的同事、你可能见到过的名人,甚至还有那些曾经以某种方式给你的人生带来一定影响的陌生人?先不要担心该怎样将这些材料组织起来,写下来就好。

接下来,确定书的结构。有时候,最为容易的做法是按照事情发生的先后顺序写下来,之后再决定你是愿意保持这样的顺序不变呢,还是想将其顺序打乱后重新组织。

正如我在前文所提到的那样,你可以先从一件戏剧性的事件着手,之后再以合理的方式倒叙。以我自己为例,我在医院里所做的决定之一便是:如果我能够活下去的话,我将离开洛杉矶——在这里我已经以电视电影作家的身份工作了八个年头。在接下来的一章中我可以讲述一下自己在这里的事业发展情况,之后我便可能追溯到我的童年。虽然当时还是一个孩子,但我很想成为一名作家,因为我酷爱读书。而这会让我得以继续讲述自己的家庭,那样的家庭环境让我很喜欢躲起来去看书等等。之后我会再跳转回去,继续讲述在我出院之后所发生的事情。

有可能你也会找到类似的方法，将人生中的所有事件串联起来。不过一定要确保当你在不同的时间段来回跳转的时候，要以读者们能够理解的方式进行。

担心有些事情会让我的家人或其他人感到尴尬或者受到伤害，我想略过不讲，怎么办？

如果你不想讲述，略去即可。没有人规定你必须得讲述每一件事情！

将所有事件列表排序之后，下一步怎么办？

之后你便可以开始撰写列表上的每个事件或人物。如果你觉得这样做比较困难的话，你可以选择先对着录音机讲述，然后再自行或者让他人将你所述的内容转写。如果想用较低的成本来完成这件事情的话，可以上网搜索一下"转写服务"。

还有哪些内容可以涵盖其中？

很可能你还想采访一下你描述的某个事件中所涉及的人物——有些时候，有趣的是：你会发现他们对这个事情的看法和你的看法是多么的迥异！

你可以在其中放入照片、文件扫描页以及其他任何能够很好地帮助你讲述故事的物品。然而，你要知道，其中的照片，尤其是彩色照片，将会增加印刷的成本。

如果我的拼写和语法水平不佳，该怎么办？

你可以先写出第一稿，然后付钱找一位聪明的高中生或大学生帮你检查并做出修改。当然，如果你愿意花钱的话，还可以雇用一位职业编辑来帮你做这些事情。然而，如果你写这本书主要是为了给自己的家人和朋友看的话，便没有必要那么追求完美。不要让编辑抹杀了你的个性特点以及独特的表达方式。

在这个多媒体时代，传记或回忆录还一定要以书的形式出现吗？

答案是否定的。你还有很多其他选择。你可以用录音机录下你的故事然后将音频文件刻入一张或多张 CD 中。或者，你可以购置或租借一台摄像机（在撰写本书之时，我推荐你使用柯达 Zi8。这款产品价格便宜并且使用起来超级简单），拍摄下自己讲述故事的视频，然后刻成 DVD。

如果你并不擅长使用音频或视频设备，也不知道该如何把这些文件刻入 CD 或 DVD 的话，支付合理的价格找个学生来帮你做。之后，你便可以将这些光盘拷贝（上网查看一下 CD 或 DVD 复制服务），拷贝的成本并不高。

我是否必须在写完整本书之后，才可以找经纪人或出版商洽谈？

答案是否定的。就小说而言，出版商们往往会想看到整部文稿。

第二十一章 传记或回忆录写作的起步方法

然而，对于非虚构类的图书，他们更愿意看到的是一份写作计划。通过这种方式，他们可以对此有所了解，并且帮你一起构思这本书。然而，在他们要求看你的写作计划之前，你最好给他们寄去一封问询函，向他们介绍一下你关于这本书的想法以及你的个人背景。如果他们对此感兴趣的话，将会要求你提供一份完整的写作计划。

有关传记或回忆录的写作计划中应该包括哪些内容？

一些出版商在他们的网站上会标明偏爱的模板和内容，然而，对于任何一种非虚构类图书而言——传记和回忆录也包含在内——比较好的结构应该是题目、简短的综述（一段篇幅）、完整的综述（一页篇幅）、内容目录、每一章的内容描述（各一段篇幅）、两个样章（并不一定必须是前两章）以及一份描述类似书籍（挑选那些畅销的）和你的书籍不同之处的市场分析。此外，还要说一下你将如何协助这本书的营销、写一份简短的个人介绍、给出最终文稿的大概长度以及大概的交稿日期。

是不是听起来好像有很多工作要做？是的，但是也正是通过做这些工作，你才能说服出版商向你支付一定的预付款，并且委派你完成其余部分的写作。

找一位经纪人代理我的书是不是更好？

尽管你可以自己把写作计划呈递给某些出版商（在他们看了你的问询函之后，他们会要求你提供一份写作计划），然而如果可以的话，你最好找一位经纪人。他或她会知道哪些出版商正在寻找回忆录和传记类书籍。经纪人会从你的所得中收取一定比例的佣金（通常为15%）。不要和下列这些类型的经纪人合作：要求你提前支付佣金的、向你收取审阅费用的以及向你推荐有偿编辑服务的。

我怎样才能知道哪些经纪人适合代理我的书呢？

其中一个信息来源为查克·沙姆布其诺编写的年度《文学经纪人指南》，该书由作家文摘出版社发行。在英国，由A&C布兰克公司出版的《作家和艺术家年鉴》一书也会对经纪人进行归类整理。一定要和那些只代理传记和回忆录的经纪人接洽。登录他们的网站以获得最新信息，大多数经纪人都会提供"来稿指南"的。

如何直接将稿件呈递给出版社？

查阅每年由作家文摘出版社出版的《作家市场》一书（如果在英国，则可以查阅每年出版的《作家和艺术家年鉴》）。就像和经纪人接洽时一样，首先找到那些愿意考虑出版传记和回忆录的出版社，然后登录他们的网站查询相关投稿信息。

我是否应该考虑自费出版？

对于那些读者对象为家人和朋友的书来说，自费出版是一种选择。甚至这对于那些向公众出售的图书来说也不失为一种办法，因为自费出版已经不再带有"虚荣出版"的标签了。很多优秀并且大获成功的书籍都曾经自费出版过。

如果你选择自费出版的话，你不再需要一次性印刷数千本书，然后将它们堆放在自家的车库里。现在有按需印刷的方式：每当有订单时，才会将书现印一本出来。同时，制作能够在 iPad 和其他设备上阅读的电子书也变得日益简单了。

还要提醒一句，尤其是当你写书是为了自己的子孙阅读的话：书的版式日新月异。因此你最好用质量很好的纸将其打印一本出来，然后存于保险箱内。

有关写作传记和回忆录，还需要了解哪些内容？

写作传记和回忆录可能会花费你很长时间，尤其如果你还要工作，并且承担家庭义务和其他职责时，但是它也可以带给你巨大的满足感。想象一下：当你看到自己的书开始在书店上架销售，或者是在亚马逊或巴诺网上书店进行销售，或者当你知道自己的子孙后代都能够了解到你的人生故事时，你将会多么兴奋？

我们不说再见

至此，这本书已经接近尾声，然而这却并不是我们之间联系的终点。我已经开始做你的写作教练了，同时我也希望，随着时间的流逝，你还会再次参阅这本书，让它帮助你度过艰难时刻，或是在你开始一个新的写作项目时给予你灵感。

如果你想阅读更多有关写作的书，不妨看一下我的最新作品《创意写作大师课》。在这本书中，你将会看到来自那些当代最受人敬佩和尊敬的优秀作家的观点、方法以及鼓励等。这些作家包括：查尔斯·狄更斯、简·奥斯汀以及安东·契诃夫。从罗伯特·路易斯·史蒂文森到玛丽·雪莱，从艾丽丝·门罗到斯蒂芬·金，《创意写作大师课》一书将带领你找到自己的写作风格、形成故事架构、塑造生动的人物、构建有吸引力的情节、克服作家的种种阻碍，然后打造出属于你的理想作家人生。

如果你还没有这样做的话，务必要使用我在 www.yourwritingcoach.com 网站上为你提供的所有补充材料。在这个网站上，你还可以收听到由我制作的与写作相关的播客，也能了解由我开设的小组以及一对一的培训课程，你还可以通过发送电子邮件和我取得联系。如果你有任何问题而我能够给予帮助的话，请告诉我。如果你在写作方面取得了任何成就，也请让我知晓。期待你的来信。

"创意写作书系"介绍

这是国内首次系统引进国外创意写作成果的丛书,它为读者提供了一把通往作家之路的钥匙,帮助读者克服写作障碍,学习写作技巧,规划写作生涯。从开始写,到写得更好,你都可以使用这套书。

丛书书目

书名	作者	出版日期	阅读参考
《自我与面具:回忆录写作的艺术》	玛丽·卡尔	2017年10月	非虚构写作
《新闻写作的艺术》	纳维德·萨利赫	2017年6月	非虚构写作
《回忆录写作》(第二版)	朱迪思·巴林顿	2014年6月	非虚构写作
《写出心灵深处的故事》	李华	2014年1月	非虚构写作
《写作法宝》	威廉·津瑟	2013年9月	非虚构写作
《故事技巧》	杰克·哈特	2012年7月	非虚构写作
《开始写吧!——非虚构文学创作》	雪莉·艾利斯	2011年1月	非虚构写作、练习
《从生活到小说》(第二版)	罗宾·赫姆利	2018年1月	虚构写作
《小说写作:叙事技巧指南》	珍妮特·伯罗薇 等	2017年10月	虚构写作
《成为小说家》	约翰·加德纳	2016年11月	虚构写作
《小说创作谈》	大卫·姚斯	2016年11月	虚构写作
《如何创作炫人耳目的对话》	詹姆斯·斯科特·贝尔	2016年11月	虚构写作
《小说创作技能拓展》	陈鸣	2016年4月	虚构写作
《故事力学》	拉里·布鲁克斯	2016年3月	虚构写作
《写小说的艺术》	安德鲁·考恩	2015年10月	虚构写作
《弗雷的小说写作坊:悬疑小说创作指导》	詹姆斯·N.弗雷	2015年10月	悬疑写作
《弗雷的小说写作坊:让劲爆小说飞起来》	詹姆斯·N.弗雷	2015年7月	虚构写作
《弗雷的小说写作坊:劲爆小说秘境游走》	詹姆斯·N.弗雷	2015年7月	虚构写作
《故事工程》	拉里·布鲁克斯	2014年6月	虚构写作
《冲突与悬念》	詹姆斯·斯科特·贝尔	2014年6月	虚构写作
《情节与人物》	杰夫·格尔克	2014年6月	虚构写作
《30天写小说》	克里斯·巴蒂	2013年5月	虚构写作
《情节!情节!》	诺亚·卢克曼	2012年7月	虚构写作
《开始写吧!——虚构文学创作》	雪莉·艾利斯	2011年1月	虚构写作、练习

书名	作者	出版时间	分类
《小说写作教程》	杰里·克利弗	2011年1月	虚构写作
《开始写吧！——推理小说创作》	劳丽·拉姆森	2016年7月	推理写作、练习
《开始写吧！——科幻、奇幻、惊悚小说创作》	劳丽·拉姆森	2016年1月	科幻写作、练习
《网络文学创作原理》	王祥	2015年4月	网络文学写作
《好剧本如何讲故事》	罗伯·托宾	2015年3月	剧本写作
《开始写吧！——影视剧本创作》	雪莉·艾利斯	2012年7月	剧本写作、练习
《写我人生诗》	塞琪·科恩	2014年10月	诗歌写作
《心灵旷野：活出作家人生》	纳塔莉·戈德堡	2018年1月	综合指导
《来稿恕难录用：为什么你总是被退稿》	杰西卡·佩奇·莫雷尔	2018年1月	综合指导
《大学创意写作·应用写作篇》	葛红兵 许道军 主编	2017年10月	综合指导
《大学创意写作·文学写作篇》	葛红兵 许道军 主编	2017年4月	综合指导
《从创意到畅销书：修改与自我编辑》	詹姆斯·斯科特·贝尔	2016年1月	综合指导
《写作是什么：给爱写作的你》	克莉·梅杰斯	2015年10月	综合指导
《故事工坊》	许道军	2015年5月	综合指导
《经典情节20种》（第二版）	罗纳德·B.托比亚斯	2015年4月	综合指导
《写好前五十页》	杰夫·格尔克	2015年1月	综合指导
《作家创意手册》	杰克·赫弗伦	2015年1月	综合指导
《经典人物原型45种》（第三版）	维多利亚·林恩·施密特	2014年6月	综合指导
《创意写作教学》	伊莱恩·沃尔克	2014年3月	综合指导
《你的写作教练》（第二版）	于尔根·沃尔夫	2014年1月	综合指导
《诗性的寻找》	刁克利	2013年10月	综合指导
《创意写作大师课》	于尔根·沃尔夫	2013年7月	综合指导
《一年通往作家路》	苏珊·M.蒂贝尔吉安	2013年5月	综合指导
《写好前五页》	诺亚·卢克曼	2013年1月	综合指导
《畅销书写作技巧》	德怀特·V.斯温	2013年1月	综合指导
《成为作家》	多萝西娅·布兰德	2011年1月	综合指导
创意写作书系（青少版）			
《写作魔法书——让故事飞起来》	加尔·卡尔森·莱文	2014年6月	故事写作
《写作魔法书——妙趣横生的创意写作练习》	白铅笔	2014年6月	练习

"一个故事的诞生"写作课

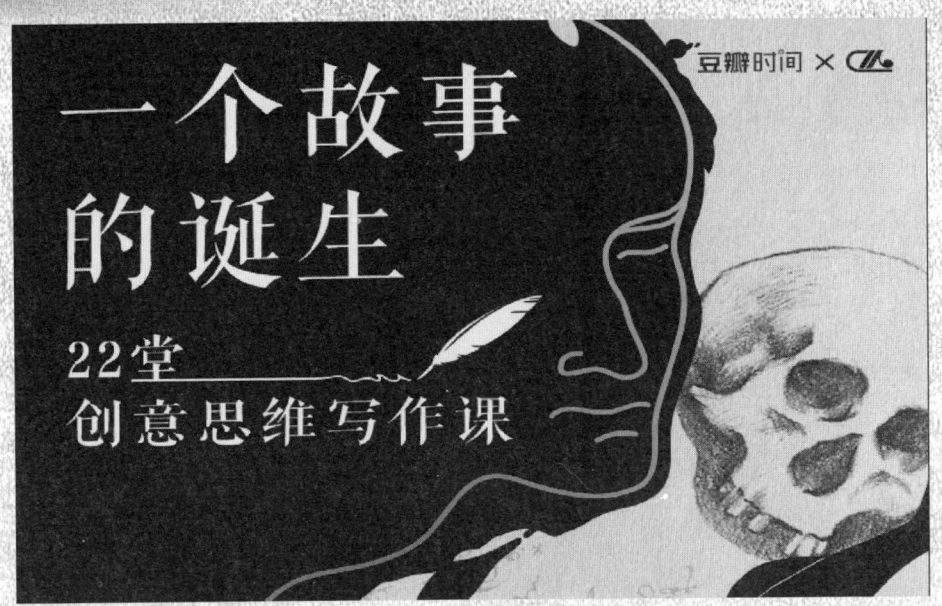

课程介绍

把大师请回家,帮你打造故事思维

《一个故事的诞生》汇集郝景芳等著名作家的故事写作法宝,用2个篇章、5个步骤、22节课,帮你打造故事思维,写出属于你的故事。

边听边写边改,全程陪伴式写作课

你可以在评论区提交作业,交流学习心得。我们会挑选作品,特邀专业写作老师进行番外点评课程录制,你可以对照着发现自己的问题,并修改和完善自己的作品。

扫码订阅

"从零开始写故事"写作训练营

课程介绍

6周/30讲视频课,系统学习故事写作的底层逻辑和通用方法

　　前三周系统讲解故事写作的通用方法和技巧,帮你建立一套系统、规范、高效的写作方法和技能体系;后三周进入故事写作应用场景,分别从人物、事件、群体、商业、自媒体等维度,讲解不同条件下的写作攻略。

社群带班写+作业点评+作品打磨

　　课前共享学习资料包,课后交流学习心得,按时提交作业,组织导师点评和学员互评,最后两周集中打磨作品。

主讲人

叶伟民,《南方周末》前特稿编辑、记者;
知乎、网易人间等多家平台签约写作导师。

▶ 扫码订阅

创意写作书系·青少年系列

《会写作的大脑》（套装四册）

作者：【美】邦妮·纽鲍尔　出版时间：2018年6月

《会写作的大脑1·梵高和面包车（修订版）》

这是一本给青少年的创意写作练习册，包括100个趣味写作练习，它将帮助你尽快进入写作，并养成写作习惯。你只需要一支笔和每天十分钟，就可以加入这个写作训练营了。

《会写作的大脑2·怪物大碰撞（修订版）》

本书包含了100个充满创意、异想天开的写作练习，帮助你迅速进入状态，并且坚持写作。你在开始写作时遇到过困难吗？以后不会了！拿起这本书，释放你内心的作家自我吧！

《会写作的大脑3·33个我（修订版）》

在这本书中，你会用各种各样的工具、用各种各样的姿势、在各种各样的地方写作。它将帮助你向内探索，把自己的生活写成故事。

《会写作的大脑4·亲爱的日记（修订版）》

本书是那些需要点燃或者重启写作灵感的人的完美选择。无论何时、何地，只要你翻开这本书，开始动笔跟着练习去写，它都能激发你的创造力，给你的写作过程增加乐趣，并帮助你深入生活、形成自己的创作观。

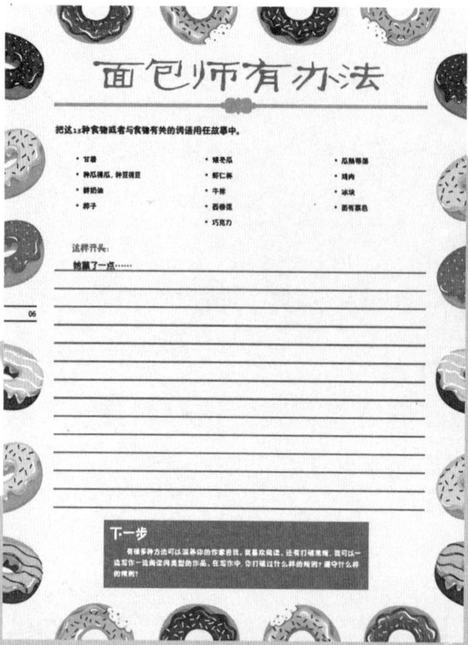

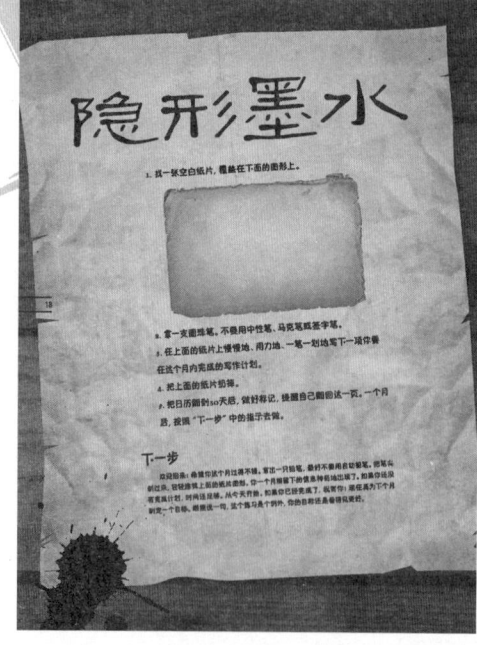

面包师有办法

把这15种食物或者与食物有关的词语用在任何故事中。

- 甘蓝
- 种西瓜、种豆豆
- 鳄梨油
- 椰子
- 辣老鸭
- 虾仁饼
- 牛排
- 番茄汁
- 巧克力
- 瓜脯蜜饯
- 鸡肉
- 冰块
- 若有墨色

这样开头：

她尝了一点……

下一步

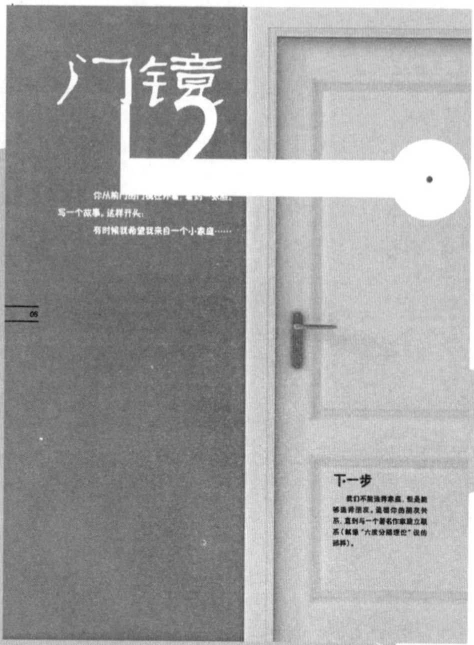

门镜

你从猫门镜看出去的，看到了长啥……

写一个故事，这样开头：

有时候我希望我来自一个小家庭……

下一步

隐形墨水

1. 取一张空白纸片，覆盖在下面的图形上。
2. 拿一支圆珠笔，不要用中性笔、马克笔或签字笔。
3. 在上面的纸片上慢慢地、用力地、一划一划地写下一项你在这个月的完成的写作计划。
4. 把上面的纸片揭下。
5. 把日历圆对60天后，就好每记，就提醒自己翻回这一页。一个月后，按照"下一步"中的指示去做。

下一步

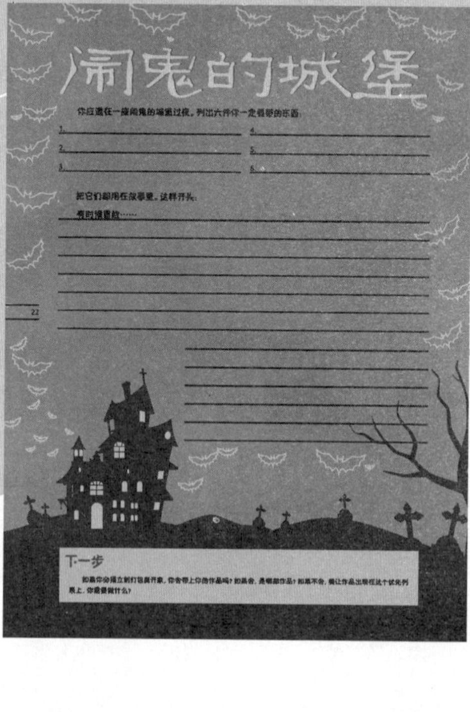

闹鬼的城堡

你应邀住在一座闹鬼的城堡过夜。列出六件你一定要带的东西：
1.
2.
3.
4.
5.
6.

把它们却用在任何事里。这样开头：

有时候我感觉……

下一步

Your Writing Coach: From Concept to Character, from Pitch to Publication, Second Edition By Jurgen Wolff

Copyright © 2007, 2012 by Jurgen Wolff

This translation is published by arrangement with Nicholas Brealey Publishing and Andrew Nurnberg Associates International Limited.

Simplified Chinese version © 2017 by China Renmin University Press

All Rights Reserved.

图书在版编目（CIP）数据

你的写作教练：第2版/（美）沃尔夫著；孟庆玲，伊小丽译；王更臣校.
—北京：中国人民大学出版社，2013.12
（创意写作书系）
ISBN 978-7-300-18132-5

Ⅰ.①你… Ⅱ.①沃… ②孟… ③伊… ④王… Ⅲ.①文学创作-写作学 Ⅳ.①I04

中国版本图书馆CIP数据核字（2013）第295465号

创意写作书系

你的写作教练（第二版）

于尔根·沃尔夫　著
孟庆玲　伊小丽　译
王更臣　校
Nide Xiezuo Jiaolian

出版发行	中国人民大学出版社		
社　　址	北京中关村大街31号	邮政编码	100080
电　　话	010－62511242（总编室）		010－62511770（质管部）
	010－82501766（邮购部）		010－62514148（门市部）
	010－62515195（发行公司）		010－62515275（盗版举报）
网　　址	http://www.crup.com.cn		
	http://www.ttrnet.com（人大教研网）		
经　　销	新华书店		
印　　刷	北京昌联印刷有限公司		
规　　格	160 mm×235 mm　16开本	版　次	2014年1月第1版
印　　张	19.75 插页1	印　次	2018年12月第3次印刷
字　　数	232 000	定　价	38.00元

版权所有　侵权必究　　印装差错　负责调换